The Man who was Thursday
목요일의 남자

G. K. 체스터튼 지음 | 유슬기 옮김

*본문에 삽입된 모든 주(註)는 역주(譯註)입니다.

| 목차 |

1장 새프론 파크의 두 시인 11
2장 가브리엘 사임의 비밀 30
3장 목요일의 남자 45
4장 형사의 속사정 65
5장 공포의 향연 83
6장 발각 98
7장 드 웜즈 교수의 이상한 행동 113
8장 교수의 설명 128
9장 안경을 낀 남자 149
10장 대결 176
11장 범죄자들이 경찰을 쫓다 204
12장 무정부주의자들의 세상 219
13장 회장을 쫓다 247
14장 여섯 명의 철학자 268
15장 가브리엘 사임의 비밀 290

작품해설 309

에드먼드 클러리휴 벤틀리[1]에게

인간의 마음엔 구름이 드리워져 있었고,

하늘은 울부짖었다.

그렇다, 우리 어린 시절에

영혼에는 먹구름이 드리워져 있었다.

과학은 허무를 선언했고, 예술은 쇠퇴를 찬양했다.

세계는 낡아 허물어졌으나, 너와 나는 즐거웠다.

우리를 에워싼 기이한 세상에서

절름발이 악(惡)이, 웃음 잃은 정욕이,

수치심 잃은 두려움이 우리를 향해 다가왔다.

가엾는 우리의 어둠에 빛을 비추는 휘슬러[2]의 백발처럼,

인간은 새가 깃털을 뽐내듯, 자신의 두려움을 자랑스럽게 내보였다.[3]

---

1. 영국 추리 소설가이며 G. K. 체스터튼의 절친한 친구. 1913년 출간한 그의 유일한 장편 추리소설 《트렌트 최후의 사건》을 G. K. 체스터튼에게 헌정했다.
2. 제임스 맥닐 휘슬러. 탐미주의적 화풍으로 유명한 미국 화가.
3. '겁낸다'는 뜻의 show the white feather는 직역하면 '흰 깃털을 보인다'이다.

삶은 파리처럼 덧없는 것, 죽음은 벌처럼 쏘는 것.

너와 나 어린 시절에 세상은 이미 늙어버렸다.

사람들은 아주 작은 죄마저 왜곡하여 해괴한 모양으로 만들었다.

사람들은 명예를 부끄러워했으나, 우리에게 부끄러움은 없었다.

우리는 어리석고 힘이 없었으나, 그로 인해 실패하지는 않았다.

검은 바알[4]이 천국의 문을 닫으매 우리는 그를 찬미하지 않았다.

우리는 어렸고, 우리가 쌓은 모래성은 이브처럼 허약했지만

저 음울한 바다에 맞서 우리는 드높은 성채를 쌓았다.

색동옷 입고, 재잘대며 싸우던 우리는 어리석었으나

교회 종이 침묵할 때 우리의 방울 모자와 침대는 소리를 드높였다.

우리는 다문다문한 도움 속에 요새를 세우고 작은 깃발을 펄럭였다.

구름 속 거인들은 그것을 세상 위로 들어 올리려 했다.

우리가 찾았던 책을 또 찾으며 나는 느꼈다, 시간이

정결한 것들의 외침을 물고기 모양 포마녹[5] 밖으로 떨쳐내는 것을.

그리고 지나가는 산불에 휩쓸리듯 초록 카네이션[6]이 시들며,

온 세상의 바람 속에서 천만 개의 잎사귀가 울부짖었다.

4. 고대 시리아 셈족 고유의 남신. 후에 야훼 신앙에 의해 사신(邪神), 우상으로 배격당했다.
5. 초월주의, 인격주의 시인인 휘트먼의 시 'Starting from Paumanok'에서 따온 구절. 'Starting from Paumanok'의 1행은 'starting from fish-shape Paumanok, where I was born,'이다.
6. 탐미주의 문학가이자 동성애자인 오스카 와일드가 단춧구멍에 꽂고 다닌 꽃으로 유명하며, 탐미주의와 동성애의 상징이다.

잿빛 하늘에서 노래하는 새처럼 차갑고 명징하고 갑작스럽게
거미는 진실을 뽑아냈고, 고통 속에서도 기쁨이 입을 벌렸다.
황혼에서 노래하는 새처럼 상쾌하고 또렷하고 갑작스럽게,
더니든[7]에서 사모아로, 어둠에서 빛으로 입을 열었다.
그러나 우리는 어렸고, 자라서야 신께서 음험한 마법을
깨치시는 모습을 보았다.
우리는 신과 선한 공화국이 무장하고 말 달려 오는 모습을,
거친 인간 영혼[8]의 도시가 해방되는 모습을 보았다.
보지 않고도, 눈먼 채 믿는 자에게 복 있으리.

이는 오래된 두려움, 심지어 텅 빈 지옥을 그린 이야기로서,
오직 너만이 그 진정한 뜻을 이해하리라.
거대한 악마의 신이 어떻게 인간을 위협했는지,
그러나 어떻게 추락하는지,
크나큰 악마가 어떻게 별을 가렸고,
그러나 어떻게 총성에 쓰러졌는지.
그 의혹은 너무 단순하여 풀려고 할 수도 없고,
너무 두려워 견딜 수도 없다.

---

7. 뉴질랜드 남동해안의 항구도시.
8. 가상의 도시 이름. Mansoul은 'man'과 'soul'을 결합하여 만든 조어.

오, 너 말고 누가 이해하리, 진정 누가 이해하리?
그 궁금증은 우리가 골몰히 대화하는 사이에 밤을 부르지만,
날이 밝아 거리가 환해지면 머릿속도 밝아진다.
신이 내린 평화 속에서 우리는 이제 그 비밀을 말할 수 있다.
그렇다, 가정을 이루고 나이를 먹으니 굳건함과 선량함 또한 자란다.
마침내 우리 서로 나눌 것과, 결혼과, 신앙을 얻었으니,
나는 평온히 이 글을 쓰고, 너는 평온히 읽으리라.

― G. K. 체스터튼

새프론 파크의 두 시인

런던 서쪽에 있는 새프론 파크 교외는 석양의 구름처럼 붉고 들쭉날쭉한 마을이었다. 전체적으로 밝은색 벽돌집이 늘어선 마을의 외곽선이 아름다웠으며, 평면상으로 보아도 수려함을 곧 알 수 있었다.

은근히 예술적 정취마저 풍기는 이 마을은 추측하기를 좋아하는 어떤 건축가의 작품이었는데, 이 마을의 건축양식이 엘리자베스 여왕 시대식이라고 하기도 하고, 혹은 앤 여왕 시대식이라고 하기도 한 걸 보아 그는 두 여왕이 동일인물이라고 생각하는 게 분명했다.

예술가들이 모여 사는 마을이라는 주장에도 나름대로 근거가 있었으나, 실제로 그 마을에서 어떤 식으로든 예술가가 배출된 적은 없었다. 그 마을이 지성의 중심지라는 주장은 다소 의심스러웠으나, 살기에 쾌적한 곳이라는 주장은 모두가 동의할 만한 것이었다.

그 붉은 벽돌집들을 처음 본 외지인은 그 안에 사는 사람들이 얼마나 이상한 모습을 하고 있을지, 그것이 궁금했다. 실제로 이곳 주민을 직접 만나봐도 이런 궁금증은 가시지 않았다.

그 마을이 '허구'가 아니라 '꿈속 마을'이라고 생각할 수만 있다면, 새프론 파크는 단순히 살기에 좋은 곳이 아니라, 완벽한 곳이었다. 비록 마을 사람들이 예술가는 아니었지만, 그들 자신이 예술적인 존재임은 분명했다. 오만한 표정의 저 갈색 머리 청년만 해도 비록 시인은 아니었지만, 그의 존재 자체가 하나의 시였다. 낡은 흰 모자를 쓰고 흰 수염이 헝클어진 저 노신사—근엄해 보이지만 정체가 모호한 저 인물은 비록 철학자는 아니었지만, 적어도 다른 사람들에게 철학적인 영감을 불러일으키는 존재였다. 머리가 달걀처럼 벗어진 데다 목이 새처럼 가늘고 남루한 차림의 과학자처럼 보이는 그 신사는 사실 그의 과학자 같은 분위기와는 아무 상관없는 사람이었다. 왜냐면 그는 지금까지 단 한 번도 생물학적 발견을 한 적이 없었기 때문이다. 그러나 설령 그가 그런 발견을 한 적이 있다고 해도, 자신보다 더 독특한 생물을 발견하지는 못했을 것이다. 그래서, 아니, 오직 그런 이유에서 새프론 파크는 인정할 만한 가치가 있는 마을이었다. 그곳은 예술가들이 창작활동을 하는 공간이 아니라, 비록 영속할 수는 없겠지만 완성된 하나의 예술작품으로 평가되었다. 새프론 파크 사람들의 분위기에 동화된 사람은 마치 자신이 한 편의 연극 속으로 걸어 들어온 듯한 인상을 받았다.

새프론 파크의 이 비현실적인 매력은 특히 저물녘에 빛을 발했다. 그때가 되면 새프론 파크의 색감 있는 지붕들은 저녁노을 속에서 짙은 색으로 변했고, 마을 전체가 마치 떠다니는 구름처럼 현실세계와 동떨어진 것처럼 보였다. 특히, 마을에 축제가 있는 날 저녁에는 더욱 그랬다. 그날은 작은 정원들에 불이 밝혀지고, 커다란 중국식 초롱이 희한한 원시 과일처럼 키 작은 나무에 매달려 빛났다. 그리고 마을 사람들이 희미하게나마 아직도 기억하고 있듯이, 적갈색 머리의 어느 시인이 영웅적인 웅변가가 되었던 그날 저녁에는 더더욱 그랬다.

물론, 그가 그날 저녁에만 영웅적인 웅변가였다는 뜻은 절대로 아니다. 그의 집 뒤에 있는 작은 정원 앞을 지나는 사람들은 그가 높은 목소리로 마치 설교하듯이 인류의 규범, 특히 여자가 지켜야 할 규범을 외치는 소리를 자주 들을 수 있었다. 그럴 때 여성들은 납득하기 어려운 태도를 보였다. 당시 대부분 여성은 거의 개화되었다고 할 정도로 남성우월주의에 대해 일말의 거부감을 표시했지만, 이곳 여성들만은 그의 말을 묵묵히 경청함으로써, 그를 한껏 칭찬하는 모습을 보였던 것이다. 그리고 비록 그의 말을 듣고 나면 비웃음을 참기 어려웠지만, 이 붉은 머리의 시인, 루시앤 그레고리는 (어떤 면에서는) 충분히 경청할 만한 가치가 있는 인물이었다. 그는 예술의 무규칙성과 무규칙의 예술성에 대한 진부한 주장을 마치 참신한 내용이라도 담고 있다는 듯이 거만하게 읊조렸는데, 적어도 잠깐은 재미있게 들어줄 만했다.

때로 몇몇 사람은 그가 정성 들여 꾸민, 해괴하기 짝이 없는 그의 차림새를 흠잡곤 했다. 머리 중앙에 가르마를 탄 그의 짙은 붉은색 머리는 말 그대로 여자 머리 같았는데, 마치 라파엘로 이전 시대 그림에 나오는 처녀들의 머릿결처럼 부드럽게 말려 있었다. 그림에서 그런 모양으로 등장하는 인물의 얼굴은 아름답고 균형 있는 달걀형이었지만, 그의 이마는 원시인처럼 불쑥 튀어나왔고, 턱에는 런던 출신 특유의 경멸적인 분위기가 서려 있었다. 그런 기형적인 조합은 예민한 사람들의 신경을 거스르고 불쾌감을 주었다. 천사와 원숭이를 섞어놓은 듯한 그의 모습은 신성모독의 화신처럼 보였다.

이 특별한 저녁은, 다른 기억할 일이 없다면, 오직 그 이상야릇한 노을 때문에 사람들의 기억에 남았다. 마치 세상의 종말이라도 찾아온 것 같았다. 하늘은 손으로 만질 수 있을 것처럼 선명하고 거의 볼에 스칠 듯한 깃털 구름으로 덮여 있었고, 대부분 둥근 지붕은 더없이 미묘한 보랏빛과 생경한 분홍빛과 흐린 초록빛이 뒤섞인 잿빛을 띠고 있었다. 그러나 서쪽에서는 모든 것이 말로 표현할 수 없을 만큼 투명하고 정열적인 붉은빛으로 타올랐고, 붉게 달아오른 깃털구름은 마치 너무도 좋은 것이어서 보여줄 수 없다는 듯이 지는 해를 가리고 있었다. 이 모든 것이 어떤 놀라운 비밀이라도 폭로하려는 듯이 땅에 너무 가깝게 다가와 있었기에 하늘이 비밀 그 자체인 것처럼 보였다.

그 숨 막히는 노을만으로도 그날 저녁을 기억하는 사람도 있었지만, 어떤 사람들은 새프론 파크의 두 번째 시인이 처음 등장한 날이었기에 그 저녁을 기억했다. 오랜 시간 붉은 머리의 혁명론자는 경쟁 상대 없이 마을의 유일한 시인으로 군림해 왔지만, 그날 저물녘에 그의 독무대는 갑자기 막을 내리게 되었던 것이다.

자신의 이름을 '가브리엘 사임'이라고 소개한 새로운 시인은 온화하고 연약해 보였으며, 뾰족한 직모 턱수염에 머리는 옅은 금발이었다. 그러나 외모처럼 유약한 사람은 아니라는 인상을 풍겼다. 그는 시의 모든 면에서 볼 때 지금까지 유일한 시인이었던 그레고리와 의견을 달리함으로써 자신의 출현을 알렸다.

사임은 스스로 규칙의 시인, 질서의 시인임을 자처했다. 아니, '규범의 시인'이라고 자신을 소개했다. 그러자 새프론 파크 주민은 마치 그가 저 불가사의한 노을을 만들어낸 주인공이라도 되는 듯이 경외의 시선으로 그를 바라보았다. 게다가 무정부주의자 시인 루시앤 그레고리는 그 두 가지 사실을 실제로 연관지어 생각했다.

"그럴 수도 있겠지." 그는 갑자기 시를 읊듯이 말했다. "이런 밤에는 규범적 시인의 출현을 알리는 징조로 대지 위에는 구름과 불길한 색조로 물든 노을이 질 법도 한데… 자네는 스스로 규범의 시인을 자처하지만, 내가 보기에는 앞뒤가 맞지 않아. 자네가 이 정원에 나타난 밤에 왜 혜성이 출현하거나 지진이 일어나지 않는지 궁금할 정도군."

유약한 푸른 눈과 뾰족한 턱수염의 사내는 순종적이고 엄숙한 태도로 그레고리의 천둥과도 같은 비난을 감수했다. 붉은 머리의 헤어스타일이 그레고리와 똑같지만, 표정이 그보다 훨씬 더 상냥한 그의 누이 로자몬드는 집안에서 가장 현명한 사람인 그레고리에게 늘 그래 왔듯이 존경과 반발이 섞인 미소를 지어 보였다.

그레고리는 익살을 떨며 웅변조로 말을 계속했다.

"예술가는 무정부주의자와 같아." 그가 외쳤다. "아무 데서나

두 낱말을 서로 바꿔 써도 되지. 무정부주의자는 예술가야. 폭탄 테러를 감행하는 사람은 예술가지, 왜냐면 그는 무엇보다도 절정의 순간을 맛보고 싶어 하니까. 그는 한순간 불타오르는 섬광, 한 번의 완벽한 천둥소리가 멍청한 경찰관 몇 명보다 얼마나 더 소중한가를 잘 알지. 예술가는 모든 정부를 무시하고, 모든 인습을 파괴하지. 시인은 오직 무질서 속에서만 기쁨을 느끼잖나. 그렇지 않다면, 세상에서 가장 시적인 사물은 지하철일 거야."

"그 말은 맞습니다." 사임이 말했다.

"헛소리!" 모든 사람이 역설을 말할 때에도 자신만은 늘 이성적으로 행동한다고 자부하는 그레고리가 외쳤다. "왜 지하철에 탄 가게 점원들이나 노동자들은 그토록 슬프고 지친 얼굴을 하고 있을까? 내가 그 이유를 말해주지. 그들은 지하철이 정해진 길로 가고 있다는 사실을 알기 때문이야. 그들이 어디로 가는 표를 샀든 간에 지하철은 반드시 그곳에 도착하리란 걸 알기 때문이란 말이세. 슬로안 스퀘어를 지나면 필연적으로 그다음 역이 빅토리아 역일 수밖에 없다는 걸 알기 때문이야. 오, 그들에게 기쁨이 있기를! 그다음 역이 불가사의하게도 베이커 가일 때 그들의 눈은 별처럼 빛나고 그들의 영혼은 에덴으로 돌아가리!"

"당신이야말로 시적이지 못하군요." 시인 사임이 대꾸했다.

"만일 지하철 승객들에 대한 당신의 말이 사실이라면, 그들은 당신의 시만큼이나 지루한 사람들일 겁니다. 가장 드물고 놀라운 일은 목표를 맞히는 겁니다. 그걸 맞히지 못하면 따분하고 지루해지죠. 화살로 멀리 있는 새를 쏘아 맞히면 가슴이 두근거립니다. 기차로 멀리 있는 역에 도달하는 것 역시 가슴이 두근거리는 일이 아닙니까? 혼돈 역시 지루합니다. 왜냐면 혼돈의 상태에서는 기차가 베이커 거리든 바그다드든 아무 데로나 갈 수 있으니까요.

그러나 사람은 마술사와 같고, 그의 모든 비술이 여기 담겨 있습니다. 그가 '빅토리아!' 하고 외치면, 얏! 바로 빅토리아에 도착하죠.

당신은 시집이나 산문집을 읽으시고, 저는 자부심에 가슴이 벅차 눈물을 흘리며 기차운행 시간표를 읽게 내버려두십시오. 당신은 인간의 패배를 노래한 바이런을 읽으세요. 저는 인간의 승리를 자축하는 브래드쇼[1]를 읽겠습니다. 다시 분명히 말하지만, 저는 브래드쇼를 읽을 겁니다!"

"어딜 가려고?" 그레고리가 비아냥거렸다.

"다시 말씀드리지만, 기차가 들어올 때마다 저는 그 기차가 과거로부터 포위를 뚫고 달려왔다는 것을, 그리고 인류가 혼돈

---

1. 1801~1853. 영국의 지도제작가이자 출판인. 전철 시간표를 간행한 것으로 유명하다.

과의 싸움에서 이겼다는 것을 새삼 절감합니다. 당신은 아까 경멸조로 슬로안 스퀘어를 지난 사람은 필연적으로 빅토리아에 닿을 수밖에 없다고 하셨죠. 저는 오히려 무수한 사건이 벌어질 수도 있었지만, 그 사람은 간발의 차이로 빅토리아에 도착했다고 말하겠습니다. 그리고 역무원이 '빅토리아'를 외칠 때, 그것은 무의미한 단어가 아닙니다. 제게는 그 단어가 승리를 알리는 전령의 외침처럼 들립니다. 제게는 그것이 진정한 '빅토리아(승리)'입니다. 아담의 승리죠." 사임이 열정적으로 말했다.

그레고리는 서글픈 미소를 지으며 무거운 붉은 머리를 천천히 내저었다.

"그렇다고 해도 우리 같은 시인들은 늘 이런 질문을 하지. '빅토리아에 도착해 보니 그곳이 어떤 곳이던가?' 자네는 빅토리아가 새로운 예루살렘이라도 된다고 생각하겠지. 그러나 우리는 그 새로운 예루살렘이 빅토리아와 전혀 다를 바 없다는 것을 알게 될 걸세. 그래, 시인은 천국의 거리를 걸어도 불만이 많을 테니까. 시인은 늘 환멸을 느끼니까."

"또 시작이군요. 환멸을 느끼는 데에도 시적인 면이 있습니까? 그렇다면, 뱃멀미하는 것도 시적이라고 말하고 싶겠군요. 멀미가 나는 것이 환멸을 느끼는 것이라고 말입니다. 멀미와 환멸이라는 것은 어떤 절망적인 상황에서는 이로울 수 있습니다. 하지만 그런 상황이 어째서 시적이라는 것인지 이해할 수가 없군요. 추상적인 의미에서 환멸을 느낀다는 것은 말 그대로 구토일 뿐입니다."

그 불쾌한 말을 듣고 로자몬드가 움찔했으나 사임은 너무 격앙된 상태여서 그녀를 신경 쓸 겨를이 없었다.

"규칙적으로, 제대로 돌아가는 것들이야말로 시적이라고 말할 수 있죠! 예를 들어, 신성하면서도 조용히 작용하는 우리의 소화 기능이야말로 모든 시적인 것의 토대입니다. 가장 시적인 것, 꽃보다도 더 시적이고, 별보다도 더 시적인 것… 세상에서 가장 시적인 것은 거꾸로 토해내지 않는 것입니다." 사임이 외쳤다.

"정말이지, 자네가 말하는 예들은…" 그레고리가 오만하게 말했다.

"죄송합니다. 당신은 모든 인습을 벗어 던진 분이라는 것을, 제가 잊고 있었군요."

그때 처음으로 그레고리의 이마가 붉게 물들었다.

"자네는 내가 이 정원에서 도대체 무슨 사회 혁명을 일으키겠느냐고 말하는 건가?"

사임은 그의 두 눈을 똑바로 바라보며 선량한 미소를 지었다.

"그렇습니다." 사임이 말했다. "그러나 만약 당신이 진정한 무정부주의자라면, 그것이 바로 당신이 해야 할 일이겠죠."

그레고리의 황소 같은 커다란 눈이 갑자기 성난 사자의 눈처럼 번득이자, 붉은 갈기를 휘날리는 모습이 보일 것만 같았다.

"자네는 내가 진정한 무정부주의자가 아니라고 말하고 싶은 건가?" 그가 위협적인 목소리로 말했다.

"뭐라고요?" 사임이 말했다.

"내가 진정한 무정부주의자가 아니라는 건가?" 그레고리가 주먹을 불끈 쥐고 외쳤다.

"그것 참!" 사임은 대화를 중단했다.

기쁘고도 의아한 일이었지만, 놀랍게도 로자몬드 그레고리가 여전히 그의 곁에 있다는 사실을, 사임은 그제야 깨달았다.

"사임 씨. 당신이나 오빠나 지금 하시는 말씀이 진심에서 우러나온 건가요? 당신은 뭔가를 말할 때 그 말을 진심으로 하시나요?" 그녀가 말했다.

"당신은 어떤가요?" 사임이 미소 지으며 물었다.

"무슨 말씀이시죠?" 침울한 눈빛으로 그녀가 물었다.

"그레고리 양. 세상에는 여러 종류의 진심과 가식이 있답니다. 누가 소금을 건네줘서 당신이 '감사합니다'라고 말할 때, 당신은 진정으로 그 말 그대로의 의미를 전달하는 겁니까? 아니죠. 당신이 '지구는 둥글다'라고 말할 때, 진심으로 그렇게 생각

1장_새프론 파크의 두 시인 21

해서 말하는 겁니까? 아닐 겁니다. 그 말은 사실이지만, 당신은 진심으로 그 말을 하는 건 아니죠.

가끔 당신 오빠 같은 분도 진심으로 말할 만한 것을 찾을 수는 있지요. 반은 진심이거나, 반의 반이 진심이거나 혹은 10분의 1이 진심일 수도 있겠죠. 그러나 당신의 오빠는 진심보다 더 과장된 말을 합니다… 그것도 남이 듣기에는 오직 진심만을 담아서 말한다는 듯이 당당하게." 사임이 부드럽게 말했다.

낮은 위치에 있던 그녀는 사임을 올려다보았다. 침울하고도 솔직한 그녀의 표정에는 가장 변덕스러운 여인의 마음에도 깃들어 있는 근거 없는 책임감의 그림자가 드리워져 있었고, 그녀의 눈매에는 태초부터 전해져 내려온 여성 고유의 모성애가 짙게 서려 있었다.

"제 오빠가 정말 무정부주의자인가요?" 그녀가 물었다.

"제가 말했던 관점에서는 그렇습니다." 사임이 말했다. "혹은 이렇게 표현하는 게 더 좋으시다면, 제가 헛소리했던 관점에서는 그렇습니다."

그녀는 미간을 찡그리더니 갑작스럽게 툭 내뱉었다.

"오빠가 설마… 폭탄 같은 걸 던지지는 않겠지요?"

사임은 갑자기 그의 섬세하고 고상한 차림새에 걸맞지 않게 큰 소리로 웃어젖혔다.

"맙소사, 말도 안 됩니다! 그런 일은 신분을 감춘 사람이나 하는 짓이에요."

그러자 그녀의 얼굴에 미소가 번졌고, 오빠에게 괴팍스러운 면이 있지만, 그가 위험한 사람은 아니라는 사실에 마음이 놓인 것 같았다.

사임은 그녀와 함께 정원 구석에 있는 의자까지 걸어가면서, 자신의 생각을 그녀에게 계속 쏟아냈다. 그의 이런 행동은 그가 진지한 사람이고, 또 그에게서 풍기는 지적인 분위기와 고상함과는 달리 남다르게 겸손한 그의 본성에서 비롯한 것이었다. 겸손한 사람이 늘 말을 많이 하는 법이다. 거만한 사람은 입을 다물고 상황을 예의주시할 뿐이다.

그는 규범을 강조하고 격렬하게 옹호했다. 그는 점점 더 열정적으로 질서와 예의범절을 찬미했다. 그러는 사이에 라일락 향기가 서서히 그를 감쌌다. 그는 멀리서 울리는 손풍금 연주를 어렴풋이 들었는데, 마치 그의 영웅적인 말들이 땅 밑이나 지구 너머 먼 곳에서 희미한 노랫가락이 되어버린 듯한 느낌을 받았다.

그는 여자의 붉은 머리와 밝아진 얼굴을 바라보며 한동안 이야기를 나누었다. 그러다가 문득, 마을 축제에서는 사람들과 섞이는 것이 중요하다는 생각이 들었다. 그러나 놀랍게도, 정원은 텅 비어 있었다. 마을 사람들은 이미 오래전에 자리를 떴던 것이다. 그는 서둘러 양해를 구하고 밖으로 나왔다. 그는 약간의 취기를 느꼈는데, 왜 술 취한 기분이 들었는지는 훗날에도 알 수 없었다.

사실, 앞으로 일어날 놀라운 사건에서 이 여자는 아무런 역할도 하지 못했다. 그리고 그는 이 이야기가 끝날 때까지 그녀를 다시 만나지 못했다. 그러나 그녀의 상징적 존재는 마치 음악의 모티브처럼, 앞으로 벌어질 그의 괴상한 모험 곳곳에 은밀히 등장했으며, 그녀의 머리카락은 그때마다 마치 거칠게 짠 칙칙한 태피스트리의 빨간 실이 어둠 속에서 빛나듯 번득였다. 그 뒤에 일어난 사건들은 너무도 믿을 수 없는 것들이어서 어쩌면 꿈이었는지도 몰랐다.

별빛이 드리운 거리로 나섰을 때, 그는 한순간 그 거리가 텅 비어 있다고 느꼈다. 그러다가 거리의 침묵이 죽은 침묵이 아니라, 살아 숨 쉬는 침묵이라는 것을 (조금 기묘하게) 깨달았다. 문밖에 서 있는 가로등은 뒤에 있는 울타리 너머로 뻗은 나뭇가지 잎사귀에 닿아 있었다. 1피트쯤 떨어진 곳에 마치 가로등처럼 꿈쩍도 하지 않고 서 있는 형체가 있었다. 그 형체는 높은 모자를 쓰고 검은색 긴 프록코트를 입고 있었다. 그의 얼굴은 프록코트만큼이나 검은 그림자에 가려져 보이지 않았다. 그러나 붉은 머리카락만은 가로등 불빛을 받아 빛나고 있었고, 어딘가 공격적인 분위기가 감도는 것으로 보아 그 형체는 바로 시인 그레고리라는 것을 이내 알 수 있었다. 그는 마치 적을 베려고 검을 뽑아 든 복면 자객처럼 보였다.

그는 어중간하게 수인사를 했고 사임은 조금 더 격식을 차려서 답례했다.

"자네를 기다리고 있었네." 그레고리가 말했다. "잠시 이야기 좀 할 수 있을까?"

"물론이지요. 무엇에 대해서요?" 사임은 그리 내키지 않는다는 투로 대답했다.

그레고리는 지팡이를 들어 가로등을 가리킨 다음 다시 나무를 가리켰다.

"저것들이 바로 질서와 무정부주의 사이의 관계일세. 저기 보기 흉하고 낡아빠진 고철 가로등은 자네가 그토록 열렬하게 옹호하는 질서라고 할 수 있지. 반면에 여기 울창하고, 성성하고, 생명이 넘치는 저 나무는 녹색과 금빛으로 찬란히 빛나는 무정부주의라네."

"어쨌든, 지금 당신은 가로등 불빛 덕분에 나무를 볼 수 있죠. 그런데 나무 불빛으로 가로등을 볼 수 있는 때가 올 것인지 궁금하군요."

사임이 참을성 있게 말했다. 그러더니 그는 잠시 사이를 두고 다시 말했다.

"단지, 이 논쟁을 계속하시려고 어둠 속에서 줄곧 저를 기다렸던 겁니까?"

"아닐세." 그레고리가 거리를 쩌렁쩌렁 울릴 만큼 큰 소리로 외쳤다. "논쟁을 계속하려는 게 아니야. 영원히 끝내려는 거지."

다시 정적이 내려앉았다. 사임은 아무것도 이해할 수 없었지만, 직감적으로 뭔가 진지한 말이 나오리라고 기대하며 기다렸다. 그레고리는 갑자기 미소를 띠며 부드러운 목소리로 말했다.

"사임 군. 오늘 저녁 자네는 내게 상당히 놀라운 일을 해냈다네. 지금까지 이 세상에 태어난 어떤 남자나 여자도 성공하지 못한 일을 해냈어."

"그것 참 대단하군요!"

"그러고 보니 기억나는군." 그레고리가 생각에 잠겨 말했다. "그런 일에 성공한 사람이 하나 더 있어. 내 기억이 맞는다면 사우스엔드의 증기선 선장이었어. 아무튼, 자네는 나를 화나게 하는 데 성공했네."

"정말 죄송합니다." 사임이 진지하게 말했다.

"내 분노와 자네의 모욕은 사과 한 마디로 씻어내기엔 너무나 충격적인 일이야." 그레고리가 매우 침착하게 말했다. "결투를 한다고 해도 씻어낼 수 없어. 내가 자네를 때려죽여도 씻어낼 수 없지. 이런 모욕을 씻을 방법은 딱 한 가지뿐인데, 그 방법은 내가 정하겠네. 내 삶과 명예를 희생하는 한이 있더라도, 자네가 한 말이 틀렸다는 걸 증명하겠네."

"제가 무슨 말을 했다는 겁니까?"

"자네는 내가 진정한 무정부주의자가 아니라고 했잖나."

"진정성에도 여러 종류가 있죠. 당신 관점에서 당신은 완벽하게 진지했고, 당신은 자신이 한 말이 그렇게 말할 만한 가치가 있다고 생각했다는 것, 그리고 당신이 인류가 잊고 있었던 진실을 드러낼 패러독스를 생각해냈다는 것 역시 저는 전혀 의심하지 않았습니다." 사임이 대답했다.

그레고리는 그를 지긋이, 그리고 고통스러운 눈빛으로 쳐다보았다.

"그렇다면, 그런 관점 외에는 내가 진지하지 않다고 생각한다는 건가? 자네는 나를 어쩌다가 진실을 떠벌리는 한량 정도로 생각하는군. 좀 더 진지하고 심각한 관점에서는 내가 진지하지 않다고 생각하는 거로군."

사임은 지팡이로 길 위에 있는 돌을 거칠게 내리쳤다.

"진지하다고요!" 그가 소리쳤다. "맙소사! 이 거리가 진지합니까? 저 빌어먹을 중국식 초롱이 진지한가요? 이 모든 것이 진지하단 말씀입니까? 아무나 여기 와서 헛소리를 해대다가, 사리에 맞는 말을 가끔 할 수도 있죠. 그러나 자신의 삶 이면에 이런 잡담보다 더 진지한 것들을 간직하지 않은 사람을, 저는 아주 우습게 여깁니다, 종교든, 술이든, 무엇이든 간에 더 진지한 것이 없는 사람을 존중하지 않는다는 겁니다."

"좋아." 그레고리가 침통한 얼굴빛을 띠며 말했다. "자네는 이제 종교나 술보다 더 진지한 것을 보게 될 걸세."

사임은 그레고리가 다시 입을 열 때까지 늘 그래 왔듯 고분고분히 기다렸다.

"방금 자네는 종교에 대해서 말했지. 자네는 진정으로 종교를 믿나?"

"아, 우리는 모두 선량한 가톨릭 신자지요." 사임이 밝게 웃으며 말했다.

"그렇다면, 내가 지금부터 자네에게 말하려는 것을 자네 종교의 모든 신과 성자들의 이름을 걸고 어느 아담의 자손에게도, 특히 경찰에게는 절대로 발설하지 않겠다고 맹세할 수 있겠나? 만약 자네가 절대로 하지 말았어야 할 맹세와 감히 알려고 하지 말았어야 할 진실 때문에 자네의 영혼이 무거운 짐을 지는 것을 감수하고라도 내게 이 엄청난 맹세를 한다면, 나는 그 대신에 자네에게 약속하겠네…"

"제게 무엇을 약속하신다는 겁니까?" 그레고리가 말을 멈추자 사임이 말했다.

"자네에게 아주 즐거운 저녁을 약속하지." 그레고리가 갑자기 모자를 벗었다.

"당신의 제안은 너무 엉뚱해서 오히려 거절하기 힘들군요. 모든 시인은 무정부주의자라고 하셨죠. 저는 그 말에 반대합니다. 하지만 적어도 시인이 정정당당한 스포츠맨이었으면 하는 바람은 있어요. 지금 이 자리에서 저는 기독교인으로서, 그리고 좋은 동지이자 동료 예술가로서 당신이 무엇을 말하든 경찰에게 신고하지 않을 것을 맹세합니다. 자 그럼, 코니 해치[2]의 이름을 걸고, 당신이 밝히려는 게 무엇인지 말해보시죠?"

"우선, 마차부터 타고 보세." 그레고리가 갑자기 평온해진 목소리로 말했다.

그가 길게 두 번 휘파람을 불자, 말발굽 소리를 내며 승합마차가 달려왔다. 두 사람은 말없이 마차에 탔다. 그레고리는 템스 강가 치스위크 강둑에 있는 낯선 술집의 주소를 댔다. 마차는 빠르게 달리기 시작했고, 안에서는 꿈꾸는 두 남자가 이 꿈속 같은 마을을 떠났다.

2. 런던의 지명.

가브리엘 사임의 비밀

마차는 몹시 낡고 지저분한 맥줏집 앞에 멈춰 섰다.

그레고리는 서둘러 동행을 맥줏집 안으로 인도했다. 그들은 문 가까운 곳에 있는 어두운 방으로 들어가, 꾀죄죄한 외다리 나무 테이블 앞에 자리를 잡고 앉았다. 방이 너무나 작고 어두워서, 부름을 받고 온 종업원은 어렴풋하게 보이는 큰 체구와 턱수염 말고는 거의 아무것도 보이지 않았다.

"가볍게 저녁식사라도 하겠나?" 그레고리가 예의 바르게 물었다. "이곳 푸아그라는 맛이 별로지만, 다른 건 먹을 만하다네."

이런 초라한 식당에서 푸아그라라니. 사임은 그의 말을 농담으로 여기고 덤덤하게 받아들였다. 농담에는 농담으로 대꾸할 요량으로, 그는 무관심을 가장한 말투로 빠르게 말했다.

"랍스터 마요네즈를 주게."

그런데 놀랍게도 종업원은 순순히 "알겠습니다, 손님!"이라고 말하고는 돌아갔다.

"뭘 마시겠나?" 그레고리가 여전히 무심한, 그러나 누그러진 어투로 말했다. "나는 크렘 드 망트[1]만 한 잔 하려네. 저녁을 먹고 왔거든. 하지만 여기 샴페인은 정말 괜찮아. 반병짜리 포므리 샴페인이라도 주문할까?"

"감사합니다! 정말 친절하시군요." 사임이 담담하게 대답했다.

다소 어수선하게 계속되던 대화는 실제로 가재 요리가 나타나자 순식간에 중단되었다. 요리는 아주 맛있었다. 사임은 갑자기 식욕을 느끼며 황황히 음식을 먹기 시작했다.

"제가 너무 탐식하는 모습을 보여도 이해해주십시오!" 그는 미소를 띠며 그레고리에게 말했다. "이런 꿈을 꾸는 행운은 별로 없거든요. 가재 요리로 끝나는 악몽은 처음입니다. 보통은 다른 결말로 끝나죠."

"자네는 지금 꿈을 꾸는 게 아닐세, 그건 내가 보장하지." 그레고리가 말했다. "오히려 그 반대로, 자네는 지금까지 살아온 날 중에서 가장 현실적이고 정신이 번쩍 드는 순간을 맞이하고 있네. 아, 자네를 위한 샴페인이 오는군! 이 훌륭한 술집에서 제공하는 메뉴와 초라한 겉모습 사이에 약간의 차이가 있다는 걸 인

---

[1] 박하 향이 나는 달콤한 술.

정하세나. 그러나 바로 그것이 우리의 겸손함이지. 우리는 지구상에 태어났던 모든 인간 중에서 가장 겸손한 사람들일세."

"당신이 말하는 그 '우리'가 누구입니까?" 사임이 샴페인 잔을 비우며 말했다.

"아주 간단한 질문이군." 그레고리가 대답했다. "우리는 진정한 무정부주의자들이네. 자네가 믿지 않는⋯."

"오! 당신들은 술의 선택에도 철저하시군요." 사임이 방금 마신 샴페인의 맛을 칭찬하는 뜻으로 말했다.

"물론이지. 우리의 자세는 모든 것에 대해 진지하니까." 그레고리가 대답했다. 그리고 잠시 뜸을 들인 다음 덧붙였다. "이제 이 탁자가 조금씩 돌아가더라도, 그것을 자네가 마신 샴페인 탓으로는 돌리지는 말게. 자네 탓이 아니니까."

"그때 제가 취한 것이 아니라면, 아마도 미친 거겠죠." 사임이 완벽하게 평온을 유지하며 대답했다. "하지만 둘 중 어느 상황에서라도 신사답게 행동할 수 있을 것 같군요. 담배를 피워도 될까요?"

"물론이지!" 그레고리가 시가 상자를 내밀며 말했다. "내 시가를 피우게."

사임은 시가를 받아들고, 조끼 주머니에서 꺼낸 시가 커터로 끝을 잘라내고 나서 입에 물고 천천히 불을 붙인 다음 길게 연기를 내뿜었다. 이 일련의 동작을 그가 그토록 침착하게 해낸 것은 보통 일이 아니었다. 그가 시가를 받아들기 직전에, 그가 앉아 있던 테이블이 처음에는 천천히 움직이더니 마침내 귀신이라도 들린 양 빠른 속도로 빙빙 돌기 시작했던 것이다.

"신경 쓰지 말게. 기어가 작동하는 거니까." 그레고리가 말했다.

"그렇군요." 사임이 태연히 말했다. "기어가 작동하는 거군요. 정말 간단하군요!"

다음 순간 뱀처럼 구불거리며 방을 가로지르던 그의 시가 연기는 마치 공장 굴뚝의 연기처럼 위를 향해 직선으로 솟아오르고 있었고, 여전히 탁자 앞의 의자에 앉아 있는 두 사람은 땅속으로 삼켜지듯 밑바닥으로 추락하고 있었다. 마치 줄이 끊어진 승강기에 탄 사람들처럼 그들은 우르릉 소리를 내는 굴뚝 속으로 빠르게 떨어지다가, 갑자기 밑바닥에 부딪혔다. 그러나 그레고리가 여닫이문을 열어 지하의 붉은 불빛이 쏟아져 들어왔을 때에도 사임은 여전히 다리를 꼰 채 시가를 피우며 고개도 돌리지 않고 있었다.

그레고리는 그를 둥글고 낮은 천장이 있는 통로로 인도했다. 통로의 끝은 붉은 조명으로 밝혀져 있었다. 불빛은 희미했지만, 둔중한 철문 위에 달린 등은 화로만큼이나 컸다. 그레고리는 문에 달린 작은 창살 들창을 다섯 번 두드렸다. 문 뒤편에서 외국 억양이 섞인 굵직한 목소리가 누구냐고 물었다. 그레고리는 그 질문에 뜻밖의 대답을 했다.

"조셉 체임벌린[2]이오."

그러자 묵직한 문의 경첩이 움직이기 시작했다. 그 문답은 일종의 암호임이 분명했다.

문 안으로 들어서자 벽에 번쩍이는 강철 그물을 걸어놓은 복도가 보였다. 사임은 복도의 양쪽 벽을 흘깃 쳐다보았다. 쇠 그물처럼 번쩍이는 것들을 자세히 보니 서로 맞물린 채 빽빽이 진열된 장총과 연발권총이었다.

"이 까다로운 절차를 이해해주게. 이곳은 삼엄한 경비가 필요한 곳이거든." 그레고리가 말했다.

"양해를 구하실 필요 없습니다. 당신들이 규칙과 질서를 얼마나 중시하는지 아니까요."

사임은 그렇게 말하고 벽에 무기들이 촘촘히 걸린 복도를 걸어갔다. 그의 길고 고운 금발과 약간 멋을 낸 프록코트 때문에, 번쩍이는 죽음의 통로를 걸어가는 그의 모습은 악몽 같은 상상의 공간에 던져진 연약하고 외로운 존재처럼 보였다.

두 사람은 그와 비슷한 통로를 몇 개 더 지나서 드디어 강철로 장식된 신기하게 생긴 방 안으로 들어갔다. 방은 전체적으

---

2. 노동자들과 연계하여 사회개혁을 일으키려 한 영국의 급진주의 정치가.

로 둥근 공 모양을 하고 있었고 내벽은 온통 흰색이었다. 안에는 긴 의자들이 배치되어 있어 마치 계단식 강의실처럼 보였다. 벽에는 장총이나 권총 대신에 강철 식물의 구근이나 강철새의 알처럼 해괴하고 소름이 끼치게 생긴 것들이 매달려 있었다. 그것들은 폭탄이었고, 공 모양의 방 자체도 거대한 폭탄의 내부처럼 보였다. 사임은 피우고 있던 시가의 불을 벽에 대고 비벼 끈 다음 안으로 들어갔다.

"자, 사임 군." 그레고리는 가장 큰 폭탄 밑에 있는 긴 의자에 느긋하게 자리를 잡고 앉으며 그에게 말했다. "이제 아늑한 곳에 왔으니 본격적으로 이야기를 시작해볼까? 말로는 내가 왜 자네를 이곳까지 데려왔는지 설명할 수 없네. 절벽에서 뛰어내리거나 사랑에 빠지게 하는 충동적인 감정 때문이었겠지. 자네는 지독하게 짜증나는 인간이네. 지금도 여전히 그렇고. 자네를 이 밑까지 데려오기 위해서라면 스무 개의 비밀엄수 서약이라도 어길 준비가 되어 있고 자네가 시가에 불을 붙이는 당당함은 고해성사의 비밀을 지키는 성직자의 맹세보다 더한 맹세라도 깨뜨렸을 거네. 자네는 내가 진정한 무정부주의자가 아닌 것이 분명하다고 말했지. 이제 이곳에 와보니 내가 진짜 무정부주의자라는 생각이 드나?"

"철벽처럼 둘러싼 무기들을 보니, 거기 어떤 도덕적 신념이 깃들어 있는 것만은 분명한 것 같군요." 사임이 수긍했다. "제가 두 가지만 물어봐도 될까요? 대답을 꺼리실 필요는 없을 것 같습니다. 기억하시겠지만, 현명하게도 당신은 제게서 경찰에 밀고하지 않으리라는 약속을 이미 받아냈고, 저는 그 약속을 반드시 지켜야 하니까요. 따라서 제가 질문을 드리는 이유는 오로지 호기심 때문입니다. 첫째, 대체 왜 이런 짓을 하시는 겁니까? 목적이 뭡니까? 정부 전복이라도 할 건가요?"

"신을 없애버리는 거지!" 그레고리가 광신의 눈을 번득이며 말했다. "독재정권을 뒤엎거나, 경찰의 통제를 무력화하는 정도가 아닐세. 무정부주의자 가운데 그런 부류도 있긴 하지만, 그건 그저 반사회적 파벌의 하나일 뿐이지. 우리는 더 깊게 파고들어서 더 크게 터뜨리지. 우리는 평범한 반역자들이 근본으로 삼는, 악과 미덕, 명예와 배신 따위의 독단적 구분을 거부한다네. 프랑스 혁명을 일으킨 어리석은 감상주의자들은 인간의 권리를 운운했지. 우리는 악을 싫어하는 것과 똑같이 정의도 싫어한다네. 우리는 이미 정의와 악의 구분을 폐지해버렸지."

"좌와 우[3]도 없애버렸으면 좋겠군요. 제게는 그런 것들이 더 골치 아프거든요." 사임이 진지하게 말했다.

"두 가지 질문이 있다고 했던 것 같은데…" 그레고리가 독촉

---

3. right에는 '권리'라는 뜻도 있고, '정의'라는 뜻, '오른쪽'이라는 뜻도 있다.

하듯 말했다.

"네. 말씀드리죠." 사임이 말했다. "지금 여기서 실행하는 조치들이나 확보된 설비들을 보니 체계적으로 비밀을 지키고 계시군요. 제게는 가게 위층에 사시는 숙모님이 한 분 계시지만, 이렇게 술집 밑에서 지내기를 좋아하는 사람들은 처음 보았습니다. 당신들은 둔중한 철문을 세워놓았습니다. 그리고 자신을 체임벌린이라는 가짜 이름으로 부르는 불명예를 감수하지 않고서는 그 문을 지나갈 수 없게 해놓았어요. 당신들은 수많은 무기를 늘어놓아서 이곳을 ―이렇게 말해도 된다면― 친근한 분위기와는 거리가 먼 장소로 만들어놓았습니다.

그런데 땅속 웅숭깊은 곳에 비밀을 은폐하는 이 대단한 수고를 아끼지 않은 분이 왜 새프론 파크에 있는 아둔한 여자들 앞에서 무정부주의 이야기를 꺼내고, 모든 것을 위태롭게 만드셨는지 물어봐도 될까요?"

그레고리는 미소 지었다.

"대답은 아주 간단하네. 자네에게 내가 진지한 무정부주의자라고 했을 때 자네는 내 말을 믿지 않았어. 그들도 내 말을 믿지 않아. 그들을 이 무시무시한 방으로 데려오지 않는 한, 그들은 절대로 내가 무정부주의자라고 믿지 않을 걸세."

사임은 생각에 잠긴 채 담배를 피우며 흥미롭다는 듯 그를 바라보았다. 그레고리는 말을 계속했다.

"지금까지 벌어진 일들을 이야기하면 자네도 재미있다고 할 걸세." 그가 말했다. "내가 처음 신 무정부주의자 집단의 일원이 되었을 때, 나는 여러 가지 모습으로 위장을 시도했지. 먼저 주교로 위장했네. 무정부주의자들을 위한 소책자, 《미신이라는 이름의 흡혈귀》, 《희생양이 된 성직자들》 등에서 주교에 대한 모든 정보를 읽었지. 그 책자들을 읽고 나자, 주교들은 전 인류에 끔찍한 비밀을 감춘 기괴하고 섬뜩한 늙은이들이라는 사실을 알게 되었어. 물론, 내가 잘못 알았던 거지. 나는 주교들이 신는 장화를 신고 살롱에 모습을 드러내고 우레와 같은 소리로 외쳤네. '물러나라! 물러나라! 오만에 찬 인간의 지성이여!'

그러나 사람들은 내가 주교가 아니라는 것을 곧바로 알아챘다네. 금세 들켜버렸지. 그래서 나는 백만장자로 둔갑했지. 그러나 너무 열심히 부자 행세를 했더니 바보들조차도 내가 가난뱅이라는 사실을 알아차리더군.

그다음 나는 대령으로 둔갑했네. 지금도 나는 인도주의자이지만, 당당하고도 광포한 대자연의 폭력을 동경하는 사람들, 니체처럼 폭력을 숭배하는 사람들의 주장을 충분히 이해할 수 있는 수준의 지성은 갖추고 있지. 혹시 그렇지 않다면, 그렇게 되기를 바라네. 그렇게 대령으로 위장한 나는 칼을 뽑아 들고 휘둘렀네. 그리고 마치 포도주라도 찾듯이 진지하게 '피!'를 외쳤네. 나는 종종 이렇게 말했지. '약자여 멸망하라. 그것이 법칙이다…' 그런데 진짜 대령은 그런 짓을 하지 않는 모양이더군. 또 들통이 나버렸다네.

마침내 절망에 빠진 나는 유럽에서 가장 높은 분, 무정부주의자 중앙위원회 회장을 찾아갔지."

"그분 이름이 뭡니까?" 사임이 물었다.

"자네는 그분을 모를 거야." 그레고리가 대답했다. "그 점이 바로 그분의 위대함일세. 카이사르와 나폴레옹은 이름을 떨치는 데 자신의 천재성을 십분 발휘했기에 세상에 이름이 알려졌지. 하지만 그분은 이름이 알려지지 않게 하는 데 자신의 천재성을 발휘했기에 세상에 전혀 이름이 알려지지 않았다네. 그러나 그분과 같은 방에 있으면 5분도 채 지나기 전에 카이사르와 나폴레옹은 그의 손아귀에 든 어린애나 마찬가지라는 생각을 할 수밖에 없어."

그는 잠시 말을 멈추고 얼굴까지 하얗게 질려 있다가 다시 말을 계속했다.

"그러나 그분이 들려주시는 충고는 한 편의 풍자시처럼 놀라운 데가 있으면서도, 영국 은행만큼이나 현실적이라네. 나는 그분께 말했지. '제가 무엇으로 위장해야 제 정체를 숨길 수 있을까요? 주교나 대령보다 더 훌륭한 위장으로 어떤 것이 있을까요?' 그분은 그의 크고 신비스러운 얼굴을 들어 나를 바라보셨네. '안전한 위장을 원한다는 거지? 위험한 인물로 보이지 않을 위장, 아무도 폭탄을 연상하지 않을 위장을 원하는 거지?' 나는 고개를 끄덕였어. 그분은 갑자기 사자 같은 소리로 외쳤네. '그렇다면, 당연히 무정부주의자로 위장해야지, 이 어리석은 사람아!' 그분은 방이 뒤흔들릴 정도로 크게 고함쳤네. '그러면 아무도 자네가 위험한 짓을 하리라고 예상하지 못할 거야.' 그리고 그분은 아무 말 없이 내게 그 널찍한 등을 돌렸네. 나는 그분의 충고를 따랐고, 그것을 후회한 적이 없네. 나는 그 여자들에게 밤낮으로 피와 살해에 대해 설교했고, 그들은 이제 내게 유모차를 맡기는 지경에 이르지 않았나?"

사임은 크고 푸른 눈에 존경의 빛을 보이며 그를 쳐다보았다.

"저도 속았습니다. 정말 영리한 위장이었어요." 그러더니 잠시 뜸을 들이고 나서 덧붙였다. "당신들은 그 위대한 회장을 뭐라고 부르죠?"

"우리는 보통 그분을 '일요일'이라고 부르네." 그레고리가 간단하게 대답했다. "무정부주의자 중앙위원회에는 일곱 명의 회원이 있는데, 그들은 각각 요일의 이름으로 불리지. 그분은 일요일이라 불리는데, 그분의 추종자 가운데 일부는 '피의 일요일'

이라고도 부르네. 자네가 이 일을 언급한 게 신기하군. 왜냐면 자네가 갑자기 끼어든 (이렇게 표현해도 된다면) 오늘 밤 바로 여기서 런던지부 위원회의 공석을 메울 대표자를 선출하기로 되어 있거든. 그간 대체로 좋은 평가를 받으면서 까다로운 목요일의 임무를 성실하게 수행해오던 분께서 갑자기 돌아가셨다네. 그래서 바로 오늘 밤 그 후임자를 뽑는 회의를 하는 걸세."

그는 일어나서 다소 수줍게 웃으며 방을 가로질러 걸었다.

"마치 자네가 내 어머니라도 된 듯한 기분이군, 사임." 그는 소탈하게 말했다. "남에게 발설하지 않기로 맹세했으니, 자네에게 어떤 비밀을 털어놓아도 될 것 같으니 말일세. 약 십 분 후에 이 방으로 몰려들 무정부주의자들에게는 길게 늘어놓지 않을 이야기를 자네에게 털어놓으려고 하네. 우리는 선거라는 형식을 따르긴 하지만, 결과는 이미 확정된 셈일세."

그는 잠시 겸손하게 시선을 내리깔았다.

"내가 목요일이 되는 것은 이미 정해진 것이나 다름없네."

"친애하는 그레고리 씨. 축하합니다. 훌륭한 직책을 맡게 되셨군요!" 사임이 진심으로 말했다.

그레고리는 겸손한 미소를 띤 채 빠르게 말하며 방을 가로질러 걸어갔다.

"여기 이 탁자 위에는 필요한 모든 것이 준비되어 있네. 그리고 의식은 최대한 짧게 진행될 걸세." 그가 말했다.

사임도 방을 가로질러 탁자까지 걸어가서 위에 있는 것들을 찬찬히 바라보았다. 거기에는 속에 칼이 든 지팡이, 대형 콜트 연발권총, 샌드위치용 도시락통, 큼직한 브랜디 병이 놓여 있었고, 탁자 옆 의자 위에는 묵직해 보이는 망토 같은 것이 걸쳐져 있었다.

"이제 형식적으로 선거만 치르면 돼." 그레고리가 생기를 띠며 말했다. "그러면 이 망토와 지팡이를 채어 들고 다른 것들은 주머니에 쑤셔 넣은 다음, 강 쪽으로 향한 술집 문을 열고 나가면, 강가에는 날 태우고 갈 소형 증기선이 기다리고 있겠지. 그러면… 그러면… 아, 드디어 목요일이 되는 이 기쁨을 뭐라고 해야 할지!"

그러더니 그는 두 손을 꼭 맞잡았다.

늘 그랬듯이 미온적인 태도로 담담하게 앉아 있던 사임은 다소 망설이는 기색을 띠며 자리에서 일어났다.

"대체 왜 당신이 제법 괜찮은 사람이라는 생각이 들까요?" 그가 분명치 않은 말투로 물었다. "왜 당신이 마음에 들까요, 그레고리 씨?"

그는 잠시 말을 멈추더니, 호기심 가득한 목소리로 덧붙였다. "당신이 너무 멍청해서?"

잠시 생각에 잠겨 침묵하다가 그는 소리쳤다.

"에이, 모르겠어요! 제 생애에서 처음 겪는 가장 황당한 상황이니 그에 맞춰 행동하렵니다. 그레고리 씨, 제가 이곳에 오기 전에 당신과 약속을 하나 했지요. 벌겋게 달군 부젓가락을 들이대도 반드시 지켜야 할 약속 말입니다. 제 신상의 안전을 위해 당신도 같은 종류의 작은 약속 하나를 해주시겠습니까?"

"약속을 하라고?" 궁금증을 내비치며 그레고리가 말했다.

"네." 사임이 매우 진지하게 말했다. "저는 당신의 비밀을 경찰에게 알리지 않겠다고 하느님 앞에 맹세했습니다. 당신도 인간애에 걸고, 혹은 당신이 믿는 어떤 사악한 신조에라도 걸고 저의 비밀을 무정부주의자들에게 발설하지 않겠다고 맹세하시겠습니까?"

"자네의 비밀?" 그레고리가 눈을 크게 뜨고 말했다. "자네에게도 비밀이 있나?"

"네. 비밀이 있습니다." 잠시 뜸을 들이고 그가 말했다. "맹세하시겠습니까?"

그레고리는 그를 침통한 눈으로 몇 초간 바라보더니, 무뚝뚝하게 말했다.

"자네가 내게 마법을 걸었나 보군. 자네에 대해 알고 싶은 마음이 샘솟으니 말이야. 그래, 자네가 말하는 어떤 것도 무정부주의자들에게 말하지 않기로 맹세하겠네. 그러나 서두르게. 곧 그들이 올 테니까."

사임은 천천히 일어나 그의 길고 흰 손을 회색 바지 호주머니에 찔러 넣었다. 그 순간 밖에 있는 들창문을 다섯 번 두드리는 소리가 음모자들의 첫 무리가 도착했음을 알렸다.

"당신이 아무 속셈 없는 순수한 시인으로 위장하고 있다는 것을 알고 있는 사람은 당신이나 당신네 회장만이 아닙니다. 이보다 더 간략하게 사실을 표현할 말이 생각나지 않는군요. 경찰 사령부에서는 이미 오래전에 당신들의 은신처를 알아냈습니다."

그레고리는 똑바로 일어서려 했으나, 세 차례나 휘청거렸다.

"뭐라고?" 그는 사람의 음성이라고 할 수 없는 소리를 냈다.

"그렇습니다. 저는 형사입니다. 한데, 당신 동지들이 이미 도착한 것 같군요." 사임이 대수롭지 않게 말했다.

문간에서 '조셉 체임벌린이오'라고 말하는 소리가 들렸다. 그 소리는 두 번 세 번, 그리고 서른 번 반복되더니, 조셉 체임벌린의 무리가 복도를 저벅저벅 걸어오는 (장엄한 느낌이 드는 광경이었다) 소리가 들려왔다.

목요일의 남자

그들이 문턱에 모습을 드러내기까지, 그레고리는 놀라서 입을 다물지 못하고 있었다. 심장이 쿵쿵 뛰는 가운데 그는 목에서 사나운 짐승 같은 소리를 내며 탁자 옆에 서 있었다.

그는 콜트 연발권총을 들어 사임을 겨누었다. 사임은 꿈쩍도 하지 않고 희고 섬세한 손을 들어 올렸다.

"아, 바보 같은 짓 하지 마세요." 그가 마치 인자하고 위엄 있는 목사 같은 목소리로 말했다. "불필요한 짓이라는 걸 모르십니까? 우리가 한 배에 타고 있다는 걸 모르시겠어요? 저는 심지어 뱃멀미가 나는군요."

그레고리는 말도 꺼내지 못하고 총도 쏘지 못한 채 그의 적을 노려보았다.

"우리가 서로를 막다른 골목으로 몰아넣었다는 걸 모르시겠어요?" 사임이 외쳤다. "저는 당신이 무정부주의자라는 사실을 경찰에 발설할 수 없어요. 당신은 제가 경찰이라는 사실을 무정부주의자들에게 말할 수 없죠. 저는 당신의 정체를 알면서도 그저 지켜볼 수밖에 없어요. 당신은 제 정체를 알면서도 저를 지켜볼 수밖에 없죠. 짧게 말하자면, 이건 당신과 제가 지력으로 싸우는 외로운 두뇌대결입니다. 저는 경찰의 도움을 받지 못하는 경찰관입니다. 당신은 측은하게도 무정부주의에 꼭 필요한 법과 조직의 도움을 받지 못하는 무정부주의자입니다. 딱 한 가지 다른 점이 있다면, 당신의 처지가 더 유리하다는 겁니다. 당신은 꼬치꼬치 캐묻는 경찰관들에게 둘러싸여 있지 않지요. 저는 제 정체를 알아내려는 무정부주의자들에게 둘러싸여 있습니다. 자, 어서 맹세하세요! 잠시 후에 제가 제 정체를 위장하는 모습을 지켜보세요. 퍽 그럴싸하게 해낼 겁니다."

그레고리는 사임이 마치 바다 괴물이라도 되는 듯 그를 노려보며 천천히 권총을 내려놓았다.

"난 사후세계를 믿지 않네." 그가 마침내 입을 열었다.

"그러나 만일 자네가 약속을 어긴다면, 신은 오직 자네만을 위한 지옥을 만들어 영원히 그 속에서 울부짖게 할 걸세."

"전 약속을 깨지 않을 겁니다." 사임이 단호하게 말했다. "당신도 약속을 어기지 않을 테고요. 자, 밖에 동지들이 오셨군요."

무정부주의자들의 무리가 다소 구부정하고 지친 걸음걸이로 느릿느릿 방으로 들어왔다. 그러나 검은 턱수염에 안경을 쓴, 마치 팀 힐리[1]처럼 생긴, 체구가 작은 남자는 혼자 무리에서 떨어져 서류를 손에 들고 부산을 떨며 걷고 있었다.

"그레고리 동지. 이분도 대표자 가운데 한 사람이겠지요?" 그가 말했다.

그레고리는 화들짝 놀라 시선을 떨구며 사임의 이름을 입속으로 중얼거렸다. 그러자 사임이 나서서 태연하게 대답했다.

"대표가 아닌 사람은 이곳에 들어오지 못하게 출입구를 단단히 경비하고 있는 모습을 보니 마음이 흡족합니다."

그러나 검은 턱수염의 남자는 아직도 경계를 풀지 않았는지 미간을 찌푸리고 있었다.

"당신은 어느 지부의 대표죠?" 그가 날카롭게 물었다.

"지부라고 부르긴 뭣합니다. 아무리 낮춰 불러도 지부의 뿌리라고 말할 수밖에 없군요." 사임이 웃으며 말했다.

"무슨 말씀이시죠?"

"사실 저는 안식일을 지키는 사람입니다. 여러분이 일요일을 온당하게 지키는지를 점검하려고 특별히 파견되었죠."

체구가 작은 남자는 서류 한 장을 떨어뜨렸고, 그곳에 있던

---

[1] 1855~1931. 정치인이자 기자, 작가, 변호사인 아일랜드 민족주의자.

모든 이의 얼굴에 두려운 기색이 스쳐 지나갔다. 일요일이라 불리는 그 무시무시한 회장은 실제로 이런 지부회의에 사람을 불시에 파견하는 것이 분명했다.

"자, 동지에게도 자리를 마련해주는 게 좋겠죠?" 서류를 든 남자가 잠시 후 말했다.

"친구로서 제 충고를 구하시는 거라면, 그러시는 게 좋겠습니다." 사임이 대단한 호의라도 베푸는 듯이 대답했다.

그레고리는 이 위험한 대화가 끝나고 맞수의 신변이 안전해진 것을 보고서야 괴로운 생각에 잠긴 채 몸을 움직였다. 분명히 그는 골치 아픈 권모술수에 걸려들었던 것이다. 영리한 사임의 뻔뻔한 태도는 혹시 일어날지도 모를 곤란한 상황에서 그를 구해줄 것이 분명했다. 동료 무정부주의자들에게 기대할 것은 거의 없었다. 그는 사임을 배신할 수도 없었다. 명예 때문이기도 했지만, 만약 그가 사임을 배신하고 나서 그를 제거하지 못한다면, 피신에 성공한 사임은 모든 비밀 엄수의 의무에서 자유로워지고, 가까운 경찰서로 걸어가면 그만이기 때문이었다. 아무튼, 하룻밤 회의에 불과했고 오직 한 명의 형사가 그 회의에 대해 알게 될 뿐이었다. 그는 그날 밤 그들의 계획을 최대한 덜 노출시키고 사임을 보낸 다음, 운을 하늘에 맡기기로 했다.

그는 이미 긴 의자에 자리를 잡고 앉은 무정부주의자 무리 가운데로 걸어 들어왔다.

"이제 회의를 시작합시다. 중기선이 이미 강에서 기다리고 있습니다. 버튼스 동지가 회의를 주재할 것을 제안합니다."

사람들이 거수로 찬성하자, 서류를 든 작은 체구의 남자가 의장석에 미끄러지듯 앉았다.

"동지들." 그는 마치 총성이 울리듯 날카로운 소리로 포문을 열었다. "오늘 저녁의 이 회의는 비록 길어질 필요는 없지만, 아주 중요한 회의입니다.

우리 지부는 유럽 무정부주의자 중앙위원회의 목요일을 뽑는 영광을 항상 누려왔습니다. 우리는 지금까지 여러 명의 훌륭한 목요일을 뽑아왔습니다. 지난주까지 그 직책을 수행하던 영웅적인 투사가 애석하게도 사망한 것은 우리 모두의 슬픔입니다.

아시다시피, 목요일 동지가 실행한 과업은 놀라운 것이었습니다. 동지가 하는 일이 잘 풀렸더라면 부두에 있던 사람들을 전멸시켰을 브라이튼 대폭동을 계획했지요. 또 아시다시피, 동지의 죽음 역시 그의 삶만큼이나 이타적이었습니다. 그는 젖소에 대한 잔인한 처사의 결과이며 야만적인 음료라고 생각했던 우유를, 백묵과 물을 위생적으로 섞어 만든 음료로 대체하려고 노력하다가 목숨을 잃었으니까요.

동지는 폭력이나, 폭력을 꾀하는 어떤 것도 늘 거부했습니다. 그러나 우리는 이제 동지의 미덕보다는, 그가 수행했던 어려운 직무를 기리려고 합니다. 동지의 훌륭한 자질을 낱낱이 열거하여 모두 칭송하기도 어렵지만, 그를 대신할 인물을 찾는 일은 더욱 어렵습니다. 오늘 우리 가운데 목요일이 될 사람을 선출하는 일은 동지 여러분 손에 달렸습니다. 누군가 후보자를 추천하신다면 표결에 부치겠습니다. 만일 후보자 추천이 없다면, 저는 우리 곁을 떠난, 친애하는 다이너마이트 테러 혁명가가 그의 미덕과 순수함의 마지막 비밀을 우리가 알지 못하는 심연 속으로 함께 가지고 갔다고 말할 수밖에 없군요."

교회에서 가끔 들을 수 있는, 거의 들리지 않는 박수 소리가 방 안에서 울렸다. 그리고 잠시 후, 어쩌면 그곳에 있는 유일한 진짜 육체노동자로 보이는, 근엄하고 덩치가 크고 긴 흰 턱수염을 기른 노인이 느릿느릿 일어나 말했다.

"그레고리 동지를 목요일로 선출할 것을 제안합니다." 그러더니 그는 다시 무겁게 의자에 주저앉았다.

"동의하시는 분 있습니까?" 의장이 물었다.

벨벳 코트를 입은 뾰족한 턱수염의 작은 남자가 동의했다.

"투표에 부치기 전에, 그레고리 동지의 말씀을 듣겠습니다."

그레고리는 박수갈채가 요란하게 울리는 가운데 자리에서

일어났다. 그의 얼굴은 죽은 사람처럼 창백했기에 붉은 머리는 거의 진홍색으로 보였다. 그러나 그는 얼굴에 미소를 띠며 느긋하게 행동했다. 이미 마음을 정한 상태에서 그가 현명하게 선택한 길은 마치 탁 트인 대로처럼 훤히 열려 있었다. 그의 가장 좋은 선택은 미온적이고 애매한 연설로 무정부주의자 모임이 사실상 별것 아니라는 인상을 형사의 뇌리에 심어주는 일이었다. 그는 애매하게 암시하고 완벽한 단어를 골라낼 줄 아는 자신의 문학적 재능을 믿었다. 그는 말을 절묘하게 꾸민다면, 지금 그를 둘러싸고 앉아 있는 사람들의 너무도 명백한 정체에도 불구하고, 모임의 실제 성격을 슬쩍 바꿔치기할 수 있으리라 믿었다. 사임은 이미 무정부주의자들이 겉만 번드르르한 어릿광대들이라고 생각하지 않았던가? 이 절체절명의 순간에 사임이 다시 한 번 그렇게 믿도록 할 수 있지 않을까?

"동지들." 그레고리는 나지막하면서도 깊은 인상을 주는 목소리로 입을 열었다. "제 신조가 어떤 것인지, 여러분 앞에서 새삼스럽게 강조할 필요는 없을 것입니다. 제 신조는 여러분의 신조와 똑같으니까요. 그간 우리 신념은 모략을 당해왔고, 왜곡되었으며, 혼돈에 빠지고, 숨겨져왔지만, 그것이 변한 적은 한 번도 없었습니다. 무정부주의와 그 위험성을 말하는 사람들은 정보를 얻으려고 사방을 찾아 헤맸지만, 그 모든 것의 근원인 우리에게 오지는 못했지요. 그들은 싸구려 소설을 읽고 무정부주의자에 대해 알게 되었습니다. 그들은 가판대의 신문에서 무정부주의자에 대해 읽었습니다. 그들은 《앨리 슬로퍼의 반휴일》[2]이나 〈스포팅 타임스〉[3] 따위의 인쇄물을 통해 무정부주의자의 존재를 파악했습니다. 그들은 단 한 번도 무정부주의자를 직접 만나지 못했습니다.

우리는 유럽의 한쪽 끝에서 반대쪽 끝까지 늘어서고 우리 머리 꼭대기까지 산더미처럼 쌓인 중상모략을 부인할 길이 없었습니다. 우리가 마치 병균과 같은 존재라는 말을 늘 들어온 사람도 그런 모략에 대한 우리의 해명을 들을 수 없었지요. 제가 심지어 대폭동을 기획하고 있다고 해도, 그는 지금 이 순간조차 우리의 대답을 듣지 못할 것입니다. 왜냐면 지하묘지에 모였던 초기 기독교인들처럼 이곳 깊은 지하는 오직 박해받은 자들에게만 허락되니까요.

그러나 어떤 믿을 수 없는 우연으로 우리를 평생 오해해온 사람이 이 자리에 있다면, 저는 그에게 이렇게 묻겠습니다. '초대 기독교인들이 지하묘소에 모였을 때, 땅 위 저잣거리에서는 그들의 도덕성에 대한 평판이 어떠했던가? 교육받은 로마인들은

---

2. 《Ally sloper's half-holiday》: 1884년에 출간된 영국 만화.
3. 주로 스포츠와 경마를 전문적으로 다루는 영국 신문.

그들의 잔혹성에 대해 어떤 소문을 퍼뜨렸던가? (저라면 그에게 이렇게 말하겠습니다) 우리가 역사의 불가사의한 역설을 되풀이하는 것은 아닌지 생각해보라. 우리가 초대 기독교인들만큼이나 죄 없는 사람들이기에, 우리가 초대 기독교인들만큼이나 무서운 존재로 보이는 것은 아닌지 생각해보라. 우리가 그들만큼이나 온유하기에, 우리가 그들만큼이나 미친 사람들처럼 보이는 것은 아닌지 생각해보라'고."

그가 처음 연설을 시작할 때 들렸던 박수갈채가 점차 사그라지더니, 말을 마칠 즈음에는 완전히 멈춰버렸다. 갑작스러운 침묵 속에서 벨벳 외투를 입은 남자가 높고 거슬리는 목소리로 외쳤다.

"나는 온유하지 않소!"

"위더스푼 동지가 자신은 온유하지 않다고 하는군요. 아, 어쩌면 자신에 대해 이토록 아는 것이 없는지! 그의 말은 확실히 과장되어 있습니다. 그의 외모는 사나워 보이고, 심지어는 (평범한 사람의 눈으로 보면) 추하게 보입니다. 그러나 제 눈처럼 그윽하고 섬세한 우정을 담은 눈만이 너무 깊은 곳에 있어 그가 스스로 볼 수 없는 내면의 견고한 온유함을 볼 수 있습니다. 다시 말합니다만, 우리는 진정으로 초대 기독교인들과 같은 존재입니다. 다른 점이 있다면 우리는 그들보다 늦게 나타났다는

3장_목요일의 남자 53

것뿐입니다. 그들이 단순성을 숭배했듯이, 우리는 단순합니다! 위더스푼 동지를 보십시오. 그들이 겸손했던 것처럼 우리도 겸손합니다! 저를 보십시오. 우리는 자비롭습니다!"

"아니오, 아닙니다!" 벨벳 외투의 위더스푼이 소리쳤다.

"초기 기독교인들이 자비로웠듯이 우리도 자비롭습니다. 비록 그들이 인육을 먹는다는 누명을 그 자비로움이 벗겨주지는 못했지만. 우리는 인육을 먹지 않습니다!" 그레고리가 화난 어조로 말했다.

"안타까운 일이군! 그래서 안 될 건 또 뭐람?" 위더스푼이 외쳤다.

"위더스푼 동지는 왜 아무도 그를 잡아먹지 않는지 궁금해서 안달이 났군요. (그는 웃었다) 그를 마음 깊이 사랑하는, 사랑의 반석 위에 세워진 우리의 조직에서는…"

"아니오, 아니오! 사랑으로 망할 조직이지." 위더스푼이 말했다.

"사랑의 반석 위에 세워진 우리 조직에서는…" 그레고리는 이를 갈며 말을 계속했다. "우리 단체가 무엇을 추구해야 할지, 혹은 제가 이 단체의 대표자로서 무엇을 추구해야 할지는 분명합니다. 우리를 암살자나 인간 사회의 적이라고 모략하는 자들의 경솔함과는 달리, 우리는 도덕적인 용기와 고상한 지성의 힘을 실어 형제애와 순수함이라는 영원한 이상을 추구해야 합니다."

그레고리는 자리에 앉아 이마를 손으로 쓸었다. 생경하고 어색한 정적이 깔렸으나, 다음 순간 의장이 자동인형처럼 벌떡 일어나 무미건조한 목소리로 말했다.

"그레고리 동지의 선출에 반대하시는 분?"

사람들은 어렴풋이 실망한 기색을 띠고 있었고, 위더스푼 동지는 자리에 앉은 채 계속 꿈지럭거리며 숱진 수염 밑으로 뭔가를 중얼거렸다. 그러나 이런 관행적인 일은 다들 얼른 끝내려 하기 때문에, 이대로라면 그레고리는 후보로서 표결에 부쳐졌을 것이다. 하지만 의장이 표결을 제안하려고 입을 열려는 순간, 사임이 벌떡 일어나 조용한 목소리로 말했다.

"네, 의장 동지, 저는 반대합니다."

웅변술에서 가장 효과적인 방법은 갑자기 어조를 바꾸는 것이다. 가브리엘 사임은 분명히 웅변술을 잘 이해하고 있는 사람이었다. 겸손하고 간결하게, 격식을 갖춘 첫 마디를 마치자, 그는 마치 복도에 진열된 총 가운데 하나가 연속해서 발사라도 되듯이 방이 쩌렁쩌렁 울리도록 다음 말을 이어나갔다.

"동지 여러분!" 모든 사람이 신고 있던 장화에서 튀어나오게 할 정도로 그는 큰 소리로 외쳤다. "우리가 겨우 이런 꼴을 보자고 지금까지 노력해왔습니까? 이런 연설을 들으려고 우리가 쥐새끼처럼 땅 밑으로 숨어들었습니까? 이런 얘기는 주일학교 간식 시간에 빵이나 받아먹으며 들을 연설입니다. 그레고리 동지가 우리에게 '선하게 사시오, 그러면 복이 올 것입니다', '정직이 최선의 방책입니다', '미덕은 그 자체가 보상입니다' 따위의 말을 하는 걸 다른 사람들이 듣지 못하게 하려고 벽에 무기를 빼곡히 채우고 철문을 암호로 굳게 지켰습니까? 그레고리 동지의 연설은 교회의 목사나 기꺼워하며 들을 말입니다. (옳소! 옳소!)

그러나 저는 그런 목사 나부랭이가 아닙니다. (열렬한 박수갈채) 그리고 저는 그 연설을 기껍게 듣지 않았습니다. (또다시 박수갈채) 좋은 목사가 되기에 적합한 사람은 단호하고, 강력하며, 유능해야 할 목요일이 될 자격이 없습니다. (옳소! 옳습니다!)

그레고리 동지는 (은밀한 목소리로) 우리가 사회의 적이 아니라고 했습니다. 그러나 저는 우리가 사회의 적이며, 그보다 더한 사회의 해악이라고 말하겠습니다. 사회는 인간성의 적, 인간성의 가장 오래되고 가장 잔악한 적이기에 우리는 사회의 적입니다. (옳소! 옳소!) 그레고리 동지는 (또다시 은밀한 목소리로) 우리는 살인자가 아니라고 했습니다. 그 점엔 동의합니다. 우리는 살인자가 아닙니다. 우리는 사형 집행자입니다. (박수갈채)"

사임이 일어날 때부터 그레고리는 놀라움에 이안이 빙빙한 표정으로 그를 뚫어지게 쳐다보고 있었다. 말이 끝나자 마치 흙으로 만든 듯한 그의 입술이 벌어지더니, 생명이 없는 기계

같은 목소리로 말했다.

"이 저주받을 위선자야!"

사임은 흐린 푸른색 눈으로 그레고리의 겁에 질린 눈을 똑바로 바라보면서 위엄을 담아 말했다.

"그레고리 동지가 저를 위선자라 부르는군요. 그는 제가 제 직무를 모두 수행하고, 제 임무에 충실하다는 것을 저만큼이나 잘 알고 있습니다. 저는 허울 좋은 말을 꾸미지 않습니다. 저는 허세를 부리지 않습니다. 그레고리 동지의 상냥한 품성으로 보아 그는 목요일이 되기에 적합하지 않다고 주장하는 바입니다. 그는 너무나 유약해서 목요일이 되기에 걸맞지 않습니다. 우리는 감상적인 자비심으로 오염된 무정부주의자 중앙위원회를 원하지 않습니다. (옳소! 옳소!) 지금은 의례적인 예절, 의례적인 겸손이 필요한 때가 아닙니다. 저는 제가 유럽의 모든 정부에 반대하는 것만큼 그레고리 동지에게 반대합니다. 왜냐면 무정부주의에 온몸을 바친 무정부주의자는 허영심을 잊어버린 만큼이나 겸손도 잊어버린 자니까요. (박수갈채)

저는 인간으로서 존재하지 않습니다. 저는 근원입니다. (또다시 박수갈채) 저는 사적인 감정 없이 냉정하게, 벽에 걸린 이 권총이 아니라 저 권총을 고르듯이 그레고리 동지의 주장에 반대합니다. 그리고 중앙위원회를 위해 그레고리 동지와 그의 술에

물 탄 듯한 어영부영한 방법론을 택하느니, 차라리 저 자신을 후보로 추천합니다!'

그의 말끝은 귀가 멀 것 같은 박수의 홍수에 파묻혔다. 연설이 점점 강경해짐에 따라 찬성의 뜻으로 점점 격렬한 표정을 짓던 얼굴들은 이제 기대를 품은 미소로 환해지면서 입은 기쁨의 환성을 지르기 위해 벌어졌다. 그가 목요일의 후보가 되겠다고 선언한 순간, 흥분과 동의의 함성이 점점 걷잡을 수 없이 터져 나왔다. 바로 그때 그레고리가 벌떡 일어나 입에 게거품을 물고 함성에 맞서 고함을 질렀다.

"멈춰, 이 빌어먹을 미친놈아!" 그는 있는 힘을 다해 목이 찢어지도록 외쳤다. "멈춰, 이…"

그러나 사임은 그레고리의 고함과 동지들의 함성보다도 더 크고 냉정한 목소리로 말했다.

"저는 우리를 살인자라고 부르는 중상모략을 반박하려고 위원회에 출석하지 않았습니다. 저는 오히려 그 말을 기꺼이 받아들이려고 하는 것입니다. (크고 오랜 박수갈채) 무정부주의자가 종교의 적이라고 말하는 성직자들에게, 법의 적이라고 말하는 판사들에게, 규칙과 공공질서의 적이라고 말하는 돼지 같은 국회의원들에게 저는 말합니다. '너희는 거짓된 왕이지만, 진정한 예언자들이다. 나는 너희를 멸하고, 너희의 예언을 이루러

왔다'고."

우렁찬 박수갈채는 조금씩 잦아들었지만, 완전히 멈추기 전에 머리카락과 수염이 꼿꼿이 곤두선 위더스푼이 일어나 말했다.

"아까 추천했던 후보 대신에 사임 동지를 목요일로 선출할 것을 제안합니다."

"멈추시오, 제발!" 그레고리가 미친 듯한 표정으로 손을 휘두르며 말했다. "멈추시오, 이건 정말…"

의장은 차가운 목소리로 그의 말을 잘랐다.

"이 제안에 찬성하는 사람 있습니까?" 그가 말했다.

뒤쪽의 벤치에 앉아 있던, 키가 크고 미국인풍으로 턱수염을 기른 우울한 눈빛과 지친 인상의 남자가 천천히 일어났다. 그레고리는 한동안 고함을 지르고 있었다. 갑자기 그의 목소리가 어떠한 고함보다도 더 충격적인 색조를 띠었다.

"이 모든 것을 끝장내겠어!" 그는 바위처럼 무거운 목소리로 말했다. "이 사람은 선출될 수 없소. 이 사람은…"

"좋아요." 사임이 꿈쩍도 하지 않고 물었다. "내가 뭐란 말이죠?"

그레고리의 입이 두 번 움직였으나 아무 소리도 나오지 않았다. 그러더니 그의 창백한 얼굴에 천천히 혈기가 돌았다.

"이 사람은 경험이 거의 없는 자요."

그러더니 그는 자리에 털썩 주저앉았다.

그가 미처 말을 마치기도 전에 키가 크고 마른 체구에 미국인 풍으로 수염을 기른 남자가 단조로운 미국식 억양으로 말했다.

"저는 사임 동지의 선출에 찬성합니다."

"규칙에 따라 이 제안을 우선순위에 넣겠습니다." 의장인 버튼스가 기계적으로 빠르게 말했다.

"이제 의제는 사임 동지를…"

그레고리는 숨을 헐떡이며 다급하게 자리에서 벌떡 일어났다.

"동지 여러분." 그가 외쳤다. "저는 미친 사람이 아닙니다."

"오, 이런!" 위더스푼이 말했다.

"저는 미친 사람이 아닙니다." 그가 잠시 좌중을 움찔하게 하는, 놀라우리만큼 진실한 어조로 되풀이했다. "그러나 여러분은 미친 소리라고 할 만한 충고를 하겠습니다. 아니, 그 이유를 댈 수 없으니 충고라고는 하지 않겠습니다. 명령이라고 하겠습니다. 미친 명령이라고 부르셔도 좋지만, 그대로 따라주십시오. 제 말을 공박하셔도 좋지만, 일단 들어주십시오. 절 죽이셔도 좋지만, 제 말을 따르십시오! 이 남자를 목요일로 선출하지 마십시오."

진실이란 억압을 받아도 지극히 강력한 것이기에 사임의 빈약하고 비논리적인 승리는 잠시 갈대처럼 휘청거렸다. 그러나 사임의 쓸쓸한 푸른 눈만 보고서는 무슨 일이 일어날지 아무도 예상할 수 없었다. 그는 그저 이렇게 말할 뿐이었다.

"그레고리 동지께서 이젠 명령까지 하십니다…."

그러자 진실의 마법은 풀렸고, 무정부주의자 가운데 한 사람이 그레고리에게 소리쳤다.

"당신이 뭐요? 당신은 일요일이 아니지 않은가."

그리고 또다른 무정부주의자가 더욱 냉혹한 목소리로 덧붙였다.

"그리고 당신은 목요일도 못 되지."

"동지들!"

고통을 능가하는, 고통이 불러오는 황홀 상태에 빠진 순교자와 같은 목소리로 그레고리가 외쳤다.

"여러분이 저를 독재자로 증오하든 노예로 증오하든 상관없습니다. 만약 여러분이 제 명령을 듣지 않겠다면, 제 애원을 들어주십시오. 무릎을 꿇겠습니다. 여러분의 발아래 제 몸을 던지겠습니다. 애걸합니다. 이 사람을 뽑지 마십시오."

"그레고리 동지." 고통스러운 정적이 흐르고 나서 의장이 말했다. "정말이지, 이건 품위 없는 행동이에요."

회의 중 처음으로 몇 초간 진정한 적막의 순간이 지나갔다. 그리고 그레고리는 폐인처럼 된 채 창백한 얼굴로 자리에 주저앉았고, 의장은 갑자기 다시 작동하기 시작한 시계처럼 되풀이해서 말했다.

"의제는 사임 동지를 중앙위원회의 목요일로 선출할 것인가를 정하는 것입니다."

함성이 파도처럼 치솟고, 숲의 나무처럼 손들이 번쩍번쩍 들리는 가운데, 3분 후 비밀경찰의 일원인 가브리엘 사임은 유럽 무정부주의자 중앙위원회의 목요일로 당선되었다.

방 안에 있는 모든 사람이 강가에서 기다리는 증기선과 탁자 위에 놓인 지팡이와 연발권총에 생각이 미친 듯했다. 선거결과가 돌이킬 수 없이 확정되고, 사임이 당선을 증명하는 증서를 받아들자, 그들은 모두 자리에서 일어나 분주하게 움직였다. 사임은 아직도 자신을 증오와 경악이 섞인 눈으로 쳐다보는 그레고리와 정면으로 마주 섰다. 꽤 오랫동안 두 사람은 입을 떼지 않았다.

"자넨 악마야!" 그레고리가 마침내 말했다.

"당신은 신사고요." 사임이 위엄 있게 말했다.

"자네가 나를 함정에 빠뜨린 거야." 그레고리가 머리에서 발끝까지 부들부들 떨며 입을 열었다. "나를 함정에 빠뜨려서…"

"사리에 맞는 말을 하시지요." 사임이 싸늘하게 말했다. "그런 식으로 말하자면 당신은 저를 악마의 집회에 참석하도록 함정에 빠뜨리지 않았습니까? 제가 당신의 맹세를 받아내기 전에 당신이 먼저 제게 맹세를 강요했죠. 어쩌면 우리는 각자가 옳다고 생각하는 일을 하고 있는 중인지도 모릅니다. 그러나 우리가 옳다고 믿는 일이 불행하게도 서로 너무 달라서 양보의 여지가 전혀 없군요. 우리는 명예와 죽음 외에 아무것도 선택할 수 없습니다." 말을 마친 그는 그 웅장한 망토를 어깨에 두르고 탁자에서 술병을 집어 들었다.

"배가 기다리고 있소. 이쪽으로 오세요." 버튼스가 부산을 떨며 말했다.

그는 마치 상점 지배인 같은 몸짓으로 사임을 짧은 통로로 안내했다. 아직도 고뇌에 잠긴 채 그레고리는 서둘러 그들을 뒤쫓았다. 버튼스가 통로 끝에 있는 문을 재빨리 열자, 갑자기 달빛이 내리는 강의 푸른빛과 은빛이 마치 영화의 한 장면처럼 눈에 들어왔다. 출구 근처에 어둡고 작은 증기선이 빨간 외눈의 작은 용처럼 보였다.

배에 올라탄 순간, 가브리엘 사임은 멍하니 입을 벌리고 서 있는 그레고리를 향해 고개를 돌렸다.

"당신은 약속을 지켰군요." 그림자로 얼굴이 가려진 채 그가 부드럽게 말했다. "당신은 명예를 아는 분입니다. 감사드립니다. 당신은 약속을 구체적으로 지켰어요. 당신은 이 일이 시작

될 때 약속한 것을 끝날 때까지 정확하게 지켰습니다."

"무슨 말인가?" 그레고리가 혼란스러워하며 말했다.

"내가 자네에게 뭘 약속했는데?"

"아주 즐거운 저녁을 약속했죠."

그는 강 위를 미끄러지듯 지나가는 증기선 위에서 지팡이를 들어 그레고리에게 군대식 경례를 보냈다.

형사의 속사정

가브리엘 사임은 단순히 시인으로 위장한 형사가 아니었다.

그는 실제로 시인이었다가 나중에 형사가 된 사람이었다. 그의 무정부주의에 대한 증오 역시 거짓이 아니었다. 그는 혁명주의자들의 어리석은 행동에 혐오를 느끼고 어린 나이에 지나치게 보수적으로 변한 사람 가운데 하나였다. 그의 그런 보수적인 태도는 인습에 의해 길든 것이 아니라, 자연스럽고도 급작스럽게, 반항에 대한 반항으로 형성되었던 것이다.

그의 가족은 아주 엉뚱한 생각을 아무렇지도 않게 행동에 옮기는 괴짜들이었다. 그의 삼촌 가운데 한 사람은 외출할 때에도 절대로 모자를 쓰지 않았고, 또 다른 삼촌은 모자 외에 아무 것도 몸에 걸치지 않고 밖으로 나가려다 늘 제지당하곤 했다.

그의 아버지는 예술과 자아실현에 탐닉한 사람이었고, 그의 어머니는 단순함과 건전함을 중시하는 사람이었다. 그래서 그들 사이에서 태어난 사임은 어린 시절부터 양극단에 있는 압생트와 코코아 외에 다른 어떤 음료도 알지 못했다. (그는 이 두 가지 음료 모두 건강에 나쁘다는 이유로 꺼렸다.) 그의 어머니가 청교도적 금욕을 주장할수록, 그의 아버지는 더욱 이교도적인 태도를 보이곤 했다. 그리고 어머니가 채식주의를 강요하자, 아버지는 식인을 옹호하는 지경에 이르렀다.

어릴 때부터 생각할 수 있는 온갖 종류의 반항에 둘러싸여 자란 가브리엘 역시 뭔가에 반항해야 했다. 그래서 그는 딱 하나 남아 있는 것, 제정신이 아닌 모든 것에 대해 반항했다. 그의 혈관에는 상식적인 사람이 보기에는 그의 반항이 지나치게 거칠다고 여길 정도로 광신자의 피가 흐르고 있었다.

무법자들에 대한 그의 분노는 우연한 계기에 분출되었다. 다이너마이트 테러 사건이 일어난 바로 그 순간에 그는 거리를 걷고 있었다. 그는 한동안 아무것도 보거나 듣지도 못하다가, 연기가 흩어지자 부서진 건물과 유리창과 피 흘리는 사람들을 목격했다. 그러고 나서 그는 조금 전처럼 조용하고, 정중하고, 온화하게 가던 길을 계속 걸었다. 그러나 그의 마음속에는 제정신으로 그런 짓을 할 수는 없다는 생각이 지워지지 않는 얼룩처럼 남았다. 그는 무정부주의자들이 지성을 폭력과 결합하는 무서운 사람들이라고 생각하는 일반적인 사람들과 별반 다르지 않았다. 그는 무정부주의자들을 과거 중국의 침략자들처럼 잔학하고 잔인한 무리로 여겼다.

그는 쓰레기통에 곧바로 버려질 신문 지면에 이 잔학하고 반항적인 무리에 대한 경각심을 일깨우는 온갖 일화와 경구와 격앙된 기사들을 쏟아냈다. 그러나 그는 적에게 접근하지도 못했고, 게다가 제대로 된 생활을 유지하지도 못하는 상태에 놓여 있었다.

그러나 사실, 싸구려 시가를 잘근잘근 씹으며 무정부주의 도래에 대해 생각에 잠긴 채 템스 강가를 걷는 그보다 더 사납고 외로운 무정부주의자는 이 세상에 없었다. 그는 정부가 궁지에 몰린 절망적인 상태에서 홀로 마음을 졸이고 있다는 생각이 들었다. 사실, 그는 그 문제를 다른 방식으로 생각하기에는 현실감각이 부족했다.

그는 짙은 노을 속에서 강둑을 걷고 있었다. 붉게 물든 하늘이 비친 강물은 마치 타오르는 그의 분노를 반사하고 있는 것 같았다. 하늘은 어두웠지만, 강에 비친 색채는 너무도 생생해서 노을보다도 강물이 더 격렬하게 불타오르는 것만 같았다. 마치 물 밑 어느 마을에 있는 선술집에서 거대한 불길이 치솟아 오르는 것처럼 보였다.

그 시절 사임의 행색은 추레했다. 그는 유행이 지난 검은 실크해트를 쓰고 다녔고, 그보다 더 유행에 뒤처진 낡은 검은색 망토를 몸에 감고 다녔다. 그런 차림을 한 그는 디킨스나 불워리턴[1]의 초기 소설에 나오는 악당처럼 보였다. 그의 금발 머리와 턱수염은 훗날 깨끗하게 깎고 다듬은 상태로 새프론 파크에 등장했을 때와는 달리, 지저분하게 헝클어져 마치 사자 갈기와 같았다. 소호에서 푼돈을 주고 산 가느다란 시가를 앙다문 이 사이에 물고 있는 그의 모습은 그가 성전(聖戰)을 선언한 상대인 무정부주의자의 완벽한 표본 같았다. 어쩌면 그런 모습 때문에 강둑에 서 있던 경찰이 그에게 말을 걸었는지도 몰랐다.

"좋은 저녁입니다."

인류에 대한 병적인 노파심의 절정에 있던 사임은 황혼 속에서 푸른 윤곽만 보이는 경관의 무심한 태도에 놀란 듯했다.

"좋은 저녁이라고요?" 그가 덤비듯 말했다. "당신 같은 사람들은 세상의 종말을 보고도 좋은 저녁이라고 하겠군요. 저 붉은 하늘과 강물을 좀 보시오! 저기 흩어져 번들거리는 붉은 것이 사람의 피라고 해도, 당신네 경찰들은 그저 무심히 서서 다음엔 어떤 불쌍한 죄 없는 놈을 밟고 설까, 그 궁리만 하고 있을 거

---

1. 1803~1873. 19세기 영국의 소설가, 희곡작가, 정치가. 《폼페이 최후의 날》등의 작품을 썼다.

요. 당신 같은 경찰들은 가난한 약자에게는 인정사정없지. 그러나 마치 아무 일도 없다는 듯이 침착하게 굴지만 않더라도 당신들의 그 냉혹함을 참아줄 수 있을 텐데."

"우리가 침착한 것은 조직적인 대항에 필요한 태도이기 때문이오." 경찰관이 대답했다.

"뭐라고?" 사임이 눈을 둥그렇게 뜨고 말했다.

"병사는 전쟁에서 침착할 줄 알아야 합니다. 그래서 군대의 침착함에는 국가의 분노가 밑에 깔려 있죠." 경찰관이 말했다.

"맙소사! 당신은 공립학교 출신이군요! 기독교 종파에 속하지 않는 학교요?" 사임이 말했다.

"아니요. 나는 그런 좋은 교육을 받지 못했소이다. 공립학교는 내가 학교를 졸업한 후에 생겼으니까. 안타깝게도 나는 매우 엄격한 구식 교육을 받았소."

"어디서 배웠죠?" 사임이 궁금해 하며 물었다.

"해로우에서." 경찰관이 대답했다.

사임은 자기도 모르는 사이에 허황된 줄 알면서도 너무나 많은 사람이 진지하게 품는 감정, 같은 계층 사람 사이의 동병상련에 마음이 사로잡히는 것을 느꼈다.

"세상에! 그렇다면 당신 같은 사람은 경관이 되지 말았어야죠!"

경찰관은 한숨을 쉬더니 고개를 저었다.

"그래요. 나도 내가 경찰이 될 만한 인물이 아니라는 것을 잘 압니다." 그가 숙연하게 말했다.

"그런데 왜 경찰이 되었죠?" 사임이 주책없는 궁금증이 발동하여 캐물었다.

"댁이 경찰을 욕한 바로 그 이유 때문이오. 평범한 사람들의 폭력보다, 지성인들의 탈선이 인류의 안전을 더 위협한다고 생각하는 사람들을 대상으로 하는 특별 모집이 있다는 것을 알게 되었거든요. 무슨 말씀인지 아시겠죠."

"당신 생각을 대충 알 것 같아요. 하지만, 참 이해가 안 가는군요. 어떻게 당신 같은 사람이 템스 강변에서 파란색 경관모를 쓰고 철학을 논할 수 있는 거죠?"

"최근 경찰에서 새로 개발한 업무에 대해 듣지 못했나 보군요." 경관이 대답했다.

"놀랄 일은 아니죠. 식자층은 모르게 하려고 조심하고 있으니까. 왜냐면 우리의 적은 대부분 식자층에 속하니까요. 하지만, 당신은 생각이 제대로 박인 사람 같군요. 우리와 합류해도 좋을 것 같은데."

"당신들이 무슨 일을 하는데요?" 사임이 물었다.

"설명해드리죠. 유럽의 가장 저명한 형사 가운데 한 사람인 우리 부서장께서는 이미 오래전에 지능적인 음모가 머지않아 우리 문명의 존립 자체를 위협하리라고 예상하셨습니다. 그분은 과학과 예술 분야가 가정과 국가를 암암리에 위협하는 적들이라고 확신하고 계십니다. 그래서 철학자 출신의 경관들을 모아 특수 경찰부대를 조직했죠. 단지, 범죄학적 차원만이 아니라, 다른 여러 가지 미묘한 차원에서 음모의 시발점을 감지하는 것이 그들의 업무입니다.

나는 민주주의를 신봉하고, 평범한 사람에게도 나름대로 용기와 미덕이 있다는 것을 잘 압니다. 하지만 마치 종교재판 같은 성격의 경찰 조사에서 평범한 경찰관에게 일을 맡기는 것은 바람직하지 않지요."

사임의 두 눈이 동감과 호기심으로 빛났다.

"그럼, 당신은 무슨 일을 하시죠?" 그가 물었다.

"철학자 경찰관의 업무는 일반 형사의 업무보다 더 대담하면서도 더 미묘한 것이죠. 평범한 형사는 선술집을 덮쳐 좀도둑이나 체포하지요. 우리는 고상한 티파티에 가서 음모론자들을 색출합니다. 평범한 형사는 여관의 숙박부나 뒤져서 이미 저질러진 범죄를 찾아내지요. 그러나 우리는 시집을 읽고 앞으로 일어날 범죄를 예견하지요. 우리는 사람들을 광신주의와 지능적인 범죄로 몰아가는 가공할 사태가 일어나는 시점으로 거슬러 올라갑니다. 하틀리풀[2]에서 우리가 가까스로 암살을 막을 수 있었던 것은 전적으로 윌크스 씨가 (똑똑하고 젊은 친구죠) 어느 8행시를 완벽하게 해독한 덕분이었죠."

"그렇다면, 실제로 범죄와 지식인들 사이에 밀접한 관계가 있다는 말이오?" 사임이 말했다.

"당신은 이 문제에 대해 진지하게 생각해본 적이 없는 것 같군요. 그러나 가난한 범죄자들에게 똑같은 처벌을 내리는 것은 가혹한 처사라고 한 말은 맞습니다. 내 직업이 무지하고 절박한 사람들을 탄압하는 일이고, 또 이 짓을 끝도 없이 계속해야 한다는 사실을 생각하면 가끔 구역질이 납니다.

하지만, 이번 조치는 완전히 다른 겁니다. 우리는 대부분 교육받지 못한 계층이 범죄를 저지른다는 오만한 자들의 억측을 부정합니다. 로마의 폭군들, 르네상스 시대 독살을 일삼던 영주들을 보세요. 우리는 교육받은 범죄자들이 더 위험하다고 생각합니다.

오늘날 가장 위험한 범죄자들은 법을 무시하는 철학자들입니다. 그들에 비하면 좀도둑이나 중혼자들은 오히려 도덕적인 면이 있는 사람들이지요. 나는 그들을 동정합니다. 그들은 인간의 기본적인 이상을 따릅니다. 다만, 잘못된 방법으로 따를 뿐이지요. 좀도둑은 단지 재산을 완벽하게 숭상하기에 그 재산

---

2. 잉글랜드 북부의 항구도시.

을 자신의 것으로 만들려고 할 뿐이지요. 하지만 철학자들은 재산 자체를 혐오합니다. 그들은 그것이 누군가의 소유물이 된다는 생각 자체를 없애려고 하죠. 중혼자들은 결혼을 존중합니다. 그렇지 않다면 그들은 두 번 이상 결혼하는 복잡한 의식과 절차를 거치려고 하지 않겠지요. 그러나 철학자들은 결혼 자체를 혐오합니다. 살인자들은 사람의 생명을 존중합니다. 그들은 단지 자기보다 열등해 보이는 자들의 생명을 희생시킴으로써 인간의 생명에서 더 큰 충만함을 얻어내려 하는 것입니다. 그러나 철학자들은 다른 사람의 생명은 물론, 자신의 생명을 포함한 생명 자체를 싫어합니다."

사임은 딱! 하고 손뼉을 쳤다.

"구구절절 맞는 말이군요. 그것은 어릴 때부터 느껴왔던 것이지만, 논리적으로 표현하는 방법을 몰랐던 문제들이오. 평범한 범죄자는 나쁜 사람이지만, 적어도 어떤 면에서는 선한 사람이군요. 특정한 장애물, 예를 들어 부유한 삼촌 같은 존재만 없어지면, 그는 기꺼이 우주를 받아들이고 신을 찬양할 테니까. 그는 변혁가일 뿐, 무정부주의자는 아니죠. 그는 세상을 정화하려 할 뿐, 파괴하려 하지는 않을 겁니다. 그러나 사악한 철학자는 세상을 변화시키려는 게 아니라 파멸시키고 싶어 하죠.

그런데 요즘 경찰업무에는 아주 극악하고 비열한 부분, 즉 가난한 자를 괴롭히고 불우한 자들을 감시하는 기능만 남은 것 같아요. 세력 있는 국가 반역자들과 권력 있는 이단자들을 벌하는, 조금 더 고상한 업무들은 아예 포기해버렸으니까. 요즘 사람들은 이단자를 벌하면 안 된다고 주장합니다. 내가 정말 궁금한 것은, 우리에게 다른 사람을 벌할 권리가 과연 있느냐는 겁니다."

"아, 이건 말도 안 돼!" 제복과 큰 체구에 걸맞지 않게 흥분해서 두 손을 맞잡은 경찰관이 외쳤다. "정말이지 이건, 너무 아까운 일이오! 당신 직업이 무엇인지 모르겠소만, 아무튼 당신은 인생을 낭비하고 있소. 당신 같은 사람은 무정부주의에 대항하는 우리 특수부대에 반드시 들어와야 합니다. 우리는 최전선에서 그들의 공격에 맞서 싸우고 있습니다. 그들의 무리는 함락 일보 직전입니다. 더 망설이다가는 우리와 함께 일하는 명예, 어쩌면 세계의 마지막 영웅들과 함께 죽음을 맞이하는 영광을 영영 잃을 수도 있습니다."

"놓치기엔 너무 아까운 기회 같군요." 사임이 동의했다. "그러나 아직도 이해할 수 없는 게 있습니다. 나도 요즘 세상이 법을 무시하는 잡범들과 온갖 범죄들로 그득하다는 것을 잘 알고 있어요. 그러나 그들의 잔악함에도 불구하고, 적어도 그들은 서로 파가 갈려 거대한 조직을 형성하지는 못하죠. 그런데 무정부주의자들은 어떻게 사적인 군대를 조직하고, 거대한 폭동을 일으키는지 당신들은 알고 있습니까? 대체 무정부주의라는 게 뭡니까?"

"무정부주의자들이 하는 짓을 러시아, 아일랜드의 대수롭잖은 다이너마이트 테러 사건과 (정말 억압받는 사람들이 일으키는 폭동이지요) 혼동해선 안 됩니다. 무정부주의는 주변부와 중심부로 구성된 거대한 사상운동입니다. 나는 흔히 주변부를 순진한 구역, 중심부를 간악한 구역이라고 부릅니다. 무정부주의를 지지하는 자들 대부분을 차지하는 주변부 사람들은 그냥 무정부주의자일 뿐입니다. 법과 질서가 인류의 행복을 파괴했다고 생각하는 사람들이죠. 그들은 범죄의 끔찍한 결과는 그것을 범죄로 규정하는 사회체제 때문에 일어난다고 믿습니다. 그들은 범죄가 처벌로 이어지는 게 아니라, 처벌이 범죄를 낳는다고 생각하죠. 그들은 일곱 명의 여인을 농락한 남자도 봄날에 핀 꽃처럼 결백하게 거리를 활보할 수 있다고 생각합니다. 그들은 남의 지갑을 턴 사람이 기분 좋은 것은 당연한 일이라고 생각하죠. 이들이 속한 구역을 나는 순진한 구역이라고 부릅니다."

"오!" 사임이 감탄한 듯 소리를 질렀다.

"그래서 그들은 당연히 '행복한 시대의 도래', '천국 같은 미래', '악과 미덕의 속박에서 자유로워진 인류' 등을 운운합니다.

그럼, 이제 중심부에 속한 사람들, 그 성스러운 사제들에 대해 말해볼까요? 그들은 환호하는 청중에게 미래의 행복, 드디어 해방된 인류에 대해 말합니다. 그러나 그들이 말할 때…" 경관은 목소리를 낮췄다. "그들이 말할 때 그처럼 행복해 보이는 그 문구들은 끔찍한 뜻을 품고 있습니다. 그들에게는 어떠한 환상도 없습니다. 그들은 이 땅에 태어난 인간이 원죄와 고통에서 벗어날 수 있으리라고 믿기에는 너무 똑똑합니다. 그들이 마침내 인류가 해방되리라고 말하는 것은 인류가 자멸해야 한다는 의미입니다. 그들이 말하는 선악에 얽매이지 않는 천국은 실제로 무덤을 의미하죠.

그들에게는 두 가지 목적이 있어요. 하나는 먼저 인류를 파멸시키고, 그다음에 스스로 자멸하는 것입니다. 그것이 그들이 권총 대신에 폭탄을 사용하는 이유입니다. 순진한 잔챙이 무정부주의자들은 그 폭탄이 왕을 죽이지 못했다고 실망합니다. 그러나 고위급 무정부주의자들은 그 폭탄이 누군가를 죽였기에 기뻐하지요."

"어떻게 하면 당신네 활동에 가담할 수 있죠?" 사임이 진지한 눈빛으로 물었다.

"지금 공석이 있다는 걸 내가 확실히 알아요. 내가 아까 말한, 우리 부서장께서는 나를 믿고 비밀을 털어놓으시거든요. 꼭 그분을 봐야 합니다. 아, 그분을 본다는 말은 어쩌면 적절치 않겠군요. 아무도 그분을 볼 수 없으니까. 하지만 원한다면 그분과 이야기를 나눌 수는 있습니다."

"전화로 말입니까?" 흥미를 느낀 사임이 물었다.

"아닙니다. 그분은 항상 칠흑같이 어두운 방 안에 혼자 계시기를 좋아하십니다. 그래야 명철하게 사고하실 수 있다는 겁니다. 자, 나를 따라오세요." 그가 평온한 목소리로 말했다.

조금 어리둥절했지만, 매우 흥분한 사임은 그를 따라 경찰본부의 높은 빌딩들 사이에 있는 은밀한 입구를 지나 안으로 들어갔다. 그는 자신이 무슨 짓을 하고 있는지조차 모르는 사이에 네 사람의 경관이 앉아 있는 자리를 지나 어느 방으로 안내되었다. 방 안의 느닷없는 어둠이 갑자기 터져 나온 빛처럼 그를 화들짝 놀라게 했다. 사물의 형태를 눈으로 어렴풋이 가늠할 수 있는 정도의 어둠이 아니었다. 갑자기 눈이 멀어버린 듯한 어둠이었다.

"새로운 지원자인가?" 굵은 목소리가 물었다.

어둠 속에서 사람의 윤곽조차 알아볼 수 없었지만, 사임은 두 가지 사실을 깨달았다. 하나는 그 목소리가 육중한 체구에서 나온다는 것, 그리고 또 하나는 그 남자가 그에게 등을 돌리고 있다는 것이었다.

보이지 않는 부서장은 그간의 자초지종을 다 들었던 모양이었다.

"좋아. 합격이야."

이미 완전히 매료된 상태에 있었지만, 그래도 사임은 이 돌이킬 수 없는 부서장의 한 마디에 미약하게나마 저항했다.

"전 아무 경험도 없는데요." 그가 입을 열었다.

"누구도 인류 최후의 대결전에 참가한 경험은 없지." 부서장이 말했다.

"하지만 저는 정말 부적합한…"

"자네에게 의지만 있다면, 그것으로 충분해." 미지의 부서장이 말했다.

"이 세상에 의지 하나만이 최종 조건이 되는 임무가 있는 줄은 몰랐는데요."

"나는 알고 있지." 부서장이 말했다.

"바로 순교자의 임무가 그것이지. 나는 자네에게 죽음을 선고하네. 그럼 이만."

허름한 모자와 낡은 망토를 걸친 가브리엘 사임이 다시 붉은 저녁노을 속으로 걸어 나왔을 때, 그는 거대한 음모를 저지하는 임무를 맡은 신설 형사경찰대의 일원이 되어 있었다. 그의 동료 경찰(직업적인 전문성으로 깔끔한 차림에 신경 쓰는 사람이었다)의 조언을 받아 이발하고 수염을 다듬고, 비싼 모자를 사고, 연한 청회색 최고급 여름 제복을 차려입고, 단춧구멍에 노란색 꽃을 꽂은 그는, 그리하여 그레고리가 새프론 파크의 작은 정원에서 처음 만난, 우아하면서도 감당하기 어려운 인물로 탈바꿈했던 것이다.

그가 마지막으로 경찰서를 떠날 때 그의 동료는 '최후의 십자군 원정대'라는 문구와 그의 공식 등록번호가 적힌 파란 카드를 건네주었다. 그는 그것을 조끼 윗주머니에 조심스럽게 넣고 담배를 꺼내 불을 붙인 다음, 런던의 모든 살롱에 침투해 있을 적들을 향해 당당하게 걸어갔다.

그로부터 얼마 후 2월 어느 날 새벽 한 시 반에 정식 절차를 통해 그는 무정부주의자 중앙위원회의 목요일로 선출되었고, 속에 칼이 들어 있는 지팡이와 연발권총으로 무장한 채 정적이 깔린 템스 강 위의 작은 증기선에 타고 있었던 것이다.

증기선 위에 올라서자 그는 완전히 새로운 세계에 발을 들여놓은 듯한 특별한 기분을 느꼈다. 그 세계는 지구 어딘가에 있는 곳이 아니라, 어느 별에라도 있는 듯한 기분이었다. 그런 기분이 든 것은 물론 그날 저녁에 벌어진 엉뚱한 선거의 돌이킬 수 없는 결과 때문이었지만, 두 시간 전에 아담한 선술집에 들어갔을 때와는 급격히 달라진 날씨와 하늘 때문이기도 했다. 노을진 하늘을 뒤덮고 있던 불타는 듯 붉은 구름은 씻은 듯이 사라지고, 텅 빈 하늘에는 둥근 달만 덩그러니 떠 있었던 것이다. 달이 너무도 환해서 (상투적으로 쓰이는 역설이긴 하지만) 마치 희미한 빛을 발하는 해처럼 보였다. 밝은 달밤이라기보다는 황량한 대낮 같은 분위기가 풍겼다.

마치 밀턴[3]이 묘사한 개기일식 때처럼, 달빛을 받아 본연의 색을 잃은 눈앞의 광경은 비현실적인 장면을 연출하고 있었다. 그래서 사임은 더욱더 차가운 별들에 둘러싸인 황량하고 낯선 행성에 있는 듯한 착각에 빠졌던 것이다.

그러나 황량한 풍경에 빠져들수록, 그의 내면에서는 기사적인 용맹성이 거대한 불길처럼 타올랐다. 그가 가지고 다니는 평범한 소지품조차도 —음식과 브랜디와 실탄을 장전한 권총 같은 것들— 그에게는 모험을 꿈꾸며 총을 마련하거나, 준비한 식량을 몰래 잠자리로 가져가는 소년이 품을 법한 선명하고 또렷한 시적 상상의 소재가 되었다. 칼이 든 지팡이와 브랜디 병

---

3. 1608~1674. 존 밀턴을 뜻함. 영국의 시인. 《실낙원》의 작가로 유명하다. 그는 작품에서 사탄의 퇴색한 영광을 군주의 몰락을 예고하는 일식에 비유해 묘사했다.

은 잔인한 음모자들의 도구일 뿐이었지만, 그에게는 건전한 환상의 주제가 되었다. 칼이 든 지팡이는 기사의 칼로 둔갑했고, 브랜디는 작별의 잔에 담긴 포도주가 되었다.

 가장 비인간적이고 가장 현대적인 공상도 오래된 과거의 단순한 이야기들을 바탕으로 펼쳐지는 법이다. 모험 자체는 미친 짓일 수 있으나, 모험가는 현실적으로 행동해야 한다. 성 조지[4] 없는 용은 전혀 괴기스럽지 않다. 그와 마찬가지로 이 비현실적인 풍경도 현실적인 사람의 상상 속에서 만들어진 것이다. 한껏 부푼 사임의 상상 속에서 템스 강변에 늘어선 환하고 썰렁한 집들과 테라스들은 달의 분화구처럼 공허해 보였다. 그러나 달조차도 거기에 사람이 살고 있다고 상상할 때 시적인 대상이 되는 것이다.

 증기선은 단지 두 사람이 조종하고 있었기에, 그들이 고역을 치르는 가운데 배는 천천히 앞으로 나아가고 있었다. 치스위크를 밝히던 밝은 달은 배가 배터시를 지날 즈음에는 이미 사라졌고, 웨스트민스터에 도달하자 날이 밝았다. 큼직한 납 막대가 뚝 부러지며 안에 있던 은 심이 드러난 것 같은 새벽이었다. 증기선이 선로를 바꾸어 채링 크로스[5]를 지나 부잔교 쪽으로 향할

---

4. 백마를 타고 용을 무찔렀다는 기독교의 성인.
5. 런던시 중심부에 있는 번화한 광장.

때, 하늘의 은빛은 환하게 밝아졌다.

강둑을 메운 거대한 돌덩어리들은 사임의 치뜬 눈에 한결같이 짙고 거대해 보였다. 돌의 검은색은 희게 빛나는 새벽빛과 대조적으로 더욱 검게 보였다. 사임은 그 돌들을 바라보자 이집트 궁전의 거대한 돌계단이 떠올랐다. 그리고 그런 상상은 그의 들뜬 기분을 더욱 부추겼다. 상상 속에서 그는 포악한 이교도 왕이 앉아 있는 난공불락의 왕좌를 공격하고자 용감하게 상륙을 감행했다. 그가 배에서 나와 미끄러운 돌 위로 첫걸음을 내디뎠을 때, 거대한 벽돌집 사이에 서 있는 어둡고 늘씬한 형체 하나가 눈에 들어왔다. 증기선을 조종하던 두 남자는 다시 상류로 거슬러 올라가기 시작했다. 그들은 아무 말도 하지 않았다.

공포의 향연

처음에 사임은 그 피라미드 같은 거대한 돌계단에 자기밖에 없다고 생각했다. 그러나 정상에 올라가기도 전에 그는 강둑 난간에 기대어 강 건너편을 바라보는 한 남자를 발견했다. 실크 해트에 격식을 차려 프록코트를 입은 그는 겉으로 보기에 평범했다. 단춧구멍에는 빨간 꽃이 꽂혀 있었다. 사임이 한 걸음씩 다가갈 때까지 그는 머리카락 하나 움직이지 않았다. 사임은 흐릿한 아침 햇살 속에서도 그의 얼굴이 길고 창백하고 지적인 분위기를 띠고 있다는 것, 그리고 턱 끝에 작은 세모꼴로 다듬은 짙은 턱수염만 남기고 깨끗이 면도한 것이 보일 정도로 가까이 다가갔다. 그 수염도 실수로 남겨둔 것처럼 얼굴의 나머지 부분은 털 한 올 없이 깨끗이 면도 되어 있었다. 마치 몸의 털을 모두 밀어버린 고귀한 금욕주의 수도승 같았다. 사임은 가까이

다가갔지만, 그의 접근을 눈치채고도 그 형체는 여전히 미동조차 하지 않았다.

사임은 본능적으로 이 남자가 바로 그가 만나야 할 사람이란 것을 알 수 있었다. 그러나 그가 아무런 반응도 보이지 않자, 사임은 자신의 판단이 틀렸다고 생각했다. 그러다가 다시 그는 이 남자가 자신의 이 미친 모험과 분명히 어떤 관계가 있다는 쪽으로 생각이 되돌아갔다. 보통 사람이라면 누군가 낯선 이가 이렇게 가까이 다가오면 으레 어떤 반응을 보이게 마련이다. 그러나 그는 너무도 침착하게 밀랍인형처럼 꼼짝도 하지 않았고, 그의 신경도 밀랍처럼 무감각한 것이 분명했다. 사임은 다시 한 번 창백하고 우아하고 섬세한 그 얼굴을 바라보았지만, 그는 멍하니 강 너머를 바라보고 있었다. 그는 주머니에서 버튼스에게서 받은 당선 증명서를 꺼내서 슬프고도 아름다운 얼굴 앞으로 들어 올렸다. 그제야 남자는 사임에게 미소를 지어 보였다. 그러나 그 미소는 오른쪽 입꼬리는 위로 올라가고 왼쪽 입꼬리는 밑으로 처지는 섬뜩한 미소였다.

사실, 논리적으로 생각하면 그것은 두려움을 자아낼 만한 행동은 아니었다. 많은 사람이 그처럼 냉소 짓고, 대부분 그것은 그저 재미있는 재주일 뿐이다. 그러나 희끄무레한 새벽에 위험한 임무를 띠고 물이 뚝뚝 떨어지는 돌계단에 홀로 서 있는 사임에게는 간이 떨어질 듯한 두려운 행동이었다.

강물이 조용히 흐르는 강가에 평범한 얼굴의 남자가 조용히 서 있다가, 갑자기 새벽녘 악몽 같은 괴기스러운 미소를 띤 것이다. 그의 일그러진 미소는 금세 지워졌고, 남자의 얼굴은 곧 평범하고 우울한 표정으로 되돌아갔다. 그는 설명도 질문도 없이 오랜 친구를 대하듯 말했다.

"지금부터 레스터 광장 쪽으로 걸어가면, 아침식사 시간에 맞춰 도착할 겁니다. 일요일은 늘 이른 시간에 아침식사를 하거든요. 그래, 잠은 좀 잤습니까?"

"아니요." 사임이 말했다.

"나도 못 잤습니다. 아침식사하고 눈을 좀 붙여야겠어요." 남자가 예사로운 투로 말했다.

그는 평범한 경어체로 말했지만, 목소리는 그의 광신자다운 표정과 대조적으로 완벽하게 무미건조했다. 그의 점잖은 말투는 단지 편의를 위한 무의미한 것으로, 그의 생애는 온통 증오뿐인 것만 같았다. 잠시 뜸을 들이고 나서 그가 말했다.

"지부 서기가 동지에게 필요한 모든 것을 말해주었겠지요. 그러나 동지에게 말할 수 없는 것이 하나 있었을 겁니다. 그것은 바로 회장님의 최근 생각입니다. 회장님의 생각은 마치 열대림처럼 쑥쑥 자라니까요. 그래서 혹시 동지가 모르고 있을까 봐

하는 말인데, 회장님은 우리가 자신을 최대한 드러냄으로써 우리 정체를 숨기는 아이디어를 실행에 옮기고 계십니다.

원래 우리는 동지가 속한 지부처럼 지하 방에서 모입니다. 그런데 일요일께서는 평범한 레스토랑에 방을 잡아 모이라고 하셨습니다. 우리가 숨지 않으면 아무도 우리를 잡으러 오지 않는다는 거죠. 물론, 회장님은 이 세상에서 유일한 진정한 인간이지요. 그러나 가끔 저는 그분의 명석한 두뇌도 나이가 들면서 조금씩 이상해지는 게 아닌가 하는 생각이 들 때가 있어요.

어쨌든 요즘 우리는 세간의 시선에 버젓이 우리 자신을 드러냅니다. 우리는 레스터 광장이 내려다보이는 발코니에서 ―그렇습니다, 발코니에서!― 조찬을 한답니다."

"그럼, 주위 사람들은 뭐라고 하나요?" 사임이 말했다.

"모두 똑같은 말을 합니다." 인도자가 말했다.

"우리가 무정부주의자인 척하는 경박한 사람들이라는 거죠."

"상당히 똑똑한 아이디어 같은데요." 사임이 말했다.

"똑똑하다고? 이런 오만할 데가! 똑똑하다니요!"

그는 일그러진 미소만큼이나 놀랍고 생경한 카랑카랑한 목소리로 느닷없이 외쳤다.

"동지가 잠시라도 일요일을 뵙고 나면 감히 똑똑하다는 말을 다시는 못 할 겁니다."

두 사람은 이런 이야기를 나누며 좁은 거리를 빠져나와 이른 아침 햇살이 환하게 비치는 레스터 광장에 도착했다. 이 광장이 이토록 이국적으로 보이는 원인은 끝내 밝힐 수 없을 듯했다. 광장의 외국 분위기가 외국인들을 끌어들였는지, 아니면 광장에 외국인이 많아서 외국 분위기가 나는 것인지는 앞으로도 알 수 없을 것 같았다. 어쨌든, 그날 아침에는 그 효과가 특히 더 선명하고 뚜렷했다. 탁 트인 광장과 햇빛을 받고 서 있는 나무 잎사귀들과 동상, 알함브라 뮤직홀의 아랍식 외관 때문에 그곳은 프랑스나 심지어 스페인의 공공장소를 본뜬 것 같았다. 그리고 그 효과는 사임이 지금까지의 여정에서 느낀 감정, 길을 잘못 들어 전혀 새로운 세계로 들어온 듯한 두려운 감정을 더욱 절실히 느끼게 했다.

사실 그는 어릴 때부터 레스터 광장에서 싸구려 시가를 사곤 했다. 길모퉁이를 돌아서면 눈에 들어오는 나무들과 무어풍의 둥근 지붕들을 보며, 그는 프랑스나 유럽의 어느 낯선 마을로 들어서는 것 같은 기분이 들었다.

광장 모퉁이에는 화려하지만 아담한 호텔 건물 한쪽이 삐죽이 튀어나와 있었다. 그 호텔 건물의 대부분은 뒤편에 있는 거리를 향하고 있었다. 그리고 광장을 향한 쪽에는 커피룸인 듯한 공간의 외벽에 프랑스풍의 커다란 창문이 나 있었다. 그 창문 밖으로는 광장 위에 거의 떠 있다시피 한 발코니가 있었다. 대형 정찬식탁이 들어갈 만큼 넓은 이 발코니는 건물의 버팀벽이 단단히 지탱하고 있었다. 실제로 그 발코니에는 정찬식탁, 아니 더 엄밀히 말해서 조찬식탁이 놓여 있었다.

식탁 주변에는 흰 조끼를 입고, 단춧구멍에 귀한 꽃을 꽂은 값비싼 옷을 빼입은 남자들이 햇빛을 받으며 왁자지껄하게 떠들고 있었는데, 거리에서도 그들의 모습이 훤히 보였다. 그들이 주고받는 농담은 광장 건너편에서도 들릴 정도였다. 그 광경을 본 음울한 인도자가 어색한 미소를 지었으므로, 사임은 이 활기찬 조찬모임이 유럽 다이너마이트 테러 음모자들의 비밀회합임을 알게 되었다.

그들을 지켜보던 사임은 그때까지 보지 못했던 것을 보게 되었다. 말 그대로 너무 거대하기에 지금까지 보지 못했던 것이었다. 발코니를 향한 그의 시야를 대부분 가린 것은 집채 같은 한 남자의 등이었다. 그를 보고 난 사임은 혹시 석조 발코니가 그 거대한 체중을 못 이기고 무너지는 것은 아닌지 걱정부터 들었다. 그는 단순히 지나치게 키가 크거나 비만하기만 한 거인이 아니었다. 이 남자는 마치 세밀하게 조각한 거대한 석상처럼 인체의 정상적인 비율을 제대로 유지한 거인이었다. 뒤에서 바라보는 백발의 머리는 보통 사람의 머리보다 더 커 보였고,

그 머리에서 튀어나온 양쪽 귀 역시 보통 사람의 것보다 훨씬 더 커 보였다. 처음 본 사람이라면 경악할 정도로 거대한 그의 몸집 옆에서 다른 물체들은 갑자기 작아진 축소 모형처럼 보였다. 단춧구멍에 꽃을 끼운 프록코트를 입고 앉아 있는 다른 사람들 역시 이 육중한 남자 옆에서는 차 대접을 받는 다섯 명의 어린아이처럼 보였다.

사임과 그의 인도자가 호텔의 뒷문으로 들어가자 웨이터가 만면에 미소를 지으며 다가왔다.

"신사분들께서는 위층에 계십니다. 지금 담소하고 계세요. 왕들에게 폭탄을 던지겠다고 하시는군요."

웨이터는 위층 신사들의 익살에 흡족해 하며 냅킨을 팔에 두른 채 서둘러 걸어갔다.

둘은 말없이 계단을 올라갔다.

사임은 발코니를 무너뜨릴 듯 차지한 그 괴물 같은 남자가 다른 사람들이 경이를 느끼며 숭배하는 그 위대한 회장인가를 물어볼 생각은 들지 않았다. 설명할 수는 없지만, 직감적으로 그가 회장임을 눈치챘던 것이다. 사임은 정신 건강에 다소 해로울 정도로 미세한 정신적 영향까지도 예민하게 받아들이는 사람이었다. 그는 신체적 위험을 전혀 두려워하지 않았지만, 악마적인 영적 기운에는 매우 민감했다. 전날 밤에 겪은 예기치 않은 사건이 짓궂게 고개를 들며, 그가 지옥의 핵심을 향해 점점 더 가까이 다가가고 있음을 상기시켰다. 그리고 그 느낌은 거인 회장에게 다가갈수록 더욱 그를 압박했다.

그 느낌은 유치하면서도 끔찍한 상상의 형태로 다가왔다. 그가 호텔 실내를 가로질러 발코니로 다가갈수록, 일요일의 얼굴은 점점 더 커졌다. 더 가까이 가면 그 얼굴은 상상을 초월할 정도로 커지고, 자신은 공포를 못 이겨 비명을 지를지도 모르겠다고 생각하면서 사임은 지레 겁을 먹었다. 그는 대영박물관에 있는 멤논[1]의 사람 얼굴 형상을 한 가면이 너무나 커서 똑바로 바라보지도 못했던 어린 시절의 기억을 떠올렸다.

낭떠러지 위에서 뛰어내릴 때보다 더 큰 용기를 내어 그는 조찬식탁의 빈자리로 가서 앉았다. 신사들은 마치 전부터 그를 알고 지내던 사람들처럼 유쾌하게 농담을 던지며 그를 맞이했다. 그는 신사들의 격식 차린 코트와 반짝이는 커피포트를 보며 정신을 가다듬었다. 그리고 다시 일요일을 쳐다보았다. 그의 얼굴은 엄청나게 컸지만, 그래도 역시 인간의 얼굴이었다.

회장 앞에 있으니 다른 사람들은 모두 평범해 보였다. 회장의 변덕 때문에 축제 옷차림을 했고, 그 때문에 아침식사가 아

---

[1] 새벽의 여신 에오노스와 티토노스 사이에 난 아들로, 절세의 미남이며 그리스 신화에 나오는 에티오피아의 왕.

침 결혼피로연처럼 보인다는 것 외에는 눈에 띄는 특징은 없었다. 그러나 그중 한 사람은 흘깃 보기만 해도 시선을 사로잡았다. 그는 적어도 한 번 이상 폭탄을 던져본 적이 있는 사람처럼 보였다. 그는 폭탄 테러범들이 흔히 그러듯이 높고 흰 목깃이 달린 셔츠에 실크 넥타이를 매고 있었으나 덤불처럼 자란 갈색 머리카락과 수염이 스카이 테리어 종 개처럼 얼굴을 온통 덮고 있었다. 그러나 러시아 농노의 눈처럼 슬퍼 보이는 눈만은 분명히 드러나 있었다. 그의 겉모습은 회장처럼 무시무시한 분위기를 자아내지는 않았지만, 그 나름대로 한껏 괴팍스러워 보였다. 그 빳빳한 목깃과 넥타이 위로 개나 고양이의 머리통이 나와 있어도 그처럼 우스꽝스럽게 보이지는 않았을 것이다.

고골이라는 이름의 그 남자는 폴란드인이었고, 조직에서는 '화요일'이라고 불렸다. 그의 영혼과 말투에는 치유할 수 없는 슬픔이 서려 있었다. 그는 회장인 일요일이 그에게 명령한 활기차고 유쾌한 연기를 도저히 해낼 수 없었다. 그래서 사임이 들어왔을 때에도 대중의 의심을 대담하게 무시하기로 방침을 세운 회장은 우아하게 태연함을 가장하지 못하는 고골을 놀리는 중이었다.

"우리의 친구 화요일은 내 생각을 이해하지 못하는 모양이야." 회장이 온화하면서도 굵고 큰 목소리로 말했다. "이 친구는 신사처럼 차려입었지만, 신사인 척하기에는 영혼이 너무나 진지해. 고골은 보통 음모꾼들처럼 행동하기를 고집하고 있어. 만약 어떤 신사가 신사 모자에 프록코트를 입고 런던을 돌아다니면 아무도 그가 무정부주의자라는 것을 모를 거야. 하지만 만약 어떤 신사가 신사 모자에 프록코트를 입고 네 발로 기어다니면… 그래, 시선을 끌 수밖에 없지. 그게 우리 고골 형제가 하는 행동이야. 고골은 계속 네 발로 기어다니다가 나중엔 똑바로 서서 걷지도 못할 거야."

"나, 숨기는 것 못해요. 나, 그것 안 부끄럽습니다." 부루퉁해진 고골은 강한 폴란드 억양으로 말했다.

"아냐, 고골, 자넨 부끄러워하고 있어. 그리고 바로 그게 자네 문제야." 회장이 호인 같은 말투로 말했다. "자네는 다른 사람처럼 열심히 위장하려고 하지만, 그게 잘 되지 않아. 자넨 정말 바보야! 왜냐면 모순되는 두 가지 방법을 동시에 사용하려고 하거든. 만약 누군가 자기 침대 밑에 숨어 있는 사람을 발견한다면, 눈앞에 벌어진 광경을 이해하려고 순간적으로 멈칫하겠지만, 곧 잊고 말겠지. 하지만 침대 밑에서 신사 모자를 쓴 사람을 발견한다면, 그런 기억은 절대로 지워지지 않아. 자네가 전에 비핀 해군대장 침대 밑에 숨어 있다가 발각되었을 때…"

"나, 속이는 일 못해요." 화요일은 얼굴을 붉히며 우울하게 말했다.

"그래, 고골, 맞아." 회장이 근엄하면서도 따뜻하게 말했다. "자네는 잘하는 게 없지."

이런 대화가 계속되는 동안, 사임은 줄곧 그의 주위에 있는 남자들을 관찰하고 있었다. 그러면서 그는 점점 뭔가 이상한 느낌을 받았다.

처음에 그는 털투성이 고골만 빼고는 다들 평범한 외모에 평범한 옷을 입고 있다고 생각했다. 그러나 그들을 계속 지켜보니, 강가에서 본 남자처럼 그들에게서도 내면에 숨겨진 괴기스러운 면모가 드러나기 시작했다. 사실, 조금 전 그 인도자의 잘생긴 얼굴을 일그러뜨리던 미소는 이들의 전형적인 특징인 것 같았다. 그들은 모두 열 번 혹은 스무 번쯤 바라봐야 간파할 수 있는, 거의 인간의 것이라고 할 수 없는 그런 특징들을 지니고 있었다. 그가 이 점에 관해 생각해낸 비유가 하나 있었는데, 그들은 모두 표면이 일그러진 거울에 비친 것처럼 왜곡된 모습들을 하고 있었다.

그들을 한 사람씩 묘사해야 각자의 괴상한 특징을 잘 설명할 수 있을 것이다. 조금 전 사임을 인도한 사람은 월요일의 직책을 맡고 있었다. 그는 중앙위원회의 서기였으며, 그의 일그러진 미소는 회장의 무시무시하고 쾌활한 웃음소리 다음으로 섬뜩했다. 그러나 사임이 더 밝은 곳에서 더 거리를 두고 관찰하니, 그에게는 다른 특징들도 있었다.

그의 잘생긴 얼굴은 너무나 수척해서, 사임은 그가 병 때문에 야윈 것이 분명하다고 생각했다. 그러나 그의 짙은 눈동자에 담긴 고통이 그것을 부인했다. 그를 괴롭히는 것은 몸의 고통이 아니었다. 마치 생각하는 것 자체가 고통인 것처럼, 그의 눈에는 지성의 고통이 생생하게 드러나 있었다.

그는 무리에서 전형적인 편이었다. 가만히 살펴보면 모두가 미묘하게 서로 다른 괴상한 점을 지니고 있었다. 그의 옆에는 덥수룩한 머리의 화요일, 고골이 앉아 있었는데, 그는 두드러지게 괴상한 인물이었다. 그 옆의 수요일은 생퇴스타슈 후작이라는 매우 특징적인 인물이었다. 처음에 그를 몇 차례 바라보면서 사임은 그 자리에서 그만이 유일하게 그 호화로운 옷을 위장이 아니라 평소처럼 자연스럽게 입고 있다는 것을 알 수 있었지만, 그 외에는 별다른 특이한 점을 발견할 수 없었다.

그는 검은 수염을 프랑스식으로 단정하게 다듬었고 영국식 검은 프록코트를 그보다 더욱 단정하게 차려입고 있었다. 하지만 예민한 사임은 이 남자가 거의 숨 막힐 지경으로 귀족적인 분위기를 풍기고 있음을 어렴풋이 직감했다. 뭐라고 집어서 설명할 수는 없지만, 졸음이 오게 하는 향기나 바이런과 포의 우울한 시에 나오는 꺼져가는 등불 같은 것을 떠올리게 하는, 그런 인물이었다.

그의 옷은 다른 사람들 것보다 더 부드러운 천으로 만들어졌다는 것을 느낌만으로도 알 수 있었다. 그가 입은 옷의 검은색은 보통 검은색보다 더 짙어 보였고, 다른 사람들의 우중충한 옷보다 더 고급스럽고 따뜻해 보였다. 그의 검은 코트는 보라색이 너무 짙어서 검은색으로 보이는 것 같았다. 그의 검은 턱수염은 푸른색이 너무 짙어서 검은색으로 보이는 것 같았다. 그러나 그의 숱진 검은 수염 밑으로 드러나는 짙은 붉은색 입술은 잔인하고 냉소적으로 보였다.

그가 누구이건 간에 그는 절대로 프랑스인은 아니었다. 어쩌면 유대인일지도 몰랐다. 그는 근엄한 동양인 사이에서조차도 근엄하게 보일 것 같았다. 그의 아몬드 모양의 눈, 푸르스름하고도 검은 턱수염, 잔인해 보이는 붉은 입술은 사냥을 나선 전제군주들의 모습을 그려 넣은 밝은색 페르시아 타일이나 그림들에서 찾아볼 수 있을 것 같았다.

그다음에는 사임이 앉아 있었고, 그의 옆에는 드 웝즈 교수가 앉아 있었다. 그는 아직도 금요일의 직위를 유지하고 있었지만, 조만간 그가 세상을 떠나면 그의 자리는 공석이 되리라는 것이 사람들 생각이었다.

늙어감에 따라 명철한 지성을 제외하고는 모든 것이 무너져 내리고 있었다. 그의 얼굴은 그의 긴 턱수염과 같은 잿빛이었으며, 이마의 깊은 주름 사이에는 어렴풋이 우수가 배어 있었다. 그리고 새신랑처럼 차려입은 옷이 그처럼 어울리지 않는 사람은 아무도 없을 것 같았다. 심지어 고골도 옷차림에서는 그보다 나을 것 같았다. 단춧구멍에 꽂힌 빨간 꽃은 말 그대로 납처럼 변색한 그의 얼굴과 대조적으로 몹시 생경해 보였다. 그 생경함 때문에 더욱, 마치 술에 취한 어느 멋쟁이가 자기 옷을 벗어 시체에 입혀준 것처럼 보였다.

그가 힘겹고 위태롭게 자리에서 일어나거나 앉을 때마다 사임은 지금 진행되는 이 무시무시한 음모와 그를 별개로 생각할 수 없다는 인상을 받았다. 그의 모습에서는 단순히 노쇠했다기보다는 뭔가 썩어가는 듯한 끔찍한 분위기가 풍겼다. 전율하는 사임의 머릿속에 또 다른 소름 끼치는 상상이 스쳐 지나갔다. 그 남자가 움직일 때마다 썩은 시체처럼 다리나 팔이 하나씩 떨어져나가는 끔찍한 장면이 연출될 것만 같았던 것이다.

식탁의 끝자리에는 토요일이 앉아 있었는데, 가장 단순하면서도 가장 알 수 없는 남자였다. 그의 이름은 불이었고, 의사였으며, 깨끗이 면도한 까무잡잡한 얼굴에 키가 작고 단정한 남자였다. 젊은 의사 중에는 드물지 않은 타입으로 서툴면서도 임기응변에 능한 사람이었다. 그는 느긋하다기보다는 자긍심이 몸에 밴 태도로 옷을 잘 차려입었고, 얼굴에는 늘 미소가 고정되어 있었다. 검은 안경을 쓰고 있다는 것 외에는 그에게서 특별히 이상한 점은 발견할 수 없었다.

그때까지 떠올렸던 불안한 환상의 잔상인지는 모르겠으나, 사임은 그 검은 안경알이 두려웠다. 비록 반쯤은 기억에서 지워졌지만, 그 검은 안경알은 죽은 자의 눈에 동전을 올려놓는 그 섬뜩한 고대 풍습을 떠오리게 했다. 사임은 그의 검은 안경과 눈이 가려진 채 웃는 얼굴이 자꾸 눈에 밟혔다. 죽어가는 교수나 얼굴이 창백한 서기가 그 안경을 썼더라면 오히려 더 잘 어울렸을 것이다. 그러나 젊고 혈기 있는 사람이 그 안경을 쓰니 이상하게 보일 뿐이었다. 그 안경은 얼굴의 특징을 가렸다. 그의 미소나 그의 무표정이 무엇을 뜻하는지도 알 수 없었다. 이런 점 때문에, 그리고 그가 다른 사람들과 달리 평범한 젊은이처럼 혈기 있어 보인다는 점 때문에, 사임은 이 사악한 무리에서 그가 가장 사악한 인물일지도 모른다고 생각했다. 심지어 사임은 그의 눈이 너무 소름 끼쳐서 안경으로 가려 놓은 것일지도 모른다는 생각마저 들었다.

발각

그들이 바로 이 세계를 멸망시키겠다고 맹세한 여섯 명의 남자였다.

사임은 거듭 상식적으로 생각하려고 애썼다. 가끔 그는 지금까지 해온 생각들이 순전히 주관적인 것으로, 그의 눈앞에 있는 사람들이 단지 조금 늙었거나, 조금 신경질적이거나, 조금 시력이 나쁜, 평범한 인간일 수도 있다고 생각해보았다. 그러나 결국 기괴한 환상들이 또다시 그를 사로잡았다. 그 자리에 모인 사람들 각자는 그들의 극단적인 생각만큼이나 모든 것이 극단적인 듯했다. 그는 그들이 모두 이성적으로 생각할 수 있는 여지의 극단에 서 있다는 것처럼 보였다. 말하자면 세상의 서쪽 끝을 향해 가는 길에 정령이 깃든 나무를 만나는 남자가 등장하는 옛날이야기 같은 것이 떠올랐다. 그 남자가 세계의 동쪽 끝으로 간다면 본래 모습을 벗어난 것, 예를 들어 괴상한 모양의 탑 같은 것과 맞닥뜨리게 될 것이다. 그 나무며 탑이 긴 지평선 저 끝에서 불쑥 튀어나오고 있었다. 세계의 양쪽 끝이 서로 가까워지고 있었다….

그가 그들을 지켜보는 사이에도 대화는 꾸준히 진행되었다. 조찬식탁 위에서는 평범하고 여유 있는 대화와 그 대화로 전달되는 끔찍한 내용이 극단적인 대조를 이루었다. 그들은 곧 실행할 구체적인 음모에 대한 토론에 열중하고 있었다. 신사들이 폭탄과 왕의 이야기를 하고 있다던 아래층 웨이터의 말은 사실이었다. 정확하게 3일 후면 러시아의 차르가 파리에서 프랑스 대통령을 만나기로 되어 있었고, 이 유쾌한 신사들은 화창한 햇살이 비치는 발코니에서 베이컨과 달걀을 먹으며 그 두 사람을 어떻게 죽일지 이미 결정한 상태에 있었다. 그 일을 누가 할 것인지도 정해져 있었다. 수요일의 남자, 검은 턱수염의 생퇴스타슈 후작이 폭탄을 가져가기로 되어 있었던 것이다.

평상시의 사임이라면 이처럼 확실한 실제 범죄가 얼마 후에 일어난다는 사실에 정신이 번쩍 들어서, 비합리적인 공포에 떨고 있지는 않았을 것이다. 그가 정상적인 상태에 있었다면, 적어도 두 사람의 육신이 폭탄의 화염 속에서 갈기갈기 찢기는 것을 막아야 한다는 생각밖에 들지 않았을 것이다.

그러나 그는 지금 도덕적 분노나 사회적 책임보다 더 강렬하고 실질적인 다른 성격의 공포에 휩싸여 있었다. 간단히 말하자면 그는 프랑스 대통령이나 차르를 걱정할 여유가 없었다. 그는 자신의 신변이 걱정되기 시작했던 것이다. 그들은 사임에게 별로 주의를 기울이지 않았고, 서로 얼굴을 맞댄 채, 날카로운 번갯불이 하늘을 가르는 듯한 미소가 서기의 얼굴을 스쳐갈 때를 제외하면 시종일관 진지한 표정으로 토론하고 있었다. 그러는 사이에 사임이 처음 느꼈던 불안감은 점차 공포로 변해가고 있었다. 난처하게도 회장이 그를 지긋이, 지대한 관심을 보이며 줄곧 바라보고 있었던 것이었다. 그는 남의 시선을 끌지 않고 조용히 앉아 있었지만, 그의 푸른 두 눈만은 무심히 넘길 수 없었다. 회장의 시선은 사임에게 고정되어 있었다.

사임은 자리에서 일어나 발코니 아래로 뛰어내리고 싶었다. 회장의 시선을 받으며 그는 자신이 마치 투명한 유리가 되어버린 듯한 기분이 들었다. 그는 일요일이 무슨 수를 썼는지, 자신이 첩자라는 사실을 은밀히 알아냈다는 것을 한 치도 의심할 수 없었다. 그가 발코니 아래를 내려다보았을 때 바로 밑에 한 경찰관이 밝게 빛나는 울타리와 햇빛을 받고 서 있는 나무들을 멍하니 쳐다보고 서 있는 모습을 발견했다.

그 순간, 앞으로도 오랫동안 그를 괴롭히게 될 강렬한 유혹

이 그를 사로잡았다. 무섭고 거북한 무정부주의 수장들과 한동안 함께 있던 그는 무정부주의 찬미자인 시인 그레고리의 세련되고 몽상적인 모습을 거의 잊고 있었다. 사임은 심지어 그레고리가 어린 시절 친구라도 되듯이 그를 살뜰하게 생각하고 있었다. 그러나 그는 여전히 그 중요한 맹세 때문에 그레고리에게 얽매여 있다는 사실이 새삼 떠올랐다. 그는 지금 막 하려던 바로 그 행동, 발코니에서 뛰어내려 저 경찰관에게 달려가 모든 비밀을 폭로하려던 행동을 절대로 하지 않기로 그레고리에게 약속했던 것이다. 그는 싸늘한 석조 난간에서 차가운 손을 거두었다. 그가 도덕적 선택 앞에서 갈팡질팡하는 사이에 그의 마음 역시 비틀거리고 있었다. 그 실낱같은 맹세를 뚝 잡아 끊기만 하면, 앞으로 그의 삶은 발아래에 펼쳐진 광장처럼 밝고 시원하게 트일 터였다. 그러나 그는 우직하게 약속을 지키고, 다른 사람들에게 고통을 줄 궁리만 하는 인류의 거대한 적들의 마수에 빠져 들어갈 수밖에 없었다. 그가 광장을 내려다볼 때마다 이성과 공공질서의 기둥인 경찰관의 모습이 눈에 들어왔다. 그리고 그가 조찬식탁 쪽으로 시선을 돌리면 크고 무서운 눈으로 그를 조용히 응시하는 회장의 모습이 보였다.

　무수한 생각의 파도가 넘실대는 가운데 그가 미처 생각하지 못했던 두 가지 사실이 떠올랐다. 첫 번째 사실은, 만약 그가 계속 가만히 있으면 회장이나 다른 사람들이 그의 정체를 알아낼지도 모른다는 것이었다. 이 장소는 공개적으로 노출된 곳이어서 그들의 보복은 실현 불가능한 것일 수도 있다. 그러나 일요일은 함정을 파놓지 않고 이처럼 허술하게 처신할 사람이 아니었다. 남몰래 독약을 사용하거나 갑자기 길에서 사고를 일으키거나 최면에 빠뜨리거나 불에 태워 죽이는 방법으로 일요일은 그를 해치울 터였다. 만약 반항한다면 그는 당장 의자 위에서 싸늘한 주검이 되거나, 혹은 아무도 그 원인을 의심하지 않는 병을 오랫동안 앓다가 죽게 될지도 몰랐다. 만약 그가 당장 경찰에 신고하여 모두 체포하고, 모든 것을 알리고, 영국 경찰이 온 힘을 다해 그들을 제압한다면 그는 살아서 빠져나올 수도 있을 것이다. 그러나 다른 방법으로는 결코 살아남지 못할 것 같았다. 겉으로 보기에 그들은 그저 햇빛이 잘 들고 활기찬 광장 위의 발코니에 앉아 있는 신사들일 뿐이었다. 하지만 사임은 망망대해에 떠 있는 배를 가득 메운 무장 해적들과 함께 있어도 지금보다는 마음이 놓였을 것이다.

그리고 두 번째 사실은 그가 적에게 이토록 강하게 심리적으로 제압당하리라고는 예상하지 못했다는 것이었다. 지능과 무력을 숭배하는 데 익숙해진 현대인들은 그들의 선량한 마음을 억누르는 이런 상황에서는 마음이 약해져 굴복하게 마련이다.

그들은 일요일을 '초인'이라고 불렀을지도 모른다. (그런 존재를 상상할 수 있다면 말이다) 그는 실제로 살아 있는 석상처럼 보였다. 너무나 진부해서 오히려 드러나지 않는 웅대한 계획과, 너무나 단순해서 오히려 알아보기 어려운 그의 큰 얼굴 덕분에, 그는 인간의 한계를 초월한 존재로 여겨질지도 몰랐다. 그러나 아무리 두려움에 질렸어도 사임에게 그런 나약함은 없었다. 다른 사람들처럼 그 역시 강력한 힘을 두려워하는 겁쟁이였지만, 그런 힘을 숭배하는 겁쟁이는 아니었다.

그들은 이야기를 나누며 식사를 계속했는데, 이 점에서조차 각자의 특징이 달랐다. 닥터 불과 후작은 차려진 음식 중에서 차가운 꿩고기나 스트라스부르 파이 등 가장 좋은 것만 골라 먹고 있었다. 반면에 서기는 채식주의자였기에 토마토 반쪽과 미지근한 물만 마시며 살인 계획을 진지하게 논의하고 있었다. 늙은 교수는 마치 어린 아이처럼 보기 흉하게 음식을 계속 흘리고 있었다. 그리고 일요일은 식성만으로도 유독 돋보이는 존재였다. 그는 적어도 스무 명분의 음식을 먹어치우는 것 같았다. 무서운 식욕으로 엄청나게 먹어대는 그의 모습은 마치 소시지 공장을 그대로 옮겨 놓은 것 같았다. 게다가 열댓 개의 팬케이크를 삼키고 1리터의 커피를 들이켜면서도 한쪽 눈으로는 계속 사임을 주시하고 있었다.

"늘 생각했던 것인데, 칼로 해치우는 편이 낫지 않을까? 지금까지 일어난 가장 멋진 암살 사건들에서는 대부분 칼이 무기로 쓰였잖아. 프랑스 대통령의 몸에 칼을 쑤셔 박고 돌리는 느낌도 꽤 색다를 것 같은데." 후작이 잼 바른 빵을 한 입 베어 물며 말했다.

"그건 잘못된 생각입니다." 서기는 미간을 찡그리고 검은 눈썹을 한데 모으며 말했다. "칼을 사용한다면, 독재자 개인을 대적하는 느낌이 들잖습니까? 다이너마이트는 가장 좋은 도구일 뿐 아니라, 가장 좋은 상징입니다. 마치 기독교도가 외우는 기도문처럼, 다이너마이트는 우리에게 완벽한 상징이 됩니다. 다이너마이트는 퍼져 나가지 않습니까? 퍼져 나가기 때문에 많은 것을 파괴합니다. 생각 역시 퍼져 나가기 때문에 많은 사람을 변하게 할 수 있죠. 사람의 뇌는 폭탄과 같습니다."

그는 갑자기 미친 듯한 열정으로 격하게 자신의 머리를 때리며 외쳤다.

"내 머리는 항상 폭탄처럼 느껴져요. 퍼져 나가야 해요! 퍼져 나가야 한다고요! 사람의 뇌는 퍼져 나가야만 우주를 파괴할 정도의 위력을 가진단 말입니다."

"나는 벌써 우주가 파괴되는 건 싫어. 살아 있는 동안 별의별 짓거리를 다 한 다음에 죽고 싶단 말이지. 그중 한 가지를 어제 잠자리에서 생각해냈다구." 후작이 질질 끄는 듯한 목소리로 말했다.

"아뇨, 만약 모든 것의 끝이 무(無)일 뿐이라면, 그것 역시 보람 없는 일 같은데요." 닥터 불이 의미를 알 수 없는 미소를 띠며 말했다.

늙은 교수는 흐려진 눈으로 천장을 바라보고 있었다.

"세상에 보람 있는 일은 아무것도 없다는 것을 모두가 잘 알고 있을 텐데." 그는 말했다.

야릇한 정적이 흐르고 나서 서기가 말했다.

"대화가 요점에서 벗어난 것 같군요. 아직 결정하지 못한 사안은 수요일이 거사를 치를 방법입니다. 우리가 원래 합의했던 대로 폭탄을 사용하는 데 동의한 것으로 간주하겠습니다. 이제 본론으로 들어가서, 내일 아침 수요일이 먼저 가야 한다고…"

그의 말이 갑자기 거대한 그림자 밑에서 뚝 끊겼다. 일요일이 머리 위의 하늘을 다 가리다시피 하며 일어났던 것이다.

"그 문제를 논의하기 전에 안으로 들어갑시다. 아주 중요한 이야기가 있으니까." 그는 조용하고 나직한 목소리로 말했다.

사임은 다른 사람들보다 먼저 자리에서 일어났다. 총구가 그의 머리를 겨누고 있는 것이나 다름없으니, 선택해야 할 순간이 마침내 찾아온 것이다. 발코니 아래 경찰관은 보도 위에서 느릿느릿 움직이며 서늘한 아침 공기에 추위를 느꼈는지 발을 구르는 소리가 들렸다.

거리에서 들려오던 손풍금 소리가 갑자기 경쾌한 곡조로 변했다. 사임에게는 그것이 전투의 시작을 알리는 나팔 소리처럼 들렸다. 그는 어디서 온 것인지 알 수 없는 초자연적인 용기가 그를 가득 채우는 것이 느껴졌다. 아침 공기를 가르며 들려오는 저 음악은 더러운 거리에서 교인들의 자선과 친절 덕에 근근이 살아가는 사람들의 생활력, 투박함, 그리고 뭐라고 설명할 수 없는 용기로 가득 차 있는 것만 같았다. 그가 경찰관이 되게 했던 젊은이의 객기는 이미 마음속에서 사라져버렸다. 그는 자신이 전에 길에서 만난 경찰관이나 부서장이라는 괴짜 늙은이로 구성된 경찰부대를 대표한다고 생각할 수 없었다. 그보다는 매일 저 손풍금 곡에 맞추어 전쟁터로 행진하듯 거리에서 살아가는 평범하고 친절한 사람들을 대표하는 자신을 상상했다. 그리고 그러한 인간으로서 느끼는 긍지는 주위에 있는 음모꾼들과는 비교할 수 없이 높은 위치로 그를 끌어올려 주었다. 한순간 그는 평범한 사람들을 위한 첨탑 위에 올라서서 그를 에워쌌던 무도한 음모꾼들을 내려다보았다. 그는 그들에 대해, 용맹한 남자가 힘센 야수 앞에서, 혹은 지혜로운 남자가 난해한 문제 앞에서 무의식적으로 그리고 자연스럽게 품게 되는 우월감을 느꼈다. 그에게는 일요일이 가진 것과 같은 지적인 힘도, 물리적인 힘도 없었다. 그러나 그에게 호랑이의 근육이나 코뿔소의 뿔이 없어도 마음에 걸릴 것이 없듯이, 그는 일요일의 능력에 전혀 신경 쓰지 않았다. 회장이 틀렸고 저 손풍금이 옳다는 절대적인 확신이 모든 것을 집어삼켰던 것이다. 검들이 맞부딪치며 불꽃을 튀기는 광경을 노래한 〈롤랑의 노래〉[1]에 나오는 저 유명한 문구, '이교도는 틀렸고, 기독교도가 옳다'[2]라는 문구가 그의 머릿속에서 울려 퍼졌다.

죽음을 받아들이겠다는 단호한 결정을 내리고 나자, 그는 영혼을 짓누르던 자신의 나약함으로부터 자유로워졌다. 만약 손풍금 곡을 듣는 사람들이 그 옛날 선조처럼 우직하게 자신의 의무를 지킬 수 있다면, 그도 그렇게 하지 못할 이유가 없었다. 그는 이단자에게 한 약속마저도 지키려는 자신의 신의에 대해 자부심을 느꼈다. 저 광신자들의 밀실로 내려가, 그들이 도저히 이해할 수 없는 무엇인가를 위해 죽는 것이 그들에 대항하여 그가 거두는 최후의 승리가 될 것이다. 손풍금의 선율은 마치 관현악단처럼 힘차고 다채로운 소리를 내며 행진곡을 연주하고 있었다. 사임은 삶의 긍지를 연주하는 트럼펫과 죽음의 당당함

---

1. 프랑스 중세의 유명한 걸작 무훈시(武勳詩). 778년 8월 15일 에스파냐 원정에서 돌아오던 샤를마뉴 대제의 후위부대가 바스크인(人)의 기습으로 전멸한 사실을 소재로 하고 있다.
2. Païens ont tort et Chrétiens ont droit.

을 연주하는 북소리 밑에 깔린 깊은 울림을 듣고 있었다.

음모꾼들은 열려 있는 문을 통과해서 건물 안으로 들어가고 있었다. 사임은 겉보기에 태연하게, 그러나 정신과 육체가 낭만적인 맥박으로 고동치는 가운데 마지막으로 안으로 들어갔다. 회장은 호텔 종업원들이 이용하는 낡은 계단을 통해 탁자와 긴 의자들이 놓여 있는, 폐쇄된 회의실인 듯한 춥고 어두운 방으로 그들을 안내했다. 전원이 방으로 들어오자, 회장은 문을 잠갔다.

가장 먼저 입을 연 사람은 고골이었다. 그는 불만으로 가득 차 있었으나 그 불만을 제대로 표현할 수 없었다.

"역시! 역시!" 그가 흥분해서 외치자 그의 강한 폴란드 억양 때문에 무슨 말을 하는지 거의 알아들을 수 없게 되었다. "숨지 않겠다고 했습니다. 스스로 드러낸다고 했습니다. 헛소리입니다. 중요한 이야기를 할 때는 어두운 방에 숨습니다!"

회장은 외국인의 알아듣기 어려운 비난을 그저 웃음으로 받아넘기는 듯했다.

"자넨 이해하지 못하는군, 고골." 그는 아버지처럼 말했다. "우리가 발코니에서 떠들어댄, 말도 안 되는 소리를 들은 사람은 우리가 그다음에 어디로 가는지 전혀 신경 쓰지 않을 거야. 만약 우리가 처음부터 여기로 왔다면, 이곳에서 일하는 모든 사람이 열쇠구멍으로 우리를 엿보고 있을 테지. 자네는 인간을 전혀 이해하지 못하는 것 같군."

"나, 그들 위해 죽습니다. 그리고 나, 그들의 적 죽입니다. 나, 숨는 것 싫습니다. 나, 열린 광장에서 독재자 죽일 겁니다." 흥분한 폴란드인이 외쳤다.

"그래, 그래." 회장은 너그럽게 고개를 끄덕이며, 긴 탁자의 상석에 앉았다.

"우선 인류를 위해 죽은 다음 되살아나서 인류의 적을 죽일 거라, 이거군. 그건 아무래도 좋아. 부탁이니 자네의 아름다운 감정을 좀 가라앉히고 다른 사람들과 함께 자리에 앉아주겠나? 오늘 아침 처음으로 지적인 대화를 하려는 참이니까."

조금 전 회장이 모두 방 안에 불러모았을 때부터 심한 불안을 느꼈던 사임은 가장 먼저 자리에 앉았다. 고골은 뭔가를 혼잣말로 툴툴거리며 마지막으로 자리를 잡았다. 사임 외에는 아무도 회장의 입에서 어떤 말이 떨어질지 전혀 예측하지 못하는 것 같았다. 사임은 마치 모여 있는 사람들이 바라보는 가운데 단두대에 올라선 듯한 기분이 들었다.

"동지들." 회장이 벌떡 일어나서 말했다. "우리는 지금까지 충분히 이야기를 나눴소. 나는 간단하고도 충격적인 사실을 밝히려고 여러분을 이리로 불러모은 거요. 심지어 위층에 있는 (오래전부터 우리가 내는 소음에 익숙해졌을) 웨이터들조차도 내 목소리가 아까와 달리 진지해졌다는 것을 알아차릴 수 있을 거요. 동지들, 우리는 지금까지 장소를 열거하며 계획에 대해 토론했소. 뭔가 더 말하기에 앞서, 계획이며 장소는 회의에서 투표로 정하지 말고, 믿을 만한 동지 한 사람, 예를 들어 토요일 동지 닥터 불이 전적으로 책임지고 결정하도록 맡기기로 합시다."

모두 회장을 쳐다보고 있다가, 비록 소리는 크지 않으나 힘주어 말한 회장의 결정에 놀라 순간적으로 몸을 움찔했다. 일요일이 탁자를 내리쳤다.

"이 모임에서 다시는 계획이나 장소에 대해 이야기하면 안 돼. 우리가 하려는 일에 대해서 아주 사소한 것도 말하면 안 된다고!"

일요일은 지금까지 그의 추종자들을 여러 차례 놀라게 했을 테지만, 이렇게까지 놀라게 한 적은 없었던 듯싶었다. 사임을 제외하고 그들은 모두 자리에 앉은 채 부산스럽게 움직였다. 사임은 자리에 뻣뻣하게 앉은 채, 주머니에 들어 있는 장전된 연발 권총의 방아쇠에 손가락을 올려놓고 있었다. 그는 공격이 가해지는 순간 자신의 목숨을 비싸게 팔 셈이었다. 적어도 회장 역시 어쩔 수 없이 필멸의 인간임은 밝혀낼 수 있으리라.

일요일은 매끄럽게 말을 이어갔다.

"이 모임에서 자유롭게 말하는 것을 금지하는 이유는 단 하나밖에 없다는 것을, 이미 모두 알고 있을 것이오. 누군가 우리 말을 엿듣는다고 해도, 그것은 전혀 문제 되지 않소. 그는 우리가 농담이나 하고 있다고 생각할 테니까. 그러나 우리 목숨보다 더 중요한 문제는 우리 중에서 누군가 우리가 아닌 사람, 우리의 중대한 계획을 알지만, 그 계획에 동참하지 않는 사람이 끼어 있다는 사실…"

서기가 갑자기 여자처럼 날카롭게 소리를 질렀다.

"세상에! 그럴 리가 없어요!" 그가 펄쩍 뛰며 소리쳤다.

회장은 그의 크고 넓적한 손을 식탁 위에서 마치 거대한 물고기의 지느러미처럼 휘저었다.

"그렇소!" 그가 천천히 말했다. "이 방 안에 분명히 첩자가 있소. 이 탁자 앞에 배신자가 앉아 있어. 불필요한 말은 않겠소. 그의 이름은…"

사임은 손가락을 방아쇠에 단단히 걸고 의자에서 반쯤 몸을 일으켰다.

"바로 고골이오!" 회장이 말했다. "폴란드 사람 흉내를 내며 저기 앉아 있는 저 털북숭이 거짓말쟁이 말이야."

고골은 양손에 권총을 쥔 채 벌떡 일어났다. 그와 동시에 세 사람이 그의 목을 겨누며 잽싸게 일어났다. 심지어 교수조차 일어나려고 했다. 그러나 사임은 시야가 가려졌기에 무슨 일이 일어나는지 거의 볼 수 없었다. 그는 마음이 놓이고 긴장이 풀려 부들부들 떨며 자리에 털썩 주저앉았다.

드 웜즈 교수의 이상한 행동

"앉아!"

일요일이 평생 한두 번이나 내봤을까 싶은 목소리, 칼을 빼든 사람들이 손에서 칼을 떨어뜨리게 할 만큼 큰 소리로 외쳤다. 자리에서 일어났던 세 사람은 고골에게서 떨어졌고, 고골도 자리에 앉았다.

"이보게, 친구." 회장은 전혀 모르는 낯선 사람에게 말하는 투로 밝게 말했다. "자네 조끼 윗주머니에 손을 넣어서 거기 무엇이 들어 있는지 좀 보여주지 않겠나?"

폴란드인을 가장했던 그의 얼굴은 짙고 덥수룩한 머리카락 밑에서 창백하게 질려 있었으나, 아주 침착하게 손가락 두 개를 주머니에 넣어 파란색 카드를 꺼냈다. 탁자 위에 놓인 카드를 보자 사임은 바깥 세계의 존재를 다시 의식하게 되었다. 카드가 탁자의 반대쪽 끝에 놓여 있어서 뭐라고 적혀 있는지는 볼 수 없었으나, 그 카드는 분명히 그가 반(反)무정부주의 경찰부대에 가담했을 때 받았던, 여전히 그의 주머니에 들어 있는 파란 카드와 놀랄 만큼 똑같았다.

"형편없는 슬라브인 같으니! 딱한 폴란드인 친구, 이 카드를 내놓고도 자네가 우리 모임에 속한다고 잡아뗄 셈인가? 이제 자네를 불청객이라 불러야겠지?"

"그렇다!" 고골이라 불렸던 자가 대답했다.

외국인 특유의 북슬북슬한 머리털 밑에서 또렷한 런던 출신의 세련된 목소리가 흘러나오자 모두 깜짝 놀라 펄쩍 뛰었다. 마치 중국인이 갑자기 스코틀랜드 억양으로 말하기 시작한 것만큼이나 부자연스러웠다.

"이제 자네가 처한 상황을 확실히 이해한 것 같군." 일요일이 말했다.

"그렇다!" 폴란드인이 대답했다. "이제 내 정체가 확실히 들통난 것 같군. 그러나 한마디 하자면, 어떤 폴란드인도 나만큼 폴란드 억양을 잘 흉내 내지는 못했을 거다."

"그건 맞는 말인 것 같군." 일요일이 말했다. "자네만의 그 억양은 아무도 따라 할 수 없을 거야. 나도 샤워하면서 혼자 연습이라도 해보고 싶은 마음이 들더군. 자, 이제 수염도 좀 떼어줄

수 있겠나?'

"그러지." 고골이 대답했다.

그가 덥수룩한 가발을 벗어 던지자, 가늘고 붉은 머리카락과 희고 오만해 보이는 얼굴이 드러났다.

"가발을 쓰니 갑갑하고 덥더군." 그가 덧붙였다.

"그 후덥지근한 물건을 뒤집어쓰고도 꽤 냉정하게 처신하는 것이 참 용하던데." 일요일이 솔직하게 감탄하며 말했다. "이제 내 말 잘 들어. 나는 자네가 마음에 드네. 그래서 만약 자네가 고통스럽게 죽어갔다는 이야기를 들으면 한 2분 30초쯤 기분이 상할 것 같아. 만약 자네가 경찰이나 다른 누구에게 우리 이야기를 한다면, 나는 2분 30초 동안 기분이 상하는 쪽을 택하겠네. 그 조치가 자네 기분을 얼마나 상하게 할지는 괘념치 않고 말일세. 그럼 이만. 계단 조심하게."

고골로 위장했던 붉은 머리 형사는 아무 말 없이 자리에서 일어나서, 아주 태연한 자세로 방 밖으로 걸어나갔다. 그러나 사임은 그 태연함이 위장된 것임을 금세 알 수 있었다. 문밖에서 발을 헛디디는 소리가 작게 들린 것으로 보아, 발밑을 제대로 살필 경황이 없었던 것이다.

"시간이 빨리도 가는군." 회장은 그가 가진 다른 모든 것처럼 보통보다 훨씬 큰 시계를 흘깃 보고 나서 아주 쾌활하게 말했다. "자, 나는 이만 실례해야겠네. 서둘러 인도주의자 회의에 참석해야 하거든."

서기가 눈썹을 씰룩이며 그를 향해 돌아섰다.

"이제 첩자가 떠났으니 우리 계획을 더 자세히 토론하는 게 좋지 않겠습니까?" 그가 다소 빠르게 말했다.

"아니야." 회장이 마치 가벼운 지진 같은 하품을 하며 말했다. "그대로 놔두지. 토요일이 결정하라고 하게. 나는 가야겠네. 그리고 다음 주 일요일 아침 여기서 다시 조찬을 하세."

그러나 조금 전에 일어난 중대한 사건이 서기의 예민한 신경을 긁어놓은 상태였다. 그는 심지어 범죄조차도 성실하게 저지를 사람이었다.

"회장님, 계획이 제대로 확정되지 않았습니다. 우리의 모든 계획은 협의회 사람들이 모두 모인 자리에서 검토되어야 한다는 것이 우리의 기본 규칙입니다. 물론, 회장님께서 배신자가 있다는 것을 예지하신 것은 대단한 일입니다만…"

"서기. 차라리 자네 머리통을 집에 들고 가서 순무 대신 푹 삶으면 꽤 쓸 만할 것 같군. 확실히 그렇다는 건 아니고, 그럴 것 같다는 얘기야." 회장이 진지하게 말했다.

서기는 화가 나서 콧김을 내뿜으며 뒤로 물러섰다.

"무슨 말씀인지 모르겠습니다…" 그는 몹시 기분이 상한 투로 말했다.

"됐어, 됐어." 회장이 여러 차례 고개를 끄덕이며 말했다. "그게 바로 자네의 한계야. 무슨 말인지 못 알아듣는군. 이 어릿광대 당나귀 같은 친구야." 회장은 고함을 지르며 일어났다. "자네는 첩자가 우리 대화를 엿듣는 것을 원치 않지? 그렇지? 그렇다면, 지금 첩자가 엿듣지 않는다고 어떻게 보장하나?"

그는 이 말과 함께, 얼굴에 이해할 수 없는 비웃음을 가득 띠고 사람들을 어깨로 밀치며 밖으로 나갔다.

뒤에 남은 네 사람은 그의 말뜻을 전혀 이해하지 못한 채 입을 떡 벌리고 그의 뒷모습만 바라보고 있었다. 혼자만이 그의 말을 어렴풋이 이해한 사임은 뼛속까지 얼어붙는 것을 느꼈다. 만약 회장의 마지막 말이 빈말이 아니라면 비록 고골처럼 내쫓지는 않았지만, 그는 의심에서 완전히 풀려나지 않았다는 것을 의미했다. 게다가 비록 즉결심판과 같은 피비린내 나는 사건은 벌어지지 않았지만, 쫓겨난 고골의 운명이 무정부주의자들로 득실거리는 이 도시에서 앞으로 어떻게 될지는 아무도 몰랐다.

나머지 네 사람은 툴툴거리며 자리에서 일어나 점심을 먹으러 다른 곳으로 갔다. 시각은 이미 정오가 훨씬 지나고 있었다. 교수가 힘들고 느린 걸음으로 마지막으로 방을 나간 후에도 사임은 한동안 그가 처한 기묘한 상황을 생각하며 자리에 앉아 있었다. 벼락은 피했지만, 그의 머리 위에는 아직도 어두운 구름이 끼어 있었다.

마침내 그는 호텔을 나서 레스터 광장으로 들어섰다. 화창하지만 쌀쌀했던 날씨는 더 추워졌고, 그가 거리로 나섰을 때에는 눈발이 뿌리기 시작했다. 그는 칼이 든 지팡이 등 그레고리의 여행용 소지품들은 가지고 있었지만, 망토를 발코니에 놓아두고 왔기에 눈이 그치기를 바랐다. 그는 대로에서 떨어진 곳에 있는 작고 허름한 미용실 처마 밑에서 잠시 눈을 피했다. 미용실의 쇼윈도는 이브닝드레스를 입은 밀랍 마네킹 하나만 덩그러니 서 있을 뿐 텅 비어 있었다.

그러나 눈발은 점점 거세졌다. 밀랍 마네킹을 보고 기분이 우울해진 사임은 시선을 돌려 흰 눈이 쌓이는 텅 빈 거리를 바라보았다. 그러다가 그는 조용히 서서 미용실 쇼윈도를 들여다보는 한 남자를 발견하고 깜짝 놀랐다. 그의 신사 모자에는 산타클로스의 모자처럼 눈이 쌓여 있었고, 장화의 발등과 발목 부분에도 눈이 쌓여 있었다. 그런데도 그는 먼지가 내려앉은 이브닝드레스를 입은 낡은 밀랍인형에서 눈을 떼지 못하고 있었다. 이런 날씨에 꼼짝도 하지 않고 서서 이런 가게를 들여다보는 사람이 있다는 사실 자체가 사임에게는 아주 희한하게 느껴졌다. 그러나 그 희한함은 갑자기 충격으로 변했다. 그는 바로 중풍으로 거동이 불편한 늙은이 드 웜즈 교수였던 것이다. 그가 서 있는 곳은 그처럼 늙고 병약한 사람에게 전혀 어울리지 않았다.

그는 교수의 취향이 변태적이라고 하더라도 믿어줄 용의가 있었다. 그러나 저 밀랍인형과 사랑에 빠졌다고는 믿을 수 없었다. 그는 교수가 병(무슨 병이든 간에) 때문에 일시적으로 거동할 수 없거나, 정신이 혼미해진 모양이라고 생각했다. 그러나 설령 그렇다고 해도 그를 걱정해줄 마음은 들지 않았다. 오히려 그와는 정반대로 교수의 절뚝거리는 느린 걸음걸이 덕분에 쉽사리 그로부터 도망칠 수 있다는 것을 다행으로 여겼다. 사임은 그 섬뜩한 분위기로부터 한 시간만이라도 완전히 벗어나고 싶었다. 그 시간에 생각을 가다듬고, 앞으로의 처신을 결정하고, 그레고리와의 약속을 끝까지 지킬 것인지를 최종적으로 확정할 수 있을 것이다.

그는 춤추듯 내리는 눈 속에서 두어 개의 큰길을 올라가고 다시 두어 개의 내리막길을 지나 점심을 먹으러 소호의 자그마한 음식점에 들어섰다. 그는 네 가지 맛깔스러운 가벼운 코스 요리를 먹고 적포도주 반병을 마신 후, 블랙커피와 검은 시가로 점심을 마무리할 때까지 계속 생각에 잠겨 있었다.

그는 식기 부딪치는 소리와 복작거리는 외국인들의 소음으로 시끄러운 음식점의 위층에 자리 잡고 있었다. 그는 이처럼 선량하고 친절한 외지인들을 무정부주의자라고 상상하던 시절을 떠올렸다. 그리고 현재 자신의 처지를 생각하며 진저리를 쳤다. 그러나 진저리조차도 그들에게서 벗어난 후련함에서 우러나온 것이었다. 포도주, 흔한 음식, 익숙한 장소, 꾸밈없고 떠들썩한 사람들의 얼굴은 마치 무정부주의자 협의회에 갔던 일이 한낱 악몽처럼 느껴지게 했다. 그와 여섯 명의 무정부주의자 사이에는 높은 집들과 북적거리는 거리가 있었다. 그는 자유로운 런던에서 자유의 몸이었고, 자유로운 사람들 사이에서 포도주를 마시고 있었다. 한결 편해진 동작으로 그는 모자와 지팡이를 집어들고 아래층으로 내려갔다.

아래층으로 내려온 그는 깜짝 놀라 그 자리에 얼어붙었다. 눈 쌓인 거리와 창문 가까운 곳에 있는 작은 식탁 앞에 그 늙은 무정부주의자 교수가 납빛 얼굴을 하고 거의 눈을 감은 채 우유를 마시고 있었던 것이다. 잠시 사임은 그가 의지하고 서 있는 지팡이만큼이나 꼿꼿이 굳어 있었다. 다음 순간 그는 황황히 교수를 지나치며 문을 열고 밖으로 나갔다. 그는 문을 쾅! 닫고 나와 눈 속에 잠시 서서 생각에 잠겼다.

"저 시체 같은 늙은이가 정말 날 쫓아온 걸까?" 그는 노란 콧수염을 잘근잘근 씹으며 자문했다. "식당에서 시간을 너무 오래 끌어서 저런 중풍 든 노인에게조차 따라잡히고 말았군. 한 가지 좋은 점은 조금만 빨리 걸으면 저 노인을 아프리카 대륙보다도 멀리 따돌릴 수 있다는 거지. 그런데 혹시 내가 과대망상에 빠진 것은 아닐까? 그가 정말 나를 쫓아오고 있었던 걸까? 일요일이 저런 절름발이를 내게 붙여 미행하게 할 만큼 바보는 아닐 텐데?'

그는 지팡이를 휘휘 돌리며 코번트 가든 쪽으로 휘적휘적 걸었다. 그가 시장을 가로지르는 동안 눈발이 더욱 드세지면서 마치 해가 저문 것처럼 사방이 캄캄해졌다. 눈송이가 은빛 벌떼처럼 성가시게 달려들었다. 쉴 새 없이 눈으로 들어가고 수염을 적시면서 이미 심기가 언짢아진 그의 화를 돋웠다.

빠른 걸음으로 플리트 가 초입에 들어설 즈음 그는 참을성을 잃고 몸을 숨길 셈으로 찻집을 찾아 들어갔다. 그는 그 김에 블랙커피를 주문했다. 바로 그때 드 윔즈 교수가 무거운 걸음걸이로 찻집 안으로 들어와 힘들게 자리에 앉더니 우유 한 잔을 주문했다.

사임은 놀라서 들고 있던 지팡이를 떨어뜨렸다. 지팡이는 바닥에 부딪히며 큰 소리를 냈지만, 교수는 뒤를 돌아보지 않았다. 그때까지 늘 냉정한 태도를 유지하던 사임은 마치 마술사 앞에서 넋이 나간 시골뜨기처럼 열린 입을 다물지 못했다.

그를 뒤쫓는 마차는 없었다. 찻집 밖에서 마차 바퀴 소리가 들린 적도 없었다. 그렇다면, 교수는 걸어온 것이 분명했다. 그런데 저 노인은 달팽이처럼 느리게 걸어왔겠지만, 사임은 바람처럼 빠르게 걸었다. 머릿속에서 이 간단한 논리가 어긋나자, 그는 반쯤 정신이 나가서 입도 안 댄 커피를 남겨두고 자리에서 벌떡 일어났다. 그는 지팡이를 낚아채 쥐고 밖으로 나갔다. 강둑으로 향하는 승합마차가 빠른 속도로 달리고 있었다. 그 마차를 타려면 백 미터를 죽으라고 뛰어야 했다. 그는 뛰어가서 마차의 흙받기 위로 훌쩍 올라탈 수 있었다. 잠시 숨을 몰아쉰 그는 마차 안으로 들어갔다. 그런데 그가 자리에 잠시 앉아 있노라니, 등 뒤에서 천식 기운이 있는 거친 숨소리가 들려왔다. 그가 몸을 돌려 바라보니, 흙이 묻고 눈이 떨어지는 모자의 챙 밑으로 보이는 교수의 얼굴과 걸음을 옮길 때마다 흔들리는 어깨가 서서히 마차 위로 올라오고 있었다. 교수는 늘 그러듯이 힘들게 자리에 앉더니, 방수포 무릎 덮개를 턱까지 끌어올려 몸을 감쌌다.

이 노인의 비틀거리는 모습과 떨리는 손, 불안한 움직임과 놀란 듯 멈추는 모습 하나하나가 이 노인이 의문의 여지 없이 무력하고 몸을 제대로 움직일 수 없는 상태라는 것을 드러내고 있었다. 그는 간신히 한 치씩 몸을 움직였으며, 제풀에 놀라 숨을 헐떡이다가 축 늘어지곤 했다. 그럼에도, 시공간이라 불리는 추상적 요소가 현실 세계에 아무 영향도 미치지 못하는 것이 아니라면, 그는 승합마차를 뒤쫓아 달려온 것이 분명했다.

사임은 흔들리는 마차 위에서 벌떡 일어나, 점점 흐려지는 겨울 하늘을 뚫어져라 쳐다보고 나서 마차 밖으로 뛰어내리고 싶은 충동을 억누르고 계단을 내려갔다. 너무 놀랐기에, 뒤를 돌아보거나 분별력 있게 생각할 겨를도 없는 상태에서, 그는 굴 속으로 뛰어드는 토끼처럼 플리트 가의 수많은 작은 골목 가운데 하나로 뛰어들어갔다. 만약 저 불가사의한 괴짜 노인이 정말 그를 추적하고 있다면, 이 미로 같은 작은 뒷골목에서 그를 따돌릴 수 있으리라고, 그는 어렴풋이 생각했다. 그는 길이라기보다는 틈이라고 해야 할 구부러진 골목길을 요리조리 빠져나갔다. 스무 번쯤 모퉁이를 돌면서 괴상한 다각형을 그리고 나서야 그는 멈춰 서서 누가 쫓아오는 소리가 들리는지 귀를 기울였다. 아무 소리도 들리지 않았다. 사실 이 좁은 골목은 포근한 눈으로 덮여 있었기에 어떤 경우라도 소리가 잘 들리지는 않았을 것이다. 그러나 레드 라이온 코트 뒤쪽 어디에선가 의욕적인 주민이 약 20미터 정도 눈을 쓸어냈기에 물기에 젖어 반짝이는 포석이 드러나 있는 곳이 있었다. 그곳을 지나칠 때 그는 별다른 신경을 쓰지 않고 미로의 다른 길목으로 들어갔다. 그러나 거기서 몇백 미터 떨어진 곳에서 잠시 멈춰 귀를 기울인 그는 지옥에서 온 절름발이의 무거운 발소리와 지팡이 소리를 듣고 심장이 멈추는 듯한 공포를 느꼈다.

머리 위 구름 낀 하늘은 런던을 이른 저녁 시간치고는 어둡고 음울한 분위기를 풍기는 곳으로 만들어놓았다. 사잇의 양쪽은 아무 특징 없는 벽으로 막혀 있었다. 작은 창문 하나 보이지 않았다. 저녁 분위기도 나지 않았다. 그는 집들이 빈틈없이 들어선 이 소굴을 박차고 나가 다시 불빛 환한 탁 트인 거리로 들어서고 싶은 충동을 느꼈다. 그러나 그는 큰길로 나가기 전까지 오랫동안 골목길을 돌아다니며 여기저기 몸을 숨겼다. 그는 생각했던 것보다 더 멀리 돌아다니고 나서야 큰길로 들어섰다. 그가 넓고 텅 빈 루드게이트 서커스로 나왔을 때 세인트폴 대성당이 눈에 들어왔다.

마치 역병이 휩쓸고 지나간 듯 거리가 텅 비어 있기에 처음에 그는 깜짝 놀랐다. 그러나 그는 이런 황량함이 어느 정도 당연하다는 데 생각이 미쳤다. 우선 눈이 심하게 쏟아졌고, 게다가 오늘은 일요일이었다. 그는 '일요일'이라는 말을 곱씹으면서 입술을 깨물었다. 이제부터 그 말은 마치 저속한 단어처럼 쓰이게 될 터였다.

높은 하늘에 낀 흰 눈안개 아래로 도시의 대기에 이상한 초록빛을 띤 황혼이 펼쳐지고 있었다. 길을 지나가는 사람들은 마치 바닷속에 잠긴 것처럼 보였다. 세인트폴 성당의 어두운 색 돔 뒤로 피어오르는 칙칙한 노을은 흐릿하고 불길한 색채로 물들어 있었다. 그러나 그 음울한 노을 속에서도 시커먼 대성당의 몸체는 당당하게 우뚝 솟아 있었다. 대성당의 꼭대기는 눈이 녹아내린 물 자국으로 얼룩져 있었고 큰 눈덩이가 마치 알프스의 만년설처럼 정상을 덮고 있었다. 한순간, 그 눈덩이는 밑으로 떨어지면서 돔의 지붕을 덮었고 십자가와 그것을 받치는 보주[1]를 아름다운 은빛으로 장식했다. 이 광경을 바라보던 사임은 갑자기 몸을 단정히 세우고 자신도 모르는 사이에 칼이 든 지팡이로 경례를 붙였다.

그는 자신을 그림자처럼 따라오는 사악한 자가 빠르게 혹은 느리게 그의 뒤를 밟고 있음을 감지했지만, 신경 쓰지 않았다.

하늘이 어두워지는 동안에도 지구 높은 곳이 밝게 빛나는 것은 인간에게 믿음과 용기가 있기 때문인 듯싶었다. 악마가 하늘을 장악했을지는 몰라도, 그가 이 십자가마저 움켜쥐지는 못한 것이다. 그는 허겁지겁 자신을 쫓아오는 중풍 든 노인을 향해 패배자라고 외치고 싶은 충동을 느꼈다. 루드게이트 서커스 쪽으로 이어지는 골목길 초입에서 지팡이를 쥔 채 돌아선 그는 자신을 뒤쫓는 자와 정면으로 마주쳤다.

1. 寶珠: 위에 십자가가 달린 보주는 왕권을 상징한다.

드 웜즈 교수는 구불구불한 길을 지나 천천히 모퉁이를 돌고 있었다. 하나밖에 없는 가스등 불빛에 윤곽이 드러난 그의 기묘한 모습은 자장가에 나오는 '굽은 길을 걸어 찾아온 무시무시한 사나이…'라는 대목처럼 상상 속의 인물을 떠올리게 했다. 그의 자세는 그가 걸어온 굽은 길의 모양처럼 휘어 있었다. 위로 치켜 쓴 안경과 꼿꼿이 세운 진득한 얼굴에 가로등 불빛을 받으며 그는 가까이 다가왔다. 사임은 마치 용을 기다리는 성 조지처럼, 최후의 설명이나 죽음을 기다리는 사람처럼 그를 기다렸다. 늙은 교수는 축 처진 눈꺼풀을 꿈쩍도 하지 않은 채 마치 전혀 모르는 사람처럼 그에게 다가오더니 놀랍게도 그를 그냥 지나쳐 걸어갔다.

이 예기치 못한 조용하고도 태연한 동작은 사임을 참을 수 없이 분노하게 하였다. 노인의 창백한 얼굴과 태도는 마치 지금까지 쫓아온 것이 우연이었다고 주장하는 것처럼 보였다. 사임은 격렬한 분노와 유치한 조롱이 섞인 묘한 감정으로 속이 부글부글 끓어 올랐다. 그는 노인의 모자라도 벗기려는 듯한 격렬한 몸짓으로 '잡을 테면 잡아보라'는 의사를 전한 다음, 눈 덮인 루드게이트 서커스를 가로질러 뛰었다. 숨이 차서 호흡이 곤란한 지경에 이르러서야 그는 잠시 멈춰 서서 뒤를 돌아보았다. 그 순간 그는 교수의 검은 형체가 마치 단거리 경주에서 선두를 달리는 주자처럼 넓은 보폭으로 휙휙 뛰어 쫓아오는 모습을 분명히 볼 수 있었다. 그러나 달리는 몸에 달린 머리는 여전히 창백하고 우울한 교수의 얼굴이었기에 마치 어릿광대의 몸통에 교수의 머리만 떼어다 붙인 것처럼 기괴해 보였다.

이 기상천외한 추격은 루드게이트 서커스와 루드게이트 힐을 지나, 세인트폴 대성당을 돌고, 칩사이드[2]를 가로질러 계속되었고, 사임은 그동안 지금까지 꾸었던 모든 악몽을 떠올렸다. 사임은 강 쪽으로 달려가다가 거의 부두에 다다랐을 때 멈춰 섰다. 그는 불이 밝혀진 아담한 선술집의 누런 창유리가 보이자, 곧바로 안으로 뛰어들어갔다. 그리고 자리에 앉아 헐떡이며 맥주를 주문했다. 그곳은 외국 선원들이 여기저기 앉아서 아편을 피우거나 칼부림을 할 법한 지저분한 술집이었다.

잠시 후 드 웜즈 교수가 들어와서 조심스럽게 자리에 앉아 우유 한 잔을 주문했다.

---

2. 런던 중앙부를 동서로 가로지르는 큰 거리.

교수의 설명

더는 피할 길 없이 교수의 치켜세운 눈썹과 납빛 눈꺼풀을 마주 대하고 앉게 되자, 사임은 갑자기 엄습하는 두려움을 느꼈다. 결국, 그 협의회에서 온 이 불가사의한 남자는 그를 쫓아온 것이 분명했다. 풍 맞은 사람이 누군가를 추격한다는 역설적인 사실이 확실히 흥미롭기는 했지만, 그에게 마음 편한 이야기는 아니었다. 만약 그가 교수의 정체를 알아내지 못한 상태에서 어떤 불행한 우연에 의해 교수가 그의 정체를 알아낸다면, 그것은 그리 기분 좋은 일이 아니었다. 그는 교수가 우유 잔에 손을 대기도 전에 백랍 맥주잔에 담긴 맥주를 다 들이켰다.

그는 무력해졌지만, 한 가닥 희망은 놓지 않았다. 이 추격전은 그에 대한 의심을 뜻하는 것이 아닐 수도 있었다. 어쩌면 이 추격은 으레 시행하는 관례이거나 행사일 수도 있었다. 어쩌면

이 우스꽝스러운 추격은 그가 당연히 알고 있어야 할, 우정을 담은 행동일 수도 있었다. 어쩌면 중앙위원회의 의식적인 행위일 수도 있었다. 어쩌면 새로 선출된 시장이 전례에 따라 칩사이드를 행진하듯이, 새로 뽑힌 목요일을 칩사이드에서 추격하는 것이 관례일 수도 있었다.

그가 교수에게 넌지시 던질 질문을 고르는 사이에 그와 마주 앉은 교수가 갑자기 그의 생각을 중단시켰다. 이 늙은 무정부주의자가 예고 없이 그에게 먼저 질문을 던졌던 것이다.

"자네 경찰인가?"

사임은 이렇게 단도직입적이고 구체적인 질문은 전혀 예상하지 못했다. 그처럼 담대한 사람도 더듬거리며 그의 질문을 겨우 농담 투로 받아넘길 수밖에 없었다.

"경찰이라고요?" 애써 웃으며 그가 말했다. "대체 왜 제가 경찰과 관련이 있다고 생각하십니까?"

"이유는 아주 간단해." 교수가 참을성 있게 말했다. "난 자네가 경찰처럼 생겼다고 생각했고, 지금도 그렇게 생각한다네."

"제가 음식점에서 나오면서 실수로 모자걸이에 걸렸던 경찰관 모자를 쓰고 나왔던가요?" 사임이 크게 미소 지으며 말했다. "제 몸 어디에 등록번호가 찍혀 있나요? 제 장화가 경찰관의 장화처럼 생겼단 말입니까? 왜 제가 경찰이어야 한다는 거죠? 차라리 우편배달부라고 하시죠."

늙은 교수는 근엄하게 고개를 저으며 사임의 희망을 꺾어버렸으나, 사임은 계속 냉소적인 태도로 말했다.

"어쩌면 제가 독일 철학에 대한 교수님의 연구를 이해하지 못한 탓일지도 모르겠군요. 어쩌면 경찰이란 추상적인 개념일지도 모르겠군요. 진화론적인 개념으로 보자면, 원숭이는 점점 경찰관으로 진화해서 저 자신도 그 흔적을 감지할 수 있을 정도입니다. 당나귀도 경찰관이 될 수 있겠죠. 어쩌면 클랩햄 커먼에 사는 아가씨도 예전엔 경찰이었을 수 있겠죠. 제가 예전에 경찰관이었을지도 모르지만, 전 괜찮습니다. 제가 예전에 독일 철학에서 말하는 어떤 존재였다 해도, 전 상관없어요."

"자네 경찰관인가?" 노인은 사임이 절망적으로 떠벌린 헛소리를 모두 무시한 채 잘라 말했다. "자네 형사인가?"

사임의 심장이 얼어붙었으나, 그의 얼굴빛은 전혀 변하지 않았다.

"교수님 생각은 말도 안 됩니다. 대체 왜 제가…"

노인은 중풍으로 떨리는 손으로 낡은 탁자를 부술 듯이 쾅! 내리쳤다.

"그 간단한 질문을 못 알아들어? 이 말 많은 첩자야!" 그가 미친 듯이 날카로운 목소리로 소리쳤다. "도대체 자네는 경찰인가, 아닌가?"

"아닙니다!" 사임은 마치 교수대에 선 사형수처럼 외쳤다.

"맹세해. 맹세해! 맹세하라고! 만약 거짓 맹세를 하면 저주를 받는다는 건 알겠지? 거짓으로 맹세하면 악마가 자네의 장례식에서 춤을 출 거야! 몽마가 자네의 무덤 위에 앉을 거야! 확실하지? 자네는 무정부주의자에다, 다이너마이트 테러분자라 이거지! 무엇보다도, 자네는 절대로 경찰관이 아니라는 거지? 자네는 영국 경찰이 아니라는 거지?"

시체 같은 얼굴에 기분 나쁜 생기를 띠며 노인은 그를 향해 다가앉았다.

그는 앞으로 상체를 내밀고 넓적하고 얇은 손을 마치 지느러미처럼 펴서 귀 옆에 갖다 대며 그의 대답을 기다렸다.

"저는 영국 경찰이 아닙니다." 사임은 부자연스럽게 태연함을 과장하며 대답했다.

드 웜즈 교수는 쓰러지듯 다시 그의 의자에 주저앉았.

"그것, 참 안됐구먼." 그가 말했다. "왜냐면 나는 맞거든."

사임은 의자를 뒤로 와당탕 넘어뜨리며 벌떡 일어났다.

"뭐가 맞는다는 거죠? 뭐가 맞는다는 겁니까?" 그가 멍해져서 말했다.

"나는 경찰관일세." 교수가 처음으로 크게 미소를 지으며 말했다. 안경 너머로 그의 밝은 웃음이 보였다. "그러나 자네가 경찰관을 단지 추상적인 개념으로만 생각하는 것으로 봐서, 나와 자네는 아무 관련이 없는 것 같군. 나는 영국 경찰부대 소속일세. 자네는 영국 경찰부대에 속하지 않는다고 했으니, 나는 자네가 무정부주의자 협의회에 속한다고 말할 수밖에 없군. 자네를 체포하겠네."

이렇게 말하며 그는 사임이 조끼 주머니에 넣어둔 파란 카드와 정확히 똑같은 것을 꺼내 놓았다.

사임은 순간적으로 우주가 완전히 뒤집혀서 나무가 아래를 향해 자라고, 별이 그의 발밑으로 내려앉는 것을 느꼈다. 그러다가 천천히 생각을 뒤집었다. 지난 24시간 동안 우주는 뒤집혀 있었고, 이제 뒤집혔던 우주가 바로 선 셈이었다. 온종일 그를 따라다니던 악마는 그의 맞은편에서 그에게 미소를 보내는 경찰 선배였음이 드러난 것이다.

그는 잠시 아무것도 묻지 않았다. 그는 그저 죽음으로 그를 위협하며 추적하던 이 그림자가 사실은 그를 따라잡으려고 쫓아오던 친구였다는 이 다행하고도 희극적인 사실만 생각했다.

그는 자신이 어리석었고 동시에 자유롭다는 사실을 깨달았다. 무서운 일에서 벗어났을 때에는 어떤 특정한 바보짓을 하게 마련이다. 처음은 득의양양, 그다음은 눈물, 마지막은 웃음.

사임의 자아는 몇 초간 첫 번째 반응을 보이다가 갑자기 세 번째 반응으로 넘어갔다. 그는 조끼에서 파란색 경찰카드를 꺼내 탁자 위에 던졌다. 그런 다음 그의 노란 수염 끝이 거의 천장을 가리킬 때까지 고개를 뒤로 젖히고 미친 듯이 웃어댔다.

나이프, 그릇, 깡통 맞부딪히는 소리, 왁자지껄한 목소리, 갑작스러운 몸싸움과 도망치는 소리로 가득한 그 밀폐된 술집에서도 사임의 웃음소리에는 술 취한 사람 여럿이 뒤를 돌아보게 하는 호탕한 구석이 있었다.

"뭘 보고 그렇게 웃으시오, 신사 양반?" 부두 노동자 한 명이 궁금해 하며 물었다.

"날 보고 웃소." 사임은 이렇게 답하고는, 다시 환희에 차서 웃어댔다.

"정신 좀 차리시게." 교수가 말했다. "그러다 머리가 돌겠구먼. 맥주나 더 마시게. 나도 같이 마실 테니."

"아직 우유도 다 안 드시지 않았습니까?" 사임이 말했다.

"우유라고!" 경멸하는 투로 교수가 말했다. "내 우유 말인가! 내가 그 빌어먹을 무정부주의자들에게서 벗어나고 난 다음에도 이런 짐승 같은 음료를 거들떠볼 것 같은가? 이 방 안에 있는 우리는 모두 기독교인이지." 그는 주위의 술 취한 사람들을 둘러보더니 덧붙였다. "신앙심이 깊지 않을 수도 있지만. 내 우유를 다 마시라고? 이런 젠장! 좋지, 지금 당장 없애주지!"

그러더니 그는 갑자기 잔을 넘어뜨려 우유를 엎질러버렸다.

사임은 그를 흥미진진하게 바라보고 있었다.

"아! 이제 알았습니다. 선배님은 노인이 아니었군요." 그가 외쳤다.

"여기서 얼굴 분장을 뜯어낼 수는 없네. 사실, 아주 정교하게 변장했거든. 내가 노인이냐고 묻는다면, 전혀 그렇지 않다고 답하겠어. 나는 지난 생일에 서른여덟 살이었네." 드 웜즈 교수가 대답했다.

"네, 하지만 제 말은, 몸에 이상은 없느냐는 겁니다." 사임이 조급하게 말했다.

"아냐. 사실 난 추위를 못 견뎌." 교수가 침착하게 말했다.

사임의 웃음에는 격렬한 안도감이 담겨 있었다. 그는 풍이 든 교수가 사실은 분장한 젊은 배우라는 사실을 두고 웃어댔다. 그러나 그는 하찮은 후추통이 엎어졌어도 그렇게 큰 소리로 웃음을 터뜨리고 있을 것만 같았다. 가짜 교수는 맥주를 마시고 가짜 수염을 쓱 닦았다.

"그 고골이라는 사람도 우리 편이라는 걸 알았나?" 그가 물었다.

"제가요? 아뇨, 전혀 몰랐습니다." 사임이 놀라서 대답했다.

"선배님도 모르셨나요?"

"죽은 사람만큼이나 새까맣게 모르고 있었지." 자칭 드 웜즈가 대답했다. "나는 회장이 내 이야기를 하는 줄 알고, 발가락이 장화 속에서 오그라들더구먼."

"저는 회장이 제 이야기를 하는 줄 알았습니다." 사임이 큰 소리로 웃으며 말했다. "계속 권총에 손을 대고 있었어요."

"나도 그랬지. 분명히 고골도 그랬을 거야." 교수가 엄숙하게 대답했다.

사임은 감탄사를 뱉으며 탁자를 내리쳤다.

"맙소사, 그러니까 거기엔 우리 편이 셋이나 있었던 거로군요! 일곱 명 중에서 세 명이나 우리 편이라면 해볼 만합니다. 이런 사실을 미리 알았더라면!" 그가 외쳤다.

드 웜즈 교수의 얼굴이 어두워졌고 고개가 수그러들었다.

"세 명밖에 없었던 거야. 그리고 설령 우리가 삼백 명이었다고 해도 우리는 아무 짓도 할 수 없었을 거야." 교수가 말했다.

"네 명에 대적해서 삼백 명이 있어도 말입니까?" 사임이 장난기 있게 비웃으며 말했다.

"아니, 일요일에 대적하려면 삼백 명도 부족하다는 뜻이야." 교수가 냉정하게 말했다.

그 일요일이라는 호칭이 사임을 얼어붙은 듯 숙연하게 했다. 입가에서 웃음이 지워지기도 전에 먼저 심장에서 웃음이 지워졌다. 회장의 잊을 수 없는 얼굴이 마치 천연색 사진처럼 생생하게 떠올랐다. 일요일 부하들의 얼굴은 사납든 사악하든 간에 다른 평범한 사람들의 얼굴처럼 점차 기억에서 희미해지지만, 일요일의 얼굴은 마치 초상화가 조금씩 사람으로 변하듯, 보이지 않을 때 더욱 사실적으로 변했다. 그것이 일요일과 부하들의 차이였다.

그들은 꽤 오랜 시간 아무 말 없이 앉아 있었다. 그러다가 갑자기 터져 나오는 샴페인 거품처럼 사임의 말이 튀어나왔다.

"선배님. 이건 말도 안 됩니다. 선배님은 일요일이 무서운 겁니까?" 그가 외쳤다.

교수는 짙은 눈썹을 추켜세우고, 사임을 크게 뜬 파란 눈으로 너무나도 진실하게 바라보았다.

"그래, 무서워. 그리고 자네도 마찬가지야." 교수가 평정을 되찾은 목소리로 말했다.

사임은 잠시 어리둥절했다. 그는 마치 모욕당한 사람처럼 꼿꼿이 일어나더니, 의자를 멀리 밀쳐버렸다.

"네. 맞습니다. 저는 그가 무섭습니다. 그래서 저는 신에게 맹세코 제가 두려워하는 그 남자에게 한 방 먹일 때까지 찾아다닐 생각입니다. 하늘이 그의 보좌고 땅이 그의 발등상이라고 할지라도[1] 맹세코 저는 그자를 끌어내리겠습니다." 그는 뭐라 형언

할 수 없는 목소리로 말했다.

"어떻게? 왜?" 교수가 눈을 동그랗게 뜨고 물었다.

"왜냐면 그가 두려우니까요. 그리고 누구든 두려운 상대를 그대로 놔둬선 안 되니까요." 사임이 대답했다.

드 웜즈는 몹시 놀라며 눈을 깜빡였다. 그는 무엇인가 말하려 했지만 사임은 나직한 목소리로, 그러나 인간세계의 것이 아닌 듯한 환희를 느끼며 말했다.

"누가 자신이 두려워하지 않는 상대와 싸우려고 하겠습니까? 누가 저열한 권투선수처럼 그리 용감하지 못한 도전으로 자신의 격을 떨어뜨리겠습니까? 누가 그저 가만히 서 있는 나무처럼 평범하게 용감한 자가 되려 하겠습니까? 사람은 두려움에 맞서 싸워야 합니다. 시칠리아 도적의 임종에서 최후의 의식을 치러준 성직자 이야기, 임종을 앞둔 그 대도적이 이렇게 말했다는 이야기를 아시겠지요. '난 당신에게 돈은 주지 못하오. 그러나 당신이 평생 마음에 담을 충고를 하나 해주겠소… 호랑이를 잡으려거든 호랑이 굴로 가시오.' 저도 그렇게 말하겠습니다. 별을 따고 싶다면, 하늘을 찌르십시오."

교수는 아슬아슬한 자세로 천장을 바라보고 있었다.

---

1. "주께서 이르시되 하늘은 나의 보좌요 땅은 나의 발등상이니 너희가 나를 위하여 무슨 집을 짓겠으며 나의 안식할 처소가 어디냐"(사도행전 7:49)에 나오는 표현.

"일요일은 붙박이별이야." 그가 말했다.

"그가 별똥별이 되어 떨어지는 꼴을 보시게 될 겁니다." 사임이 그렇게 말하며 모자를 썼다.

이 단호한 행동에 교수는 힘겹게 몸을 일으켰다.

"자네, 어디로 가나?" 그가 놀란 듯한 어투로 상냥하게 물었다.

"네, 파리에서 폭탄이 터지는 것을 막으려고 합니다." 사임이 짤막하게 대답했다.

"어떻게 할지, 방법은 생각해두었나?" 교수가 물었다.

"아니요." 여전히 단호하게 사임이 말했다.

"우리가 다소 서둘러 헤어지면서 암살 계획이 전적으로 후작과 닥터 불에게 맡겨졌던 것을 물론 기억하고 있겠지. 후작은 지금쯤이면 영국 해협을 건너고 있을 거야. 그러나 그가 어디로 갈지, 무엇을 할지는 회장조차 모르고 있을 거야. 그리고 우리는 당연히 모르지. 유일하게 아는 사람은 닥터 불이야." 자칭 드 웜즈가 수염을 잡아당기면서 창문 밖을 바라보며 말했다.

"빌어먹을! 그리고 우린 닥터 불이 어디 있는지 모르고요." 사임이 외쳤다.

"아니, 나는 닥터 불이 어디 있는지 안다네." 드 웜즈가 정신이 나간 듯 멍하니 말했다.

"그럼, 제게 말씀해주시겠습니까?" 사임이 진지한 눈빛으로 말했다.

"그리로 데려다주지." 교수가 말하며 모자를 집어 들었다.

사임은 긴장감으로 몸이 뻣뻣이 굳은 채 그를 바라보고 서 있었다.

"무슨 말씀이시죠? 제가 하려는 일에 동참하시려는 겁니까? 위험을 감수하시겠다고요?" 그가 날카로운 목소리로 물었다.

"젊은 친구." 교수가 쾌활하게 말했다. "자네가 나를 겁쟁이라고 생각하는 걸 보니 재미있군. 그런 문제라면 짧게 대답하겠네. 그것도 자네의 철학적 수사법에 맞춰서 말이야. 자네는 회장을 끌어내리는 일이 가능하다고 생각하지. 나는 그 일이 불가능하다고 생각하지만, 그래도 시도하려는 거야."

그들이 술집 문을 열었을 때 갑자기 찬 공기가 안으로 들어왔다. 두 사람은 부두 옆으로 난 어두운 거리로 함께 들어섰다.

대부분 거리에는 눈이 녹거나 진흙 자국이 남아 있었지만, 아직도 여기저기 남아 있는 회색 눈더미들이 어둠 속에서 눈에 띄었다. 골목길은 질척거리고 여기저기 웅덩이에 물이 고여 있었고, 마치 파괴된 세계의 조각처럼 보이는 물 표면을 가로등이 비스듬히 비추고 있었다.

사임은 빛과 그림자가 점점 뒤엉키는 거리를 걸으며 정신이 혼미해졌다. 그러나 그의 동료는 쾌활한 걸음걸이로 거리 끝까지 걸어갔다. 강물이 가로등 불빛을 받아 빛나고 있었다.

"어디로 가십니까?" 사임이 물었다.

"일단, 이 모퉁이를 돌아서 닥터 불이 자러 갔나 살펴보려고 한다네. 그 친구는 생활습관이 아주 건전한 데다, 일찍 잠자리에 들지." 교수가 대답했다.

"닥터 불이 길 모퉁이에 삽니까?" 사임이 외쳤다.

"아니. 사실 그는 여기서 꽤 먼 곳에 살아. 강 건너편에 살지. 하지만 그가 잠자리에 들었는지는 여기서도 알아볼 수 있어." 동료가 대답했다.

이렇게 말하고 나서 점점이 불빛이 비치는 어두운 강을 바라보며 모퉁이를 돌아선 그는 지팡이로 반대쪽 강둑을 가리켰다. 서리 주[2]의 템스 강변에는 마치 공장 굴뚝처럼 생긴 높은 건물들이 거의 강물 위로 불쑥 튀어나오다시피 했고, 건물에는 뜨문뜨문 불이 밝혀진 창문들이 보였다. 구역 내 건물들의 독특한 위치와 모양은 백 개의 눈을 가진 바벨탑을 연상케 했다. 사임은 미국의 마천루를 본 적이 없었기에 상상 속에서만 그런 건물을 그려볼 뿐이었다.

그가 쳐다보는 사이에 수많은 불빛이 밝혀진 고층건물의 맨

---

2. 영국 잉글랜드 남부에 있는 주 이름. 주도는 킹스턴.

위층 불빛이 꺼졌다. 마치 검은 아르고스[3]가 그의 무수한 눈 가운데 하나로 그에게 윙크한 것처럼 보였다.

드 웜즈 교수는 홱 돌아서더니 지팡이를 장화에 대고 딱! 쳤다.

"늦었어. 닥터 불은 이미 잠자리에 들었어." 그가 말했다.

"무슨 말씀이시죠? 그러니까 그가 저 건너편에 산다는 겁니까?" 사임이 물었다.

"그래. 닥터 불은 자네 눈으로 볼 수 없는 저 창문 뒤에 있지. 날 따라오게. 함께 저녁이나 먹지. 닥터 불은 내일 아침에 불러내야겠어." 드 웜즈가 말했다.

그들은 몇 개의 샛길을 지나 번화하고 북적거리는 동인도 부둣길로 나왔다. 교수는 주변 지리를 훤히 아는 듯, 불 켜진 상점들이 갑자기 내린 어둠과 정적에 잠겨 있는 곳까지 계속 걸어갔다. 그곳에는 당장 수리가 필요한 것 같은 낡은 흰색 건물에 여인숙이 하나 있었는데, 길에서 대략 20피트쯤 떨어져 있었다.

"영국에서는 마치 화석을 발굴하듯이 괜찮은 여인숙을 우연히 발견할 수 있지. 언젠가 웨스트엔드에서 마음에 드는 여인숙을 발견한 적이 있었어." 교수가 설명했다.

"그렇다면 여기가 그 웨스트엔드의 여인숙에 못지않은 여인

---

3. 그리스 신화에서 세 개 또는 네 개의 눈을 가진 괴물. 온몸에 무수한 눈을 가지고 있다고도 하는 이 괴물은 아르카디아를 황폐하게 하는 소와 사티로스를 죽이고, 헤라의 명으로 암소로 변한 이오를 감시하다가 제우스의 명령을 받은 헤르메스의 계략에 빠져 살해되었다.

숙이라는 말씀인가요?" 사임이 미소 지으며 말했다.

"바로 그거야." 교수가 근엄하게 말하며 안으로 들어갔다.

여인숙에서 그들은 저녁을 실컷 먹고 잠도 푹 잤다. 맛있게 조리한 콩과 베이컨에 곁들인 포도주는 놀랍게도 여인숙의 지하 포도주 저장고에서 가져온 질 좋은 프랑스산 부르고뉴였다. 새로 만난 동지에 대한 동료의식과 오랜만에 느껴보는 편안함으로 사임은 포도주를 마시며 마음껏 들뜬 저녁 시간을 보냈다.

지금까지 온갖 시련을 겪어오면서 그를 가장 두렵게 했던 것은 고립감이었다. 고립되는 것과 한 사람의 동지를 얻는 것 사이에 놓인 심연은 어떤 말로도 설명할 수 없었다. 수학적으로 넷은 둘의 두 배이다. 그러나 둘은 하나의 두 배가 아니었다. 둘은 하나의 2천 배였다. 그렇기에 수많은 난관이 있어도, 세계는 항상 정의로운 자의 편에 서는 법이다.

사임은 그레고리가 그를 강가의 작은 선술집으로 데리고 갔던 시점부터 그가 겪게 된 이 놀라운 모험에 대해 모든 것을 그의 경찰 선배에게 털어놓았다. 그는 아주 오랜 사귄 친구에게 말하듯 편하고 자세하게, 중간에 혼잣말도 섞어가며 이야기를 들려주었다. 드 웜즈 교수를 가장한 그의 동지 역시 과묵한 사람은 아니었다. 사임처럼 그의 말투에도 여유가 있었다.

"분장이 훌륭하네요. 고골의 분장보다 훨씬 낫습니다. 고골은 심지어 첫눈에도 좀 지나치게 털이 많은 게 아닌가 싶었거든요." 사임이 포도주잔을 기울이며 말했다.

"예술론의 차이지. 고골은 이상주의자였어. 그래서 추상적이고 플라토닉한 관념으로 이상주의자를 연기했던 걸세. 그러나 나는 사실주의자거든. 그래서 초상화를 그린 거지. 아니, 솔직히 내가 초상화를 그렸다는 말은 적절치 않네. 나 자신이 초상화니까 말이야." 교수가 생각에 잠긴 듯한 얼굴로 대답했다.

"무슨 말씀인지 모르겠는데요." 사임이 대답했다.

"내가 바로 초상화야. 나는 나폴리에 사는 아주 저명한 교수 드 웜즈의 초상화라고." 교수가 되풀이해 말했다.

"그 사람으로 가장했다는 말씀이군요. 그런데 드 웜즈 교수는 선배님이 그를 사칭하고 있다는 사실을 알고 있습니까?" 사임이 말했다.

"아주 잘 알고 있지." 사임의 동지가 쾌활하게 대답했다.

"그런데 왜 그 사람은 선배님의 행동을 비난하지 않는거죠?"

"내가 그를 비난했다네." 교수가 대답했다.

"무슨 말씀인지, 설명해주세요." 사임이 말했다.

"그러지. 자네가 내 이야기를 기꺼이 듣겠다면 말이야." 저명한 외국 철학자가 대답했다. "내 직업은 배우고, 이름은 윌크스야. 무대 위에서는 집시와 무뢰배의 잡탕 연기를 하지. 어떤 때는 풀잎 끝을 건드리듯 섬세한 연기를 하고, 또 어떤 때는 저질스러운 연기도 하고, 가끔은 정치망명객도 연기했지. 국외로 추방된 몽상가들의 모임에서 나는 위대한 독일 허무주의 철학자인 드 웜즈 교수에게 소개되었어. 나는 다른 것에는 별로 신경 쓰지 않고, 그의 구역질 나는 외모만 주의 깊게 관찰했지.

그는 우주의 파괴가 신의 역사(役事)라고 하더구먼. 그래서 그는 모든 것을 가루로 만들어버리는 강력하고 무한한 힘이 필요하다고 역설했어. 그는 힘이 모든 것이라고 하더구먼. 그는 절름발이에다 눈은 근시이고, 몸 일부가 마비되어 있었어. 그를 만났을 때 나는 좀 흥분한 상태였는데, 그가 너무도 싫은 나머지 그를 따라 하기로 작정했지. 만일 내가 화가였다면 캐리커처를 그릴 수도 있었겠지. 하지만 나는 배우이니까 캐리커처를 직접 연기할 수밖에 없잖나. 그래서 그 늙은 교수의 추악하고 노쇠한 자아를 한껏 과장해서 분장했지. 그리고 그런 모습으로 그의 지지자들로 가득 찬 방에 들어가면 그들이 폭소를 터뜨리거나, 아니면 (너무 진지하게 받아들일 경우) 교수에 대한 모욕에 분노하여 고함을 지르리라고 예상했지.

그런데 내가 방 안으로 들어가자, 뜻밖에도 존경을 담은 침묵이 깔리더니 이내 (내가 처음으로 입을 열자) 감탄의 속삭임이 들리기 시작했을 때 내가 얼마나 놀랐는지, 이루 말로 표현할 수 없네. 내게 완벽한 예술가의 저주가 내린 거야. 나는 너무도 섬세했고, 너무도 사실 같았어. 그들은 내가 실제로 그 위대한 허무주의자 교수라고 생각했지. 그때 나는 정신이 건강한 젊은이였으니 솔직히 말해서 그건 아주 충격적인 경험이었지. 그런데 내가 그 충격에서 벗어나기도 전에 두세 명의 지지자가 불같이 화를 내며 누군가 옆방에서 나를 공공연히 모욕하고 있다고 말하더군. 나는 무슨 일이냐고 물었지. 어떤 분별없는 친구가 버릇없이 내 흉내를 내고 있다는 거였어. 그때 나는 샴페인을 너무 많이 마셨기에 머리가 제대로 돌아가지 않았지만, 상황을 두 눈으로 직접 확인하기로 했어. 그래서 지지자들과 내가 눈썹을 추켜세우고 뚫어져라 지켜보는 가운데 진짜 교수가 방 안으로 들어왔네.

소란이 일어난 것은 말할 나위도 없지. 주위의 허무주의자들이 모두 안절부절못하며 진짜를 가려내려고 누가 더 쇠약한지를 관찰하면서 이 교수에서 저 교수로 눈길을 옮겼네. 하지만 승자는 나였어. 그처럼 건강이 나쁜 노인도 삶의 절정기에 이른 젊은 배우만큼 눈에 띄게 쇠약해 보일 수는 없었던 거야. 그 사람은 정말 풍을 맞았는데, 그런 장애에 짓눌린 나머지 나처럼 정말 풍이 든 것처럼 보이지 않았던 거야.

그러자 그는 자신의 풍부한 지식을 이용해서 내가 가짜라는 사실을 밝히려고 하더군. 하지만 나는 아주 간단히 그 위기를 모면했지. 그는 내가 알아들을 수 없는 어려운 이야기를 꺼냈기에 나뿐만이 아니라 그 자리에 있던 그 누구도 그게 무슨 말인지 전혀 이해하지 못했어. 그래서 나도 나 자신조차 이해할 수 없는 말로 되받아쳤지.

그는 이렇게 말했네. '진화가 비실재적인 개념이라는 당신의 이론에는 동조하지 못하겠소. 왜냐면 분화의 필수 요소인 소와(小窩)가 그 이론 자체에 내재하니까 말이야.' 나는 아주 냉소적으로 응수했지. '그 이야기는 핀크워츠 저서에 나오는 내용이군요. 퇴화가 우생학적으로 작용했다는 사실은 이미 오래전에 글룸프가 밝혀냈죠.' 물론, 핀크워츠나 글룸프는 내가 지어낸 허구의 인물이라는 것은 말할 필요도 없겠지. 그런데 주위 사람들은 (놀랍게도) 그 사람들을 잘 아는 것 같더군. 그리고 교수는 식자층의 난해한 화법을 쓰다가 오히려 뻔뻔스러운 적에게 지게 되었다는 것을 깨닫자, 사람들이 잘 아는 지식을 꺼내더군. '이제 알겠소. 당신은 이솝우화에 나오는 가짜 돼지처럼 나를 이긴 거요.' 그가 이렇게 말하며 비웃었지. 나는 미소 지으며 이렇게 대답했지. '그리고 당신은 몽테뉴의 책에 나오는 고슴도치처럼 내게 진 거요.' 몽테뉴의 저서에 고슴도치 따위가 나오지 않는다는 말은 할 필요도 없겠지? '당신의 허튼소리는 당신의 가짜수염만큼이나 거짓이야.' 그가 이렇게 말하더군. 이 재치 있고 진실한 표현에는 멋지게 맞대응할 말이 생각나지 않더군. 하지만, 나는 한껏 웃어댄 다음 되는대로 주워섬겼어. '범신론자의 장화처럼 말이지?'

나는 내가 거둔 승리에 의기양양해져서 휙 돌아섰지. 진짜 교수는 쫓겨났어. 뭐, 사람들이 그리 난폭하게 쫓아내지는 않았지만, 누군가 한 사람이 꽤 끈기있게 그의 코를 계속 잡아당기더구먼. 내가 알기로 그는 이제 유럽 어디에 가도 우스꽝스러운 가짜 교수 취급을 받고 있을 걸세. 그가 진지하게 굴거나 울화통을 터뜨리는 모습은 그를 더욱 우습게 만들 뿐이지."

"하룻밤 장난으로 그 교수로 위장한 것은 이해하겠는데, 왜 계속 그렇게 위장하고 다니는지는 이해할 수 없군요." 사임이 말했다.

"그 사연은 지금부터 들려주지." 가짜 드 웜즈가 말했다. "지지자들의 박수갈채를 받으며 밖으로 나온 나는 어두운 거리를 절뚝거리며 걸었지. 어서 그들에게서 멀리 떨어져서 제대로 걷고 싶다고 생각하면서 말이야.

내가 길모퉁이를 도는데 누가 내 어깨를 톡 치더군. 돌아보니 덩치가 어마어마하게 큰 경찰관의 그림자가 나를 완전히 가려버렸어. 그는 내게 경찰서까지 동행해야겠다고 말했네. 나는 중풍 연기를 계속하면서 독일 억양으로 소리를 질렀지. '그렇소, 나는 이미 동행하고 있소. 이 세상의 박해받는 자들과 동행하고 있단 말이오. 당신은 내가 위대한 무정부주의자, 드 웜즈 교수이기에 체포하려는 것이로군.' 경관은 태연하게 손에 든 종이를 훑어보더니 이렇게 말했어. '그게 아니오, 선생. 정확히 말해서 선생이 저명한 무정부주의자, 드 웜즈 교수가 아닌 죄로 체포하는 거요.' 내가 저지른 죄는, 만약 그것이 범죄에 해당한다면, 생각보다 훨씬 가벼운 것이었어. 그래서 나는 반신반의하면서, 그리고 크게 당황하지 않고, 그 남자와 경찰서로 함께 갔지. 나는 방을 여러 개 지나서 드디어 어느 경찰관에게 안내되었는데, 그는 총력을 기울여 무정부주의자 단체에 대적하기 위해 특수 경찰부대가 설립되었고, 남을 그대로 재현하는 내 분장술이 공공 치안에 큰 도움이 될 거라고 말하더군. 그러더니 그는 두둑한 봉급과 조그만 파란 카드를 내게 건넸어. 비록 말은 몇 마디 못 나눴지만, 아주 풍부한 상식과 유머감각을 갖춘 사람 같더구먼. 하지만 그 사람이 구체적으로 어떤 사람인지는 별로 들려줄 말이 없네, 왜냐면…"

사임은 나이프와 포크를 내려놓으며 말했다.

"왜냐면 캄캄한 방에서 그와 대화했기 때문이죠."

드 웜즈 교수는 고개를 끄덕이고 잔을 비웠다.

안경을 낀 남자

"부르고뉴는 정말 대단한 포도주야." 교수가 슬프게 말하며 잔을 내려놓았다.

"그렇게 보이지 않는데요. 약이라도 마시는 듯한 표정이던데." 사임이 말했다.

"내 행동을 이해해주게." 교수가 우울한 목소리로 변명했다. "나는 아주 미묘한 상황에 놓였어. 내면은 아이처럼 명랑한데, 풍 맞은 교수 연기를 하도 실감 나게 하다 보니, 이제 그 역할을 버릴 수 없게 되었어. 그래서 친구들과 함께 있을 때, 전혀 연기할 필요가 없을 때에도 느릿느릿하게 말하거나 이마를 찡그리지 않을 수 없게 된 거야. 마치 그 이마가 진짜 내 이마인 것처럼 그런다는 거지. 심지어 아주 즐거울 때에도 중풍 든 노인 모습으로 즐거워할 수밖에 없네. 명랑한 감탄사가 내 마음속에서

맴돌 때에도, 내 입에서는 전혀 다른 소리가 튀어나와. 내가 '재까닥 못 하겠느냐, 이 후레자식아!'라고 말하는 걸 들어봐야 할 텐데. 웃다가 눈물이 나올걸?"

"정말 그렇군요. 하지만 그 점을 감안하고 봐도, 뭔가 걱정이 있는 것 같은데요." 사임이 말했다.

교수는 조금 놀라더니 그를 지긋이 바라보았다.

"자네는 참 똑똑한 친구구먼. 자네와 함께 일하게 되어 다행스럽네. 그래, 사실 내 머릿속엔 먹구름이 끼어 있다네. 아주 중요한 문제가 하나 있는데 말이야." 그러더니 그는 두 손으로 벗어진 이마를 감쌌다. 그리고 나지막한 목소리로 말했다. "자네 피아노 칠 줄 아나?"

"네, 제법 잘 칩니다." 사임이 조금 궁금해 하며 대답했다.

교수가 아무 말도 하지 않자, 그가 덧붙였다.

"이제 그 먹구름은 지나갔나요?"

긴 침묵이 흐르고, 교수는 손으로 얼굴을 가린 채 말했다.

"사실, 피아노가 아니라, 타자기라도 괜찮네."

"감사합니다. 퍽이나 어깨가 으쓱해지는군요." 사임이 말했다.

"내 말 잘 듣게." 교수가 말했다. "그리고 우리가 내일 누구를 만나야 하는지를 기억해두게. 우리는 내일 런던탑에서 왕관의 보석을 훔치는 것보다 훨씬 더 위험한 일을 시도할 거야. 아주 날카롭고, 아주 막강하고, 아주 사악한 사람에게서 비밀을 훔쳐 내는 일일세. 회장을 제외하면 안경 쓴 그 작은 친구만큼 독하고 악한 인간은 세상에 없을 거야. 그는 서기와는 달리, 죽음도 불사하는 뜨거운 열정이나 광신적인 순교정신은 없을지도 몰라. 그러나 적어도 서기의 그 광신주의에는 인간적인 연민이 있어서 어떻게 보면 거기에는 명예가 있다고 말할 수도 있을 거야.

그런데 이 현실적인 의사 녀석은 병적인 서기보다 더 무시무시한 놈일세. 그의 활력과 생기를 자네도 봤지? 그 친구는 인도산 고무공처럼 통통 튀어 다닌다네. 일요일이 닥터 불에게 의지하고, 그의 검고 둥근 머리통 속에 폭탄 테러 계획이 숨어 있는 한, 그는 절대로 잠들지 (그가 잠을 잘지나 모르겠군) 않네."

"그렇다면, 제가 그 으스스한 괴물에게 피아노라도 쳐주면서 달래라는 말씀입니까?" 사임이 말했다.

"바보 같은 소리 작작하시게." 사임의 조언자가 말했다. "피아노를 치는 사람은 손가락을 빠르고 자유롭게 놀릴 수 있기 때문에 피아노 이야기를 꺼낸 거야. 사임, 우리가 그와 면담을 마치고 제정신으로 살아 나오려면, 그 악마 같은 자가 알 수 없는 우리만의 암호가 필요해. 다섯 손가락으로 칠 수 있도록 알파벳 순으로 정한 암호를 대충 만들어봤어. 이렇게 말이야. 보게나."

그러더니 그는 나무 탁자 위에서 손가락을 물결 치듯 움직였다.

"B·A·D(나·쁘·다). 우리가 앞으로 자주 사용할 단어지."

사임은 포도주를 한 잔 더 마시고 나서 암호의 원리를 배우기 시작했다. 그는 퍼즐을 푸는 머리가 비상했고, 손놀림도 빨랐으므로, 남이 보기에는 느릿느릿 탁자나 무릎을 두드리는 것 같았지만, 간단한 메시지를 전하는 방법을 배우는 데에는 별로 긴 시간이 필요하지 않았다. 그러나 포도주와 동료애는 그에게 바보스러운 영감을 불어넣어 줬고, 교수는 사임의 후끈 달아오른 머릿속에서 나온 새로운 암호체계 속에서 헤맸다.

"몇 가지 암호 단어를 만들어야겠습니다." 사임이 진지하게 말했다. "우리가 좋아하는 단어, 의미심장한 뜻을 지닌 단어 말입니다. 제가 가장 좋아하는 말은 '같은 시기의(coeval)'라는 단어입니다. 선배님은?"

"장난 좀 그만하시게." 교수가 호소하듯 말했다. "이게 얼마나 중요한 일인지 이해하지 못하는 모양이군."

"'푸르다(lush)'라는 말도 좋아합니다. 암호문으로 말할 때 '풀' 대신에 '푸르다'라는 단어를 쓰는 게 좋겠군요, 안 그렇습니까?" 사임이 마치 현자처럼 고개를 흔들며 말했다.

"설마 닥터 불에게 풀 이야기를 할 일이 생기리라고 믿는 것은 아니겠지?" 교수가 화를 내며 말했다.

"그런 화제가 나오거나 그런 단어가 자연스럽게 나올 경우도 있겠죠. 예를 들어 이렇게 말할 수 있죠. '닥터 불, 자네는 혁명가이니, 독재자가 인민에게 풀만 먹고 살라고 강요했던 것을 기억하고 있겠지. 그런데 정말 우리 가운데 많은 사람이 여름날의 싱싱한 푸른 풀을 보면서…'" 사임이 생각을 더듬으며 말했다.

"우리가 처한 상황이 비극적이라는 걸 모르겠나?"

"아주 잘 알죠. 비극적인 상황에서는 희극적으로 행동해야죠. 우리가 그 외에 다른 무엇을 할 수 있겠어요? 선배님의 암호문이 표현할 수 있는 범위가 더 넓으면 좋을 텐데. 손가락 끝에서 발끝까지 범위를 늘릴 수는 없겠지요? 만약 그렇게 할 수 있다면 대화 중에 태연히 장화나 양말을 벗어버리고…"

"사임." 그의 동료가 단호하고 짤막하게 외쳤다.

"그만 가서 잠이나 자게!"

그러나 사임은 새로 배운 암호문을 완벽히 이해하기 위해 오랫동안 잠자리에 들지 않았다. 그는 다음 날 아침, 동녘이 아직도 어둠에 잠겨 있을 때 잠에서 깼는데, 그의 동료가 침대 옆에서 마치 유령처럼 서 있었다.

사임은 눈을 끔벅거리며 침대에서 일어나 앉았다. 그런 다음 천천히 생각을 정리하고 잠옷을 벗어 던지며 자리에서 일어났다. 뭐라고 설명할 수는 없지만, 어젯밤에 느꼈던 편안함과 우정이 그가 벗어 던진 잠옷과 함께 벗겨져 나간 듯한 기분이 들었다. 그러나 그는 여전히 전적으로 동료를 신뢰하고 의지하고 있었다. 그것은 함께 비계[1] 위를 올라가는 두 작업자 사이의 신뢰감과 같은 것이었다.

바지를 입으며 사임은 쾌활함을 과장하며 말했다.

"선배의 알파벳 암호가 나오는 꿈을 꿨습니다. 그 암호를 개발하는 데 시간이 얼마나 걸렸죠?"

교수는 아무 대답도 하지 않고, 겨울 바다빛 눈동자로 앞만 바라보고 있었다. 사임은 거듭 물었다.

"이 모든 걸 생각해내는 데 오래 걸렸나요? 저는 이런 것을 잘 외우는 편인데도, 한 시간은 족히 걸렸습니다. 선배님은 즉석에서 다 외웠나요?"

교수는 여전히 침묵했다. 그는 눈을 크게 뜬 채, 표정은 굳었지만 희미한 미소를 띠고 있었다.

"시간이 얼마나 걸렸나요?"

교수는 움직이지 않았다.

"이런 제기랄, 대답을 왜 못해요?" 사임이 갑자기 화를 벌컥 내며 외쳤다.

---

[1] 飛階. 건축공사 때 높은 곳에서 자재를 운반하거나 작업할 수 있도록 설치한 임시가설물.

그 화의 밑바닥에는 두려움 같은 것이 깔려 있었다. 교수는 대답할 수 있었든 없었든 간에 대답하지 않았다. 사임은 양피지처럼 뻣뻣한 얼굴과 흐려진 파란 눈을 마주 보며 서 있었다. 그에게 처음 든 생각은 교수가 미쳤다는 것이었지만, 두 번째 생각은 더 섬뜩했다. 사실 말이지만, 그가 별생각 없이 친구로 받아들인 이 기이한 사람에 대해 아는 것이 무엇인가? 그가 무정부주의자들의 조찬모임에 참석했고 그에게 기묘한 이야기를 들려줬다는 것 외에 그가 무엇을 더 알게 되었는가? 그곳에 고골 외에 다른 아군이 있었다는 것은 얼마나 믿기 어려운 일인가! 이 남자의 침묵은 전쟁을 선포하는 방식일까? 말없이 뚫어져라 쳐다보는 것은 결국 적에게 돌아선 삼중 첩자의 고약한 비웃음인가? 그는 냉혹한 정적 속에 선 채 귀를 기울였다. 무정부주의자들이 바깥 복도에서 그를 잡으려고 살금살금 다가오는 소리가 들리는 것 같은 착각마저 들었다.

그러다가 아래를 내려다본 그는 웃음을 터뜨렸다. 비록 교수는 동상처럼 말없이 서 있었지만 그의 다섯 손가락은 탁자 위에서 살아 있는 생물처럼 춤추고 있었다. 사임은 손가락들의 번개 같은 움직임을 지켜보고, 그것이 전하는 메시지를 분명하게 해독했다.

"나는 계속 이렇게만 말할 걸세. 이 방식에 익숙해져야 해."

그는 마음이 풀려 서둘러 손가락으로 대답을 두드렸다.

"알았습니다. 아침 먹으러 가죠."

그들은 아무 말 없이 모자와 지팡이를 집어들었다. 그러나 사임은 자신의 칼 든 지팡이를 은연중에 힘차게 쥐었다.

그들은 커피숍에 잠시 들러 커피와 맛이 형편없는 샌드위치로 아침을 때우고, 희붐하게 밝아오는 빛을 받아 마치 아케론 강[2]처럼 쓸쓸해 보이는 강 쪽으로 걸어갔다. 그들은 강 건너편 건물이 들어선 넓은 구역으로 건너가서 잠시 난간을 두드리며 대화하느라 몇 차례 걸음을 멈춘 것을 제외하면 아무 말 없이 수많은 돌층계를 걸어 올라갔다. 그들이 지나가며 바라본 여러 건물의 유리창에는 잠에서 깬 런던에 하얗게 질린 슬픈 새벽이 깔리는 모습이 비치고 있었다. 슬레이트 지붕들은 비가 그친 잿빛 바다에서 요동치는 납의 파도처럼 보였다.

사임은 그가 새롭게 겪는 이 차고 이성적인 모험이 이전의 거친 모험보다 훨씬 더 견디기 힘들다는 것을 새삼 느꼈다. 예를 들어 어젯밤에는 저 멀리 높은 건물들이 마치 꿈속의 탑처럼 보였다. 그런데 지금 그는 하염없이 무거운 발걸음을 옮기면서 그 건물들이 끝없이 이어진다는 사실에 놀라 어리둥절하고 있었다. 그것은 과장이나 망상이 불러오는 역동적인 공포가 아니

---

2. 그리스 신화에 나오는 저승의 강.

었다. 끝없이 이어지는 계단은 오히려 상상을 거부하는, 그래서 결국 사고해야 하는 수학적 수열의 공허한 무한, 혹은 항성과 항성 사이의 천문학적 수치를 떠올리게 했다. 그는 비합리성보다 더 괴악스러운 이성의 집을 향해 올라가고 있었다.

그들이 닥터 불의 집 층계참에 다다랐을 때, 마지막으로 바라본 창문에 비친 하늘에는 진흙처럼 거친 붉은색의 층층 구름이 가장자리를 메운 차갑고 희미한 새벽이 밝아오고 있었다. 닥터 불의 휑한 다락방에 들어왔을 때 날은 이미 환하게 밝았다.

사임은 썰렁한 방과 싸늘한 새벽을 연결하는, 거의 역사적 사실이 된 과거의 사건에 줄곧 정신이 팔려 있었다. 다락방 탁자 앞에서 글을 쓰는 닥터 불을 본 순간, 그는 그 사건이 무엇이었는지 곧 기억해냈다. 바로 프랑스 혁명이었다. 진한 붉은색과 흰색이 섞인 이 아침에는 단두대의 검은 윤곽이 보일 것만 같았다. 닥터 불은 흰 셔츠와 검은색 짧은 바지를 입고 있었다. 그의 짧고 검은 머리는 방금 가발 밑에서 드러난 것이 분명했다. 그는 마라[3] 혹은 조금 더 소탈한 로베스피에르[4]의 모습을 연상케 했다.

그러나 닥터 불을 조금 더 자세히 들여다보자, 프랑스 혁명

---

3. 1743~1793. 프랑스 대혁명 시기 혁명가. 엄격한 성격으로 특권층과 기생계급을 없애자고 주장했다.
4. 1758~1794. 프랑스 혁명기의 정치가. 공포정치를 추진했다.

의 환상은 사라졌다. 자코뱅은 이상주의자들이었다. 그러나 이 남자에게서는 위험한 유물론이 느껴졌다. 그의 자세가 어딘가 그를 새롭게 보이게 했다. 방 한쪽에서 흘러나오는 밝고 눈부신 아침 햇살이 드리우는 선명한 그림자 때문에 그는 발코니 조찬 때보다 더 창백하고 수척해 보였다. 그의 눈을 가리고, 그의 얼굴을 해골 같은 인상으로 바꾸어 놓은 두 개의 검은 안경알은 어쩌면 실제로 두개골에 뚫린 두 개의 검은 구멍일지도 몰랐다. 그리고 죽음의 신이 나무 탁자에 앉아 글을 쓰고 있다면, 바로 바로 닥터 불과 같은 모습일 거라는 생각이 들었다.

그는 두 사람이 들어오자 고개를 들더니 밝게 웃으며 튀어 오르듯 잽싸게 자리에서 일어났다. 교수가 말했듯이 그는 어젯밤 일찍 잠자리에 들었는지, 과연 생기 있는 모습이었다. 그는 두 사람이 앉을 의자를 마련하고 문 뒤에 있는 옷걸이로 가더니 거친 트위드 천으로 만든 검은색 조끼와 외투를 걸쳤다. 그는 단정하게 옷의 단추를 잠그고 다시 돌아와 탁자 앞에 앉았다.

조용하고 선량해 보이는 그의 태도는 두 적수를 무력하게 만들었다. 잠시 고심하며 뜸을 들이고 나서 교수는 침묵을 깨고 입을 열었다.

"이렇게 이른 시간에 실례해서 미안하네, 동지." 드 웜즈 특유의 굼뜬 태도를 주의 깊게 연기하며 그가 말했다.

"파리 의거 준비는 끝났겠지?" 그러더니 그는 하염없이 늘어지는 말투로 덧붙였다.

"한시도 지체해서는 안 될 정보가 있어 이렇게 찾아왔네."

닥터 불은 미소를 띤 채 아무 말 없이 그들을 바라보았다. 교수는 뜸을 들여가며 단어를 하나하나 힘겹게 발음했다.

"내가 너무 불쑥 찾아왔다고 꾸짖지 말아주게. 하지만 촌각을 다투어 계획을 변경해야 했기에 이렇게 찾아온 것일세. 만약 계획을 변경하기에 너무 늦었다면, 대리인과 동행해서 최대한 협조하라고 충고하겠네. 사임 동지와 나는 이전 어느 중대한 작전에서 자칫하면 시간에 쫓겨 큰 낭패를 볼 수도 있었던 아주 위태로운 경험을 한 적이 있네. 그래도 자네가 이 급박한 상황에 대한 설명을 들어야겠다고 판단한다면, 시간을 뺏길 위험을 감수하고서라도 그 경험과 지금 상황을 관련지어 자세히 설명해주겠네."

그는 혹시라도 이 영악스러운 의사가 참을성을 잃고 속내를 드러내지 않을까 하는 속셈에서 상대가 참을 수 없을 정도로 질질 끌며 느리게 말하고 있었다. 그러나 의사는 계속 그들을 바라보며 미소 짓고 있었기에, 교수 혼자서 말을 계속하기는 힘겨운 일이었다.

사임은 새삼 역겨움과 절망감을 느꼈다. 의사의 미소와 침묵은 그가 반 시간 전에 맞닥뜨렸던, 교수의 굳은 시선과 섬뜩한 침묵과는 전혀 달랐다. 사임은 어젯밤의 무서운 추격을 어린 시절에 품었던 귀신에 대한 공포와 비슷한 느낌으로 기억하고 있었다. 그러나 지금은 밝은 아침이었다. 앞에는 건강하고 어깨가 딱 벌어진, 트위드 천 조끼를 입었으며 보기 흉한 안경 외에는 전혀 이상한 구석이 없는 한 남자가 앉아 있었다. 그는 눈을 번득이거나 심술궂게 웃지도 않았고, 그저 아무 말 없이 미소만 지을 뿐이었다. 이 모든 상황은 견딜 수 없을 정도로 현실적이었다. 점점 밝아오는 햇살 속에서 의사의 피부와 트위드 천의 옷의 무늬가 사실주의 소설에서 너무도 자세히 묘사되듯이 선명하게 드러나고 있었다. 그러나 그의 미소는 아주 희미했고, 그의 머리는 공손하게 기울어져 있었다. 불쾌감을 주는 것은 오직 그의 침묵뿐이었다.

"자네는 지금 우리에게 일어난 이 사건, 자네에게 후작에 대한 정보를 알려 달라고 부탁하게 된 이 사건에 대해 내게서 설명을 들어야겠다고 생각하겠지. 하지만 그 사건은 내가 아니라 우리 사임 동지에게 일어난 일이니…"

무거운 모래 속을 헤치고 지나가듯이 교수는 힘겹게 말을 계속했다. 그의 말끝은 마치 국가의 가사처럼 길게 늘어졌다. 그러나 그를 지켜보고 있던 사임은 빠르게 탁자를 두드리는 그의 긴 손가락에 시선을 집중했다. 그는 메시지를 읽었다.

'자네가 계속하게. 이 악마가 내 진을 빨아먹는군!'

사임은 곤경에 빠졌을 때마다 임기응변으로 늘 그래 왔듯이 당당한 태도로 침묵을 깼다.

"그렇습니다. 그 사건은 제게 일어났습니다." 그가 황급히 말을 이었다.

"저는 운 좋게도 제 모자를 보고 저를 믿을 만한 사람으로 간주한 어느 형사와 이야기를 나눈 적이 있습니다. 저는 그의 신뢰를 사려고 사부아로 데려가 술을 먹여서 몹시 취하게 했지요. 술에 취해 기분이 좋아진 그는 친절하게도 프랑스에서 벌어질 무정부주의자들의 폭파 계획이 이미 경찰에 알려졌고, 수일 내로 후작을 체포하리라는 정보까지 알려줬어요. 그러니 우리가 서둘러 후작을 찾지 않는다면…"

의사는 여전히 친절한 미소를 짓고 있었으나, 검은 안경알 뒤에 가려진 그의 눈에서 아무것도 읽을 수 없었다. 교수는 사임에게 자기가 설명을 계속하겠다는 신호를 보내고는 늘 그래 왔듯 우아하고 침착하게 말을 시작했다.

"사임은 즉시 그 정보를 내게 알렸고, 자네가 이 정보를 어떻게 이용할 것인지 알기 위해서 함께 이곳으로 왔다네. 내 생각에는 이것이 의심의 여지 없이 다급한…"

이런 말이 오가는 사이에 사임은 의사가 교수를 지켜보는 태도만큼이나 지그시, 그러나 미소가 가신 얼굴로 의사를 바라보고 있었다. 평온한 호의를 가장한 긴장 속에서 두 동지의 신경 줄이 거의 끊어질 지경에 이르고 있었다. 그 순간, 사임은 갑자기 몸을 앞으로 기울이면서 탁자 가장자리를 천천히 두드렸다. 그가 동지에게 보낸 메시지는 이것이었다.

'제가 직감적으로 알아낸 것이 있습니다.'

'그럼, 그 직감을 무시해.' 교수는 하던 말을 계속하면서 그에게 신호를 보냈다.

'아주 특별한 직감이에요.' 사임이 신호에 응답했다.

'특별히 미친 직감이겠지!' 교수가 답했다.

'전 시인입니다.' 사임이 신호했다.

'자넨 죽은 목숨이야.' 교수가 답했다.

사임은 머리 끝까지 벌겋게 달아올랐고, 눈은 활활 타올랐다. 그가 말했듯 그는 뭔가를 직감적으로 느끼고 있었고, 그것은 머리가 핑핑 도는 듯 강렬한 직감이었다. 그는 계속해서 동료에게 손가락 신호를 보냈다.

'당신은 제 직감이 얼마나 시적인지 모릅니다. 이건 마치 봄이 오는 것을 직감할 때와 같은 거예요.'

그리고 그는 동료의 손가락을 살폈다. 대답은 '지옥에나 떨어져!'였다.

교수는 의사와 대화를 계속했다.

'어쩌면 이렇게 말해야겠군요. 푸른 숲 속에서 갑자기 풍겨오는 바다 냄새와 비슷한 것이라고.'

사임이 손가락으로 이렇게 두드렸지만, 교수는 아무 대답도 하지 않았다.

'아니면, 아름다운 여인의 정열적인 붉은 머리처럼 긍정적인 직감이죠.' 사임이 손가락으로 두드렸다.

교수는 말을 계속하고 있었지만, 사임은 행동을 취하기로 했다. 그는 탁자에 몸을 기대고 그냥 넘길 수 없는 강한 목소리로 말했다.

"닥터 불!"

의사의 매끈하고 미소 띤 얼굴은 동요하지 않았지만, 검은 안경알 뒤에서 그의 눈이 사임을 향하고 있는 것은 거의 확실했다.

"닥터 불. 저의 작은 부탁 하나만 들어주시겠어요? 안경을 좀 벗어주실 수 있을까요?" 사임은 이상하리만큼 정확하고 예의 바른 목소리로 말했다.

교수는 앉은 자리에서 휙 돌더니 경악과 분노가 섞인 눈빛으로 사임을 노려보았다. 사임은 탁자 위에 그의 생명과 운명을 내던진 것처럼, 격앙된 표정으로 몸을 앞으로 기울였다. 의사는 미동도 하지 않았다.

  몇 초 동안 바늘 떨어지는 소리가 들릴 정도로 적막한 침묵이 흐르다가 멀리서 들려오는 템스 강 증기선의 경적 소리에 뚝 끊겼다. 닥터 불은 여전히 미소를 띤 채 천천히 일어나 안경을 벗었다.

  사임은 폭발 실험에 성공한 화학선생처럼 벌떡 일어나 약간 뒷걸음질쳤다. 그의 두 눈은 초롱초롱 빛났고, 잠시 말문이 막힌 듯 의사를 향해 손가락질만 할 뿐이었다.

  교수 역시 중풍 든 연기를 해야 한다는 것도 잊어버리고 자리에서 벌떡 일어났다. 그는 닥터 불이 눈앞에서 두꺼비로 변신이라도 한 듯 그를 뚫어지게 쳐다보았다. 그리고 눈앞의 장면은 변신만큼이나 놀라운 것이었다.

  두 형사는 다시 의자에 앉아 의사의 모습을 찬찬히 뜯어보았다. 그의 담갈색 눈동자는 솔직하고 다정해 보였고, 얼굴 표정에는 생기가 돌았다. 전형적인 런던내기 공무원의 옷차림을 하고 있기 때문인지, 그의 젊은 나이보다도 더 어려 보였다. 그는 의심할 구석이 전혀 없는, 평범하고 선량한 사람 같은 인상을 풍겼다. 그는 여전히 미소를 띠고 있었지만, 이제 그 미소는 갓난아기의 첫 웃음처럼 순진해 보였다.

  "아! 역시 나는 시인이야." 사임이 들떠서 외쳤다. "내 직감은 알렉산더 포프[5]의 직감처럼 절대로 틀리지 않는다는 걸 알고 있었어. 바로 안경이 문제였어! 모두 안경 때문이었어. 모든 것이 건강하고 건전하게 보였지만, 저 사악한 검은 안경 때문에 마치 시체 사이에 있는 악마처럼 보였던 거예요."

"확실히 두드러지게 차이가 나는구먼. 하지만 닥터 불에 대한 우리 계획이…" 교수가 떨리는 목소리로 말했다.

"계획 따위는 집어치워요!" 사임은 자기가 무슨 짓을 하는지도 모르는 채 큰 소리로 외쳤다.

"저 사람을 보세요! 저 얼굴, 저 옷깃, 저 축복받은 장화를 보란 말입니다! 설마 저런 사람이 무정부주의자라고 생각하시는 건 아니겠죠?"

"사임!" 교수가 근심에 잠겨 괴로워하며 외쳤다.

"신에게 맹세코, 제가 이 위험을 무릅쓰겠습니다! 닥터 불, 저는 경찰입니다. 이게 제 카드예요." 그러더니 그는 탁자 위에 파란 카드를 내던졌다.

교수는 여전히 모든 것을 망쳐버렸다는 생각에 겁을 내고 있었다. 그러나 그는 의리 있는 사람이었다. 그 역시 자신의 경찰 카드를 꺼내서 동료의 것 옆에 나란히 놓았다. 그러자 세 번째 사람이 웃음을 터뜨렸고, 그날 아침 처음으로 그들은 그의 목소

---

5. 1688~1744. 영국의 시인, 비평가.

리를 들었다.

"두 분이 이렇게 일찍 찾아와서 정말 기뻐요." 어린 학생처럼 들뜬 목소리로 그가 말했다. "지금 당장 프랑스로 함께 떠날 수 있으니까요. 네, 저도 경찰입니다."

그리고 그는 두 사람 쪽으로 자신의 파란 카드를 던졌다.

의사가 밝은색 신사 모자를 머리에 쓰고 보기 흉한 안경을 다시 쓰면서 워낙 빨리 문 쪽으로 걸어가는 바람에, 나머지 두 사람도 본능적으로 그를 따라갔다. 아직도 멍한 상태에 있는 사임은 문간을 지나서 갑자기 돌계단을 지팡이로 내리찍는 바람에 탁! 소리가 울렸다.

"하지만 이 모든 것이 사실이라면, 그 빌어먹을 중앙위원회에는 빌어먹을 무정부주의자보다 빌어먹을 경찰이 더 많았다는 것 아닙니까!" 닥터 불이 외쳤다. "쉽사리 해치울 수 있었는데. 우리는 넷이고 저쪽은 셋이잖아요?"

교수는 앞서 계단을 내려가고 있었으므로 그의 목소리는 밑에서 들려왔다.

"아니. 4 대 3이 아니야. 그렇게 운이 좋지는 않았어. 우리 쪽은 넷이고 저쪽은 하나지."

나머지 두 사람은 아무 말 없이 계단을 내려갔다.

순진하고 예의 바른 이 불이라는 젊은 사내는 큰길에 닿을 때까지 두 사람에게 선두를 양보하고 자신은 뒤에서 따르겠다고 고집했다. 그러나 그는 기운차게 걷다 보니, 자신도 모르는 사이에 앞으로 나아가게 되었고 어깨너머로 두 사람과 이야기를 나누며 철도고객 안내소 쪽으로 빠르게 걷고 있었다.

"친구가 생긴다는 것은 참 좋은 일이군요. 저 혼자밖에 없을 때에는 겁이 나서 죽는 줄 알았습니다. 고골이 우리 편이라는 것을 알게 되었을 때 하마터면 그를 얼싸안을 뻔했지요, 제가 그동안 우울한 모습을 보였던 것을 비웃지 않았으면 좋겠습니다." 그가 말했다.

"우울의 지옥에서 나온 모든 우울한 악마들이 저도 우울하게 했습니다! 하지만 그중에서 가장 사악한 악마는 당신과 그 흉측한 검은 안경이었어요." 사임이 말했다.

젊은 사내는 쾌활하게 웃었다.

"대단하지 않았나요?" 그가 말했다. "정말 간단하고 효과적인 아이디어였죠. 물론, 제가 생각해낸 것은 아니지만. 저는 그렇게 머리가 좋지 않거든요.

저는 형사가 되고 싶었어요. 특히 반정부 활동을 진압하는 일을 하고 싶었죠. 하지만 바로 그런 이유에서 무정부주의자로 위장해야 했지요. 그런데 경찰 동료는 제가 절대로 무정부주의자처럼 보이지 않을 거라고 했어요. 제 걸음걸이가 워낙 반듯해서 뒤에서 보면 영국헌법의 화신 같다는 겁니다. 그리고 제가 너무 건강하고 너무 낙천적인 데다가 너무 호인이고 믿음직해 보인다고 했어요. 스코틀랜드 경찰부에서는 제게 온갖 별명을 붙이며 놀려댔죠. 만약 제가 범죄자가 되었다면, 순진한 외모로 돈깨나 벌었을 거라는 소리도 들었어요.

그러다가 마침내 어느 높은 분께 소개되었는데 그분은 정말 똑똑한 것 같더군요. 거기서도 다른 사람들은 모두 가망이 없는 소리만 늘어놓았죠. 어떤 사람은 덥수룩한 수염을 붙이면 호감이 가는 제 미소를 가릴 수 있지 않겠느냐고 했어요. 또다른 사람은 제 얼굴을 까맣게 칠하면 흑인 무정부주의자처럼 보일 거라고 했고요. 그러나 그 높은 분은 정말 놀라운 말씀을 해주셨어요. '안경알이 불투명한 검은 안경 하나면 될 거야.' 그분이 긍정적인 목소리로 말했죠. '이 친구를 봐. 해맑은 사환 아이처럼 보이지 않나? 하지만 검은 안경을 씌우면, 어린아이들은 이 친구 모습만 봐도 비명을 지를 거야.' 그런데 그 말은 사실이었어요! 검은 안경알로 제 눈을 가리고 나니, 제 미소도, 벌어진 어깨도, 짤막한 머리도 나머지 특징들과 함께 사라져버리고, 저를 완벽한 악마로 보이게 했어요. 기적처럼, 한순간에 변해버린 거죠. 하지만 진짜 기적은 그게 아니었어요. 그 일을 생각하면 지금도 놀라곤 합니다."

"그게 뭐였습니까?" 사임이 물었다.

"말씀드리죠." 안경 낀 남자가 대답했다. "제게 안경을 씌운 그 높은 분 말인데요, 맹세코 그분은 저를 보지도 않고 그런 말을 했던 겁니다!"

사임의 눈이 갑자기 빛났다.

"어떻게 그럴 수가 있죠? 그분과 직접 대화하신 게 아니었나요?" 그가 물었다.

"그랬죠." 불이 쾌활하게 말했다. "하지만 칠흑처럼 캄캄한 방에서 이야기를 나눴어요. 그런 곳에서는 제게 안경이 잘 먹힐 거라고 상상할 수 없었겠죠."

"저 같으면 생각도 못했을 텐데." 사임이 숙연해져서 말했다.

"확실히 참신한 아이디어구먼." 교수가 말했다.

그들의 새로운 동료는 정말 회오리바람 같은 친구였다. 안내 사무소에서 그는 사무적으로 간결하게 도버로 가는 열차 편에 대해 물어보았다. 정보를 알아낸 그는 두 사람과 함께 승합마차에 올라탄 다음, 그 둘이 이 숨 가쁜 여정을 제대로 파악하기도 전에 벌써 열차 칸으로 들어갔다. 그들은 칼레로 향하는 배에 탄 다음에야 편하게 대화할 수 있었다.

"점심때쯤이면 프랑스에 닿도록 일정을 준비했어요. 이제 함께 점심 먹을 사람들이 생겼으니 흐뭇하군요. 회장이 저를 줄곧 감시하고 있었기 때문에 —어떻게 감시하는지는 신만이 알겠죠— 하는 수 없이 그 짐승 같은 후작 놈이 폭탄을 운반하도록 내버려둘 수밖에 없었지 뭡니까. 언젠가 그 이야기를 들려드릴게요. 정말이지 숨이 턱턱 막히더라고요. 글쎄, 폭탄을 빼돌리려고 할 때마다 어김없이 회장과 맞닥뜨렸던 겁니다. 클럽의 창문 밖으로 미소를 지으며 내려다본다든가, 승합마차 위에서 모자를 벗어 인사한다든가 하면서 늘 그가 나타났죠. 두 분은 뭐라고 하실지 모르겠지만, 그놈은 정말 악마에게 영혼을 팔아버린 것이 분명해요. 동시에 여섯 장소에 나타날 수도 있을 거예요." 그가 설명했다.

"그래서 후작을 보냈다, 이거군. 오래전이었나? 시간에 맞춰 그자를 찾아낼 수 있을까?" 교수가 물었다.

"네. 시간을 계산해봤습니다. 우리가 도착할 때쯤 그는 아직도 칼레에 머물고 있을 겁니다." 그들의 새로운 길잡이가 대답했다.

"하지만 우리가 그를 칼레에서 잡으면 무엇을 해야 하지?" 교수가 말했다.

이 물음에 닥터 불은 처음으로 표정이 굳어졌다. 그는 잠시 생각하더니 대답했다.

"원칙적으로는 경찰을 불러야겠지요."

"저는 그럴 수 없어요." 사임이 말했다. "원칙적으로는. 그러느니 차라리 제가 물고기 밥이 되어야 합니다. 골수 염세주의자인 어떤 불쌍한 친구에게 제 명예를 걸고 경찰에게 알리지 않겠다고 맹세했거든요. 이 사정을 설득력 있게 전달할 말주변은 없지만, 아무튼 그 염세주의자와 한 약속을 깰 수는 없습니다. 그런 짓은 어린 아이와 한 약속을 어기는 것과 같으니까."

"나도 똑같은 처지일세." 교수가 말했다. "경찰에게 말하려 했지만 이미 바보 같은 맹세를 해버렸기 때문에 할 수 없었어. 내가 배우였을 때 나는 망나니 같은 놈이었지. 하지만 그래도 거짓 맹세를 하거나 배신 따위는 하지 않았어. 만약 내가 그런 짓마저 했다면, 나는 아예 선과 악의 차이를 모르는 인간이나 마찬가지였겠지."

"저도 죽 생각해 왔는데, 이제 마음을 정했어요. 저는 그 일그러진 미소를 짓는 서기라는 자에게 약속했거든요. 그 친구는 지금까지 이 땅에 태어난 사람 중에서 가장 불행한 사람이에요. 그게 그자의 소화불량 때문인지, 도덕론 때문인지, 신경과민 때문인지, 우주관 때문인지는 모르겠지만, 아무튼 저주받은 사람, 지옥에 빠진 사람이에요! 그런 사람을 외면하거나 잡아넣을 수는 없어요. 그것은 마치 나병 환자를 채찍질하는 짓과 같아요. 제가 미친 소리를 하는 것인지 모르겠지만, 그런 기분이 들어요. 제 이야기는 이게 전부예요." 닥터 불이 말했다.

"저는 당신이 미친 소리를 한다고 생각하지 않습니다." 사임이 말했다. "저는 당신이 그렇게 행동하리라고 짐작하고 있었어요…."

"네?" 닥터 불이 놀라서 말했다.

"당신이 안경을 벗었을 때부터."

닥터 불은 희미하게 미소 짓더니, 갑판을 가로질러 걸어가 햇빛을 받아 빛나는 바다를 바라보았다. 그러더니 그는 아무렇게나 발을 휘두르며 되돌아왔고, 친근한 침묵이 세 사람 사이에 감돌았다.

"흠… 우리 세 사람 모두 똑같은 도덕관을 갖고 있는 것 같으니, 그 결과를 직시하는 게 좋겠습니다." 사임이 말했다.

"그래. 자네 말이 맞네. 그리고 벌써 프랑스 땅이 보이니 서두르는 게 좋겠군." 교수가 동의했다.

"지금까지의 이야기로 알 수 있는 사실은 우리 세 사람은 지구 어디에도 의지할 곳이 없다는 겁니다. 고골이 어디로 떠났는지는 하느님만이 아시죠. 어쩌면 회장이 이미 그를 파리 죽이듯 없앴을지도 모르죠. 중앙위원회에서 우리 셋은 마치 다리를 지키는 로마인들처럼 세 사람에게 맞섰지요. 하지만, 지금 상황은 더 나쁩니다. 첫째, 그들은 그들 단체에 도움을 요청할 수 있지만 우리는 우리 기관에 도움을 요청할 수 없고, 둘째…"

"그 세 사람 가운데 하나는 인간이 아니니까." 교수가 말했다.

사임은 고개를 끄덕이고 잠깐 뜸을 들이다가 다시 말했다.

"제 생각은 이겁니다. 무슨 수를 쓰든지 내일 정오까지 후작을 칼레에 붙잡아 두어야 합니다. 어떤 방법으로 그를 붙잡아 둘 것인지, 별의별 생각을 다 해봤습니다.

일단, 그자가 무정부주의자라는 사실을 알릴 수는 없죠. 그건 이미 끝난 얘깁니다. 뭔가 사소한 죄목으로 잡아넣으려면 우리 정체를 드러내야 하니 그것도 안 됩니다. 그는 우리를 알고, 사소한 낌새도 눈치채니까요. 무정부주의 사업 이야기로 속여 계속 거기 머물게 하는 것도 불가능합니다. 이 방법이라면 속아 넘어가겠지만, 차르가 무사히 파리를 통과할 때까지 그를 계속 칼레에 잡아둘 수는 없겠죠. 어쩌면 그자를 납치해서 가둘 수도 있어요. 하지만 그자는 여기서 유명인입니다. 주위에서 지켜주는 친구들도 있고요. 그는 아주 힘세고 겁 없는 사람이니, 그건 불가능한 일입니다. 제가 보기에 우리가 할 수 있는 유일한 일은 후작이라는 지위를 이용하는 겁니다. 저는 그가 존경받는 귀족이라는 점을 이용할 겁니다. 그에게 친구가 많고, 상류사회에서 활동한다는 점을 이용할 거예요."

9장 _ 안경을 낀 남자

"대체 무슨 말을 하는 건가?" 교수가 물었다.

"사임 가문은 14세기가 되어서야 처음 기록에 언급되었습니다." 사임이 말했다. "하지만 사임 가문에서 한 사람이 배녹번 전투[6]에서 브루스의 지휘 하에 싸웠다고 전해지지요. 1350년 이후 가계도는 잘 정리돼 있습니다."

"저 친구 정신 나갔군요." 눈이 휘둥그레진 불이 말했다.

"우리 가문의 문장은 은색과 적색의 쉐브론[7]으로 이뤄져 있고, 바탕에는 세 개의 크로스 크로스렛[8]이 있습니다. 문구는 그때그때 다르고요."

교수는 거칠게 사임의 조끼 깃을 잡아챘다.

"이제 뭍에 거의 다 왔네." 그가 말했다. "자네 지금 뱃멀미를 하는 건가, 아니면 엉뚱한 장난을 하는 건가?"

"저는 지금 거의 가슴이 아플 정도로 현실적인 말을 하고 있는 겁니다." 사임은 전혀 서두르지 않고 말을 계속했다. "생퇴스타슈 역시 아주 유서 깊은 가문이지요. 후작은 자신이 신사라는 점을 부인할 수 없을 겁니다. 그는 제가 신사라는 사실도 부인하지 못할 테지요. 그리고 제 사회적 지위를 의심의 여지가

---

6. 1314년 6월 로버트 브루스가 이끄는 스코틀랜드 군이 에드워드 2세의 영국군대를 배녹번에서 맞아 격파한 전투.
7. V자 모양의 문양.
8. 십자가의 네 쪽 끝 중 위의 세 개의 끝이 하나의 작은 십자가를 이루고 있는 문양.

없는 것으로 만들려면 최대한 빨리 그자의 모자를 툭 쳐서 떨어뜨릴 겁니다…아! 벌써 항구에 다 왔군요."

그들은 눈부신 햇살을 받으며 해변을 걸었다. 런던에서 불이 그랬듯이 사임은 앞장서 걸으면서 수풀에 둘러싸여 바다가 내려다보이는 카페에 도착할 때까지 마치 행진이라도 하듯이 그들을 이끌었다. 두 사람 앞에서 그는 약간 우쭐거리는 걸음걸이로 지팡이를 칼처럼 휘두르며 걸었다. 그는 줄지어 선 카페들이 끝나는 지점으로 걸어가는 듯하더니 갑자기 그 자리에 멈춰 섰다. 그리고 잽싸게 일행을 향해 조용히 하라고 손짓하고는 장갑 낀 손가락으로 줄지어 선 꽃나무 아래에 있는 카페 테이블을 가리켰다. 거기에는 생퇴스타슈 후작이 밝은 노란색 밀짚모자를 쓰고, 짙고 검은 수염 밑으로 흰 이를 빛내며 보랏빛 바다를 배경으로 돋보이는 활달한 구릿빛 얼굴을 드러낸 채 앉아 있었다.

대결

사임은 저 아래서 햇빛을 받아 반짝이는 바다처럼 푸른 눈을 반짝이며 동료와 함께 카페 테이블에 앉았다. 그리고 들뜬 목소리로 소뮈르 한 병을 주문했다. 왠지 그는 즐거워 어쩔 줄 모르는 것 같았고, 이상할 정도로 의기양양해져 있었다. 포도주 병이 비어갈수록 그는 더욱 흥분했고, 반 시간쯤 지나자 헛소리를 지껄이기 시작했다.

그는 후작과 나눌 이야기를 준비하고 있노라고 했다. 그는 연필을 들고 뭔가를 신 나게 휘갈겨 썼다. 거기에는 마치 교리문답처럼 질문과 대답이 연달아 이어지고 있었는데, 사임은 아주 빠른 속도로 읽으며 두 사람에게 내용을 설명했다.

"그자에게 다가가서 모자를 벗기기 전에 우선 제 모자부터 벗을 겁니다. 그리고 이렇게 말할 거예요. '생퇴스타슈 후작이

시군요.' 그러면 그가 이렇게 말하겠지요. '그 저명한 사임 씨군요.' 그자는 아주 우아한 프랑스어로 이렇게 말할 거예요. '어떻게 지내고 있습니까?' 그러면 저는 아주 우아한 런던 말씨로 이렇게 대답할 겁니다. '아, 별고없이 잘 지냅니다…"

"아, 제발 그만 하세요." 불이 말했다.

"정신을 좀 차리고, 그 종이는 갖다 버리라구요. 대체 무슨 짓을 하려고 이러시나?"

"하지만, 이건 정말 멋진 문답이 아닌가요?" 사임이 애걸하듯 말했다. "제발 이걸 읽게 해주세요. 딱 마흔세 가지 문답밖에 없는데, 후작의 대답 가운데 몇 가지는 정말 기발하고 재치 있습니다. 전 적에게도 공정하게 대하고 싶거든요."

"하지만, 이게 다 무슨 소용이란 말예요?" 닥터 불이 화를 내며 물었다.

"후작이 서른아홉 번째 질문에 대답하면, 제 반박이 시작되지요…" 사임이 웃으며 말했다.

"자네, 이런 생각은 안 해봤나?" 교수가 심각하게 말했다. "후작이 자네가 써놓은 마흔세 가지 질문에 모두 답변하지 않을지도 모른다는 생각 말이야. 그럴 때 자네 문답은 전혀 소용없을 것 같은데."

사임은 달아오른 얼굴로 탁자를 내리쳤.

"아! 정말 그렇군요." 그가 말했다. "저는 거기까지는 생각하지 못했습니다. 선배님의 지력은 정말 비범하시군요. 후세에 이름을 남길 겁니다."

"어휴. 부엉이처럼 엉망으로 취하셨군!" 불이 말했다.

"그럴 때는 저와 후작 사이를 (이렇게 표현해도 된다면) 덜 서먹서먹하게 만들 다른 방법을 택하면 되죠. 대화가 어떻게 진행될지 혼자서는 예측할 수 없으니 (아까 교수님께서 심오한 통찰력으로 지적하셨듯이) 유일한 방법은 혼자서 최대한 길게 대화를 끌어가는 겁니다. 전 그렇게 할 겁니다!"

그러더니 그는 바다에서 불어오는 미풍에 금발을 날리며 갑자기 벌떡 일어났다.

나무 사이 어딘가에 있는 카바레에서는 악단이 연주하고 있었고, 여가수가 방금 노래를 끝낸 상태였다. 사임의 달아오른 머릿속에서 취주악단의 화려한 선율은 마치 그가 죽음을 각오했을 때 레스터 광장에서 들리던 손풍금의 톡톡 튀는 음색을 떠올리게 했다.

그는 후작이 앉아 있는 작은 탁자를 넘겨다보았다. 후작은 프록코트에 실크해트를 쓴 점잖은 프랑스인 친구 둘과 함께 있었는데, 그중 한 사람은 레종 도뇌르 훈장의 빨간 장미장식을 달고 있는 것으로 보아 사회적 지위가 높은 인물임이 분명했다.

이 검고 엄숙한 옷을 입은 사람들 옆에서 낙낙한 밀짚모자와 밝은색 봄옷을 입은 후작은 보헤미안, 심지어 바르바르인처럼 보였다. 그러나 그는 여전히 귀족의 면모를 드러내고 있었다. 사실 그의 동물적인 우아함, 냉소적인 눈매, 보랏빛 바다를 향하고 있는 오만한 얼굴을 보면, 마치 왕처럼 보인다고 말하는 사람이 있을지도 몰랐다.

그러나 그는 절대로 기독교인 왕처럼 보이지는 않았다. 오히려 그는 그리스계와 아시아계의 혼혈로 노예제도가 합법적이던 시절에 노예들이 노를 젓는 갤리선을 타고 지중해를 굽어보는 검은 피부의 폭군처럼 보였다. 올리브 나무의 짙은 녹색과 바다의 인상적인 푸른색을 배경으로 후작의 폭군 같은 금갈색 얼굴은 분명히 그렇게 보일 거라고, 사임은 생각했다.

"자네가 대화를 시작할 건가?" 사임이 아직도 움직이지 않고 서 있기만 하자 교수가 우물쭈물하다가 그에게 물었다.

사임은 마지막 포도주잔을 비웠다.

"네." 그는 후작과 친구들을 가리키며 말했다. "저들 모임이 보기에 언짢군요. 저자들의 크고 보기 흉한 코를 잡아당겨 줘야겠습니다."

그는 불안정하지만 빠른 걸음걸이로 걸어갔다. 그를 본 후작은 놀라며 아시리아인 같은 검은 눈썹을 구부리면서도 예의 있게 미소 지었다.

"사임 군이로군." 그가 말했다.

사임은 고개를 숙였다.

"그리고 당신께선 생퇴스타슈 후작이시겠군요." 그는 우아하게 말했다. "제가 후작님의 코를 잡아당기게 해주십시오."

그는 말한 대로 행동하려고 몸을 숙였으나, 후작은 놀라서 의자를 넘어뜨리며 일어나 뒤로 물러났고 실크해트를 쓴 두 명의 남자는 사임의 어깨를 잡아 끌어당겼다.

"저자가 날 모욕했소!" 사임이 자신의 행동을 해명하려는 듯 몸을 비틀며 말했다.

"모욕했다고?" 빨간 장미장식을 단 남자가 외쳤다.

"언제 말이오?"

"아, 바로 지금이오." 사임이 되는대로 말했다.

"저자가 내 어머니를 모욕했소."

"어머니를 모욕했다고!" 남자가 믿을 수 없다는 듯 외쳤다.

"아니, 어머니가 아니라, 사실은 내 이모를 모욕했소." 사임은 수그러들며 말했다.

"하지만 후작이 어떻게 바로 지금 당신의 이모를 모욕했단 말이오?" 다른 신사가 논리적으로 놀라움을 표하며 말했.

"지금까지 우리와 함께 계속 여기 앉아 있었는데."

"그의 말이 문제였단 말이오!" 사임이 언짢은 듯 말했다.

"나는 악단에 대해 한마디 했을 뿐이오. 바그너를 잘 연주해서 마음에 든다는 말이 전부였소." 후작이 말했다.

"바로 그 말에 내 이모를 모욕하려는 의도가 숨어 있었던 겁니다." 사임이 단호하게 말했다. "내 이모는 바그너를 엉망으로 연주했어요. 우리에겐 참 가슴 아픈 일이었지요. 그래서 늘 모욕을 당하곤 했으니까."

"이건 정말 말도 안 돼." 지금까지 예의를 지키던 신사가 황당하다는 표정으로 후작을 바라보며 말했다.

"분명히 말하겠소. 당신들의 대화는 악의적으로 내 이모의 약점을 조롱하는 암시로 가득 차 있었소." 사임이 진지하게 말했다.

"헛소리요!" 두 번째 신사가 말했다. "나는 저 검은 머리 여가수의 노래가 마음에 든다는 말 외에는 반 시간 동안 한 마디도 안 했소."

"아니, 그것도 모욕이오!" 사임이 몹시 분한 듯 외쳤다. "내 이모는 빨간 머리였소."

"내 보기에는 당신은 후작을 모욕하려고 아무 말이나 떠벌리는 것 같은데." 다른 신사가 말했다.

"성 조지의 이름에 걸고 말하건대!" 사임이 고개를 돌려 그 남자를 보며 말했다. "당신 아주 똑똑한 사람이군!"

후작은 호랑이처럼 눈을 이글거리며 벌떡 일어났다.

"나에게 시비를 걸다니!" 그가 외쳤다. "나와 결투하려고 수작을 걸다니! 좋아! 이 신사분들이 결투에서 내 증인이 되어줄 거야. 아직도 해가 지려면 네 시간 남았어. 오늘 저녁에 싸우도록 하지."

사임은 우아하게 고개를 숙였다.

"후작." 그가 말했다. "당신은 지금 당신의 명예와 혈통에 걸맞게 행동한 거요. 내 시체를 거둘 신사분들과 잠시 상의하고 오도록 해주시오."

그는 성큼성큼 걸어서 일행에게 돌아갔고, 그가 술기운을 빌려 내뱉은 비난과 바보 같은 설명을 이미 들었던 그들은 사임을 보자 화들짝 놀랐다. 그들에게 돌아왔을 때 그는 술에서 완전히 깨어 있었고, 얼굴이 약간 창백해졌으며, 흥분했지만 낮은 목소리로 또박또박 말했다.

"해냈습니다. 저 야수 같은 자와 결투하기로 했습니다. 딴 데 보지 말고 제 말을 잘 들으세요. 길게 이야기할 시간이 없습니다. 두 분은 제 입회인들이니, 모든 제안이 두 분 입에서 나와야 합니다. 이제 두 분은 결투를 내일 아침 일곱 시에 해야 한다고 끈질기게 고집해야 합니다. 그래야 그가 7시 45분에 떠나는 파리행 기차를 타지 못할 테니까요. 그가 그 기차를 놓치면 범죄를 저지를 수도 없게 됩니다. 그렇게 구체적으로 시간과 장소를 정했는데, 거절하지는 못하겠지요.

하지만 그는 기차역에서 가까운 곳을 결투 장소로 정해서 결투가 끝나면 곧바로 기차를 타려고 할 겁니다. 그는 아주 솜씨가 좋은 검술가이니 서둘러 저를 죽이고 이내 기차를 탈 수 있으리라고 생각하겠지요. 하지만 저도 검술에는 소질이 있으니 기차가 떠날 때까지 계속 그를 붙잡아둘 수 있을 거예요. 그러면 그는 화가 나서 저를 죽이려 들겠죠. 무슨 말인지 아셨죠? 좋아요, 그럼, 이제 여러분께 제 멋진 친구들을 소개하겠습니다."

그러더니 그는 그들을 데리고 후작의 입회인들에게 그들이 지금껏 들어보지 못한 귀족적인 이름으로 두 사람을 소개했다.

사임에게는 예민하고 유별난 육감이 있었는데, 그것은 소위 시적 직감(그는 안경에 대한 그의 예감도 그렇게 불렀다)이라는 것으로, 가끔 환희에 찬 예언이 되어 발휘되기도 했다.

그는 적의 계책을 정확하게 짚어냈다. 입회인들을 통해 사임이 내일 아침에만 싸울 수 있다는 말을 전해 듣자, 후작은 파리에서 폭탄을 던지는 거사에 갑자기 차질이 생겼음을 깨달은 듯싶었다. 물론, 그는 이 일을 친구들에게 발설할 수 없었으므로, 사임의 예측대로 행동했다. 그는 자신의 입회인들로 하여금 철길에서 멀지 않은 곳에 있는 풀밭을 결투장소로 정하게 했고,

그렇게 함으로써 결투 시간 때문에 발생할 문제를 해결할 수 있다고 믿었을 것이다.

후작이 단호한 모습으로 결투장소에 도착했을 때, 아무도 그가 여행 때문에 안달하고 있으리라고는 상상하지 못했을 것이다. 두 손을 주머니에 찔러 넣은 그는 끈 달린 밀짚모자를 목 뒤로 넘겨서 매고 있었기에 햇볕에 그을린 그의 잘생긴 얼굴이 그대로 드러나 있었다. 하지만 누군가 그의 일행 중에 검이 들어 있는 가방을 든 입회인들만이 아니라 여행가방과 점심 바구니를 든 두 시종의 모습을 보았다면 이상하게 여겼을 것이다.

아직 이른 아침이었지만 햇볕은 따뜻했다. 사임은 무릎이 잠길 만큼 키 큰 풀들 사이에서 그토록 많은 봄꽃이 금빛과 은빛으로 빛나는 것을 보고 놀라지 않을 수 없었다.

후작 외에는 모두 칙칙하고 엄숙한 옷을 입고 있었으며, 머리에는 검은 화통 같은 모자를 쓰고 있었다. 특히 닥터 불은 검은 안경까지 쓰고 있었기에 마치 희극에 나오는 장의사처럼 보였다. 사임은 장례식 느낌이 나는 사람들의 옷차림과 여기저기 야생화가 피어 있는 풀밭 사이의 엉뚱한 대조에서 묘한 느낌을 받았다. 하지만 노란 꽃들과 검은 모자들 사이의 이 우스꽝스러운 대조는 노란 꽃과 어두운 음모 사이의 슬픈 대조를 상징할 뿐이었다. 그의 오른쪽에는 작은 숲이 있었고, 왼쪽에는 반원을 그리며 길게 이어진 철길이 보였다. 말하자면 그는 후작의 목표이자 도피의 경로인 그 길을 후작으로부터 가로막고 서 있는 셈이었다.

레종 도뇌르 훈장을 받은 듀크로아 육군대령이라는 남자가 정중한 자세로 교수와 닥터 불에게 다가가서 결투자 가운데 한 사람이 중상을 입는 순간 결투를 끝내자고 제안했다.

그러나 이미 사임에게서 대처 요령을 전해 들은 닥터 불은 위엄 있게, 그러나 서툰 프랑스어로 결투자 가운데 한 사람이 불구가 될 때까지 결투는 계속되어야 한다고 고집했다. 사임은 최소한 20분 동안은 후작을 불구로 만드는 것을 피하고, 후작이 그를 불구로 만드는 것 또한 막을 수 있으리라 생각했던 것이다. 20분 후면 파리행 기차는 떠날 것이다.

"생퇴스타슈 후작처럼 뛰어난 검술과 용기를 겸비한 분이라면…" 교수가 근엄하게 말했다. "어떤 방법을 택하든 그분에게는 추호도 문제될 것이 없을 터이며, 우리의 원칙은 결투시간을 더 길게 해야 한다는 주장을 강하게 뒷받침하며, 그것은 또한 내가 그 이유를 설명할 수 없게 하는 신중함이 요구하는 원칙이기도 하지만, 정의와 명예가…"

"성가시군!" 뒤에 있던 후작이 그의 말을 잘랐다. 그의 얼굴은 갑자기 어두워지기 시작했다. "사설은 그만두고 이제 결투를 시작하지."

그러더니 그는 신경질적으로 지팡이를 휘둘러 키 큰 풀꽃의 줄기를 베어버렸다.

그의 무례함과 조급함이 무엇을 뜻하는지 잘 알고 있던 사임은 본능적으로 고개를 돌려 기차가 오고 있는지 알아보려고 먼 곳을 바라보았다. 그러나 지평선에는 아무것도 보이지 않았다.

듀크로아 육군대령은 무릎을 꿇고 앉아서 가방을 열더니, 똑같이 생긴 한 쌍의 칼을 꺼냈다. 칼날은 햇빛을 받아 두 줄기의 흰 불길처럼 보였다. 그가 하나를 후작에게 건네자 후작은 아무 격식도 차리지 않고 그것을 낚아챘고, 사임에게 또 하나를 건네자 사임은 최대한 시간을 끌며 우아하게 받아들고 칼날을 한 번 휘어보더니, 이내 대결 자세를 취했다.

대령은 또 한 쌍의 칼을 꺼내서 하나는 자신이 가지고 하나는 닥터 불에게 건넨 다음, 사람들을 모두 제자리에 서게 했다.

두 결투자는 코트와 조끼를 벗어 던지고, 칼을 든 채 서 있었다. 칙칙한 프록코트에 모자를 쓴 입회인들 역시 칼을 든 채 각각 자신의 편에 경직된 자세로 서 있었다.

결투자들은 서로 경례를 보냈다. 대령이 나지막하게 "시작!"

이라고 외치자, 두 개의 칼날이 서로 맞닿으며 윙윙 울렸다.

서로 부딪치는 칼날의 충격이 사임의 팔로 전해지자, 이 모든 사건의 주제였던 몽환적인 공포가 마치 잠에서 깨어난 사람에게서 꿈이 떨어져 나가듯이, 그에게서 사라졌다. 그는 그 모든 공포를 선명하게 기억하고 있었고, 그것은 그의 신경이 만들어낸 허깨비라고 생각했다. 그는 교수에 대한 공포가 폭압처럼 덮쳐오는 악몽 같은 두려움이었고, 의사에 대한 공포가 진공상태와 같은 차고 건조한 두려움이었던 것을 기억했다.

첫 번째 것은 뭔가 기적이 일어날 것 같은 오래된 과거의 공포였고, 두 번째 공포는 어떤 기적도 일어날 수 없다는 가망 없는 현재의 공포였다. 그러나 너무도 사실적인 죽음의 공포 앞에서 그것의 거칠고 냉혹한 현실을 보자, 그는 예전의 모든 두려움이 한낱 허깨비였음을 깨달았다. 그는 밤새 절벽에서 떨어지는 꿈을 꾸다가 처형의 날 아침에 잠에서 깬 남자와 같은 기분이 되었다. 햇빛이 적이 빼든 칼 위로 흘러내리는 것을 보자마자, 그리고 두 자루의 검 끝이 마치 두 마리의 동물처럼 전율하는 것을 느끼자마자, 그는 자신의 적수가 빼어난 검객이고, 십중팔구 그의 최후가 얼마 남지 않았음을 직감했다.

그는 자신을 둘러싼 지구의 모든 것, 심지어 그의 발밑에 깔린 풀잎이 발산하는 기이하고도 선명한 아름다움을 느꼈다. 그는 살아 있는 모든 것에 깃든 생명에 대해 무한한 사랑을 느꼈다. 풀이 자라는 소리까지 들리는 것 같았다. 그가 서 있는 동안에도 신선한 풀꽃들이 풀밭 위로 튀어 오르며 꽃망울을 터뜨리는 모습을, 그는 순간적으로 상상했다. 핏빛 꽃들과 눈부신 금빛과 푸른빛의 꽃들이 봄날의 꽃밭을 가득 메운 풍경이 보였다. 그리고 그를 침착하게 노려보는, 최면에 빠진 듯한 후작의 시선 너머 지평선 위로 솟아오른 작은 아몬드 나무를 바라보았다. 만약 어떤 기적이 일어나 살아남게 된다면, 그는 세상의 그 어떤 것도 바라지 않고, 저 아몬드 나무 앞에 한없이 앉아 있고 싶다는 생각이 들었다.

그러나 땅과 하늘과 세상의 모든 것이 이미 스러진 것들의 생생한 아름다움을 간직하고 있고, 그의 의식은 유리처럼 명료해진 가운데, 그는 지금까지 상상하지 못했던 속도로 적수의 칼끝을 피하고 있었다. 적수의 칼끝이 한 차례 그의 손목을 그어 약간의 피를 흘리게 했지만, 아무도 그것을 눈치채지 못했거나, 묵과할 정도의 타격으로 여겼던 모양이었다.

때로 그는 리포스트[1]를 했고, 한두 번쯤 그의 칼끝이 목표에 제대로 들어간 것 같았지만, 칼날이나 옷에 핏자국이 없었으므로 착각이라고 생각했다. 그러다가 잠시 대결이 중단되고 위치

---

1. riposte. 펜싱의 공격 방법으로 팔을 뻗어 상대방의 유효면을 계속적으로 위협하는 행동.

가 바뀌었다.

후작은 조용했던 눈빛을 잠시 거두고, 죽음을 무릅쓰고 어깨너머로 철길을 바라보았다. 그러고는 악마처럼 변한 얼굴을 사임에게 돌리고 미친 듯이 공격하기 시작했다. 한 자루의 검이 마치 번쩍이며 날아오는 한 무더기의 화살처럼 보일 정도로 그의 공격은 빠르고 격렬했다. 사임은 철길을 바라볼 겨를이 없었지만, 그럴 필요도 없었다. 그는 후작의 공격이 왜 그토록 격해졌는지를 알 것 같았다… 파리행 기차가 온 것이다.

극도로 흥분한 후작은 평정을 잃고 말았다. 사임은 두 차례 연달아 후작의 칼을 피하면서, 그의 칼끝을 쳐냈다. 그리고 세 번째 공격에서 그는 결과를 확신할 수 있을 만큼 정확하고 신속한 리포스트로 후작에게 큰 타격을 주었다. 후작의 몸을 찌른 사임의 칼은 그의 몸무게에 눌려 휘어졌다.

사임은 정원의 흙에 삽을 찔러 넣은 정원사만큼이나 적수의 몸에 정확하게 칼날을 찔러 넣었다고 확신했다. 그러나 그 공격을 받은 후작은 벌떡 일어났고, 사임은 멍하니 자신의 칼끝을 바라보았다. 칼끝에는 피 한 방울 묻어 있지 않았다.

잠시 막막한 정적이 흐르다가, 궁금증으로 안달이 난 사임은 갑자기 격렬하게 후작에게 달려들었다. 결투를 시작할 때 그가 느꼈듯이 후작은 분명히 그보다 월등한 검술가였다. 그러나 그는 왠지 딴 곳에 정신이 팔린 사람 같았고, 약점도 보였다. 그는 앞뒤 재지 않고, 형편없이 칼을 휘둘렀으며 상대의 칼끝보다 열차가 더 두렵다는 듯이 줄곧 철길 쪽을 바라보았다.

반면에 사임은 왜 자기 칼에 피가 묻지 않았는지를 골똘히 생각하며 격렬하면서도 정확하게 칼을 휘둘렀다. 그는 후작의 몸통보다는 목과 머리를 겨눴다. 1분 30초 후 그는 자기 칼끝이 후작의 목에 정확하게 박힌 것을 느꼈다. 그러나 칼에는 아무것도 묻어 있지 않았다. 그는 다시 미친 듯이 칼을 휘둘러 후작의 뺨에 일격을 가했고, 피가 흐르는 상처를 남겼으리라 생각했다. 그러나 후작의 뺨에는 아무 흔적도 없었다.

그 순간, 사임의 머릿속에 펼쳐진 하늘은 초자연적인 공포로 검게 물들었다. 후작은 마법으로 생명을 유지하는 것이 분명했다! 이 새로운 공포는 전에 그를 쫓았던 풍 맞은 노인에게서 느꼈던 혼란스러운 공포보다 더욱 해괴한 것이었다. 교수가 도깨비 같은 존재였다면, 이 남자는 악마 같은 존재였다. 어쩌면 상상을 넘어선 대단한 악마일지도 몰랐다! 아무튼, 칼이 세 번이나 그를 베었는데도 아무 흔적이 남지 않은 것은 확실했다. 사임이 이제 자신의 명이 다했다고 생각할 때마다, 마치 드높은 바람이 나뭇가지 사이에서 노래하듯 그의 내면에 숨은 선한 마음이 하늘 높은 곳에서 노래했다. 그는 지금까지 겪어온 모든 일을 떠올렸다. 새프론 파크에서 본 중국식 호롱, 정원에서 본 여자의 붉은 머리, 부두 아래에서 맥주를 들이켜는 꾸밈없는 뱃사람들, 그의 옆에 서 있는 의리 있는 동료….

어쩌면 그는 그 모든 선하고 따뜻한 것들의 대표로 뽑혀 모든 피조물의 적인 저 남자와 칼을 맞대고 있는 것인지도 몰랐다. 그는 속으로 중얼거렸다.

'어쨌든 나는 악마보다는 위대한 존재야. 나는 인간이니까. 나는 사탄이 할 수 없는 딱 한 가지 일을 할 수 있지… 나는 죽을 수 있다.'

그 말이 그의 머릿속을 스치는 사이에 어렴풋이 파리행 기차의 기적 소리가 들려왔다.

천국에 들어가려고 몸부림치는 이슬람교도처럼 그는 다시 필사적으로 검을 휘둘렀다. 기차가 가까워질수록 그는 파리 사람들이 화환을 세우는 모습이 보이는 것 같았다. 그는 자신이 지금 사력을 다해 지키려는 위대한 공화국의 관문에서 울려 퍼질 환호성과 기쁨을 함께 나누고 있었다. 기차의 기적 소리가 점점 커지다가 길고 날카로운 휘파람 소리로 변하면서 마침내 그칠 때까지, 그의 생각은 줄곧 이어지고 있었다. 결국, 기차는 멈춰 섰다.

그 순간, 갑자기 후작이 상대의 칼이 닿지 않는 곳으로 펄쩍 뛰어나가서 칼을 던져버리자 모두가 깜짝 놀랐다. 그의 도약은 그 자체로도 놀라웠지만, 바로 직전에 사임이 그의 허벅지에 칼을 찔러 넣었기에 더욱 놀라웠다.

"잠깐!" 후작은 주위 사람들이 무의식적으로 따를 수밖에 없게 만드는 목소리로 외쳤다. "할 말이 있소."

"뭐가 문제지?" 듀크로아 대령이 눈을 휘둥그레 뜨고 물었다. "반칙이 있었나?"

"분명히 뭔가 반칙이 있었소." 약간 창백해진 닥터 불이 말했다. "우리 쪽 결투자가 적어도 네 차례 후작에게 타격을 입혔는데, 아무 상처도 나지 않았단 말이오."

후작은 애써 참으면서 손을 들었다.

"나도 말 좀 하게 해주시오. 아주 중요한 일이오. 사임 군." 그는 사임을 향해 돌아서며 말을 계속했다. "내가 제대로 기억하고 있다면, 자네가 내 코를 잡아당기고 싶다는 바람을 (나는 말도 안 되는 바람이라고 생각했지만) 드러냈기 때문에 오늘 우리가 싸우는 것 아닌가? 부탁하건대 지금 최대한 빨리 내 코를 잡아당겨주지 않겠나? 나는 기차를 타야 해."

"이건 말도 안 되는 소리요." 닥터 불이 화를 내며 말했다.

"이건 확실히 규칙에도 어긋나는 일이오." 듀크로아 대령이 생각에 잠긴 눈으로 후작을 바라보며 말했다.

"내 기억으로는 (벨가르드 대장과 줌 남작의 결투에서) 결투 중간에 한쪽 결투자의 요청에 따라 무기를 교환했다는 기록은 남아 있어요. 하지만 사람의 코를 무기라고 부를 수는 없지."

"내 코를 잡아당길 거야, 말 거야?" 후작이 화를 내며 말했다. "어서 하게, 사임 군, 어서! 하고 싶어 했던 일이니, 어서 하란 말일세! 이게 얼마나 나에게 중요한 일인지 다른 사람은 모를 걸세. 그렇게 이기적으로 굴지 말고, 내가 좋은 말로 부탁할 때 어서 내 코를 잡아당겨!"

그러더니 후작은 매혹적인 미소를 띤 채 몸을 약간 앞으로 숙였다. 파리행 기차는 요란한 소리와 함께 김을 뿜으며 가까운 언덕 뒤에 있는 작은 역 안으로 들어왔다.

사임은 지금까지의 모험에서 이미 전에도 여러 차례 느꼈던 기분, 하늘로 치솟아 오르던 악함과 숭고함이 순식간에 무너져 내리는 기분을 또다시 느꼈다. 그는 이 이해할 수 없는 세계에서 앞으로 걸어가 이 저명한 귀족의 로마인의 것처럼 생긴 코를 쥐었다. 그리고 그가 그것을 잡아당기자, 놀랍게도 그의 코는 손에 잡혀 떨어져 나왔다.

해와 구름과 수풀로 덮인 언덕이 이 황당한 상황을 굽어보는 가운데 그는 여전히 가짜 코를 쥐고 있었다. 사임은 손에 쥔 코를 망연히 내려다보며 우스꽝스러운 침묵 속에서 몇 초간 말없이 서 있었다.

후작은 크고 쾌활한 목소리로 침묵을 깨뜨렸다.

"만약 내 왼쪽 눈썹을 가지고 싶은 사람이 있으면 가져가시게. 듀크로아 대령, 부디 내 왼쪽 눈썹을 받아 주시오! 언젠가 유용하게 쓸 수 있을지도 모르니까."

그는 이렇게 말하면서 엄숙하게 아시리아인 같은 자신의 검은 눈썹을 거무스름한 이마까지 반쯤 딸려 나오게 떼어낸 다음, 화가 나서 아무 말도 못하고 얼굴을 붉힌 채 서 있는 대령에게 정중히 건넸다.

"만약 내가 몸에 이런저런 것을 붙이고 결투에 임하는 비겁한 인간의 편을 들고 있다는 것을 미리 알았더라면…" 그는 침을 튀기며 말했다.

"그래, 그래, 무슨 말인지 알아요!" 자기 몸의 이곳저곳을 아무렇게나 떼어내 바닥에 던지며 후작이 말했다. "당신은 오해한 거요. 하지만 지금은 설명할 시간이 없어. 열차가 역에 도착했단 말이오!"

"그래." 닥터 불이 험악하게 말했다. "그리고 그 열차는 역에서 떠나야 해. 그 열차는 당신 없이 역에서 떠나야 해. 당신이 어떤 사악한 짓을 하려는지, 우리는…"

정체를 알 수 없는 후작은 절망적인 몸짓으로 손을 들어 올렸다. 예전 얼굴의 반을 벗겨낸 그의 진짜 얼굴은 눈빛을 번득이며 이를 악물고 있었다.

"날 미치게 할 작정이야?" 그가 외쳤다. "열차가…"

"당신이 열차를 타선 안 돼." 사임이 칼을 꽉 쥐며 단호하게 말했다.

괴물 같은 후작은 그를 향해 돌아서더니, 온몸의 힘을 쥐어짜며 말했다.

"이 돼지 같은, 빌어먹을, 동태눈에, 얼빠진, 새머리에, 저주받을, 늙어빠진, 염병할 얼간이 같으니!" 그는 숨도 쉬지 못하고 욕을 퍼부었다. "주책없는, 뻘건 얼굴에, 노란 머리에, 무처럼 생긴 주책없는 인간아! 이런…"

"당신은 이 열차를 타면 안 돼." 사임이 되풀이해서 말했다.

"빌어먹을, 대체 왜 내가 저 열차를 타려고 하는지 알아?" 후작이 으르렁거렸다.

"우리는 모든 것을 알고 있어." 교수가 단호하게 말했다. "너는 파리로 가서 폭탄을 던질 거잖아!"

"여리고로 가서[2] 똥 덩어리를 던진다고 하지그래!" 후작이 이렇게 말하며 머리카락을 잡아당기자 한꺼번에 떨어졌다. "내가 누군지 알아보지 못하다니, 전부 머리가 어떻게 된 것 아냐? 내

---

[2] go to jericho는 '꺼지다'라는 뜻을 가진 속어.

가 정말 저 기차를 타고 싶어 한다고 생각하나? 파리행 기차 따위 스무 개는 잡아탈 수 있어. 빌어먹을 파리행 기차 따위!"

"그러면 대체 뭘 걱정한 거였나?" 교수가 물었다.

"내가 뭘 걱정했느냐고? 나는 기차를 잡는 일 따위는 전혀 걱정하지 않았어. 오히려 기차가 날 잡을까 봐 걱정하고 있었는데, 하느님 맙소사! 이제 정말 기차가 날 잡았군."

"이런 말을 하게 되어 참 안됐지만, 당신이 하는 말은 내게 전혀 전달되지 않고 있어. 어쩌면 당신 얼굴에 붙은 것들을 다 떼어내고 나면, 무슨 말을 하려는 것인지 분명해질 수도 있겠군. 생각을 명료하게 전달하는 데에는 여러 가지 방법이 있으니까. 기차가 당신을 잡았다는 게 대체 무슨 뜻이야? 이건 그저 내 문학적 상상일 수도 있겠지만, 분명히 무슨 속뜻을 담고 있는 말 같은데." 사임이 신중하게 말했다.

"그 말은 모든 것을 의미하지." 후작이 말했다. "모든 것이 끝났다는 걸 뜻하지. 이제 우리는 일요일의 마수에 빠진 거야."

"우리라고!" 교수가 망연해져서 말했다. "우리라니, 그게 무슨 말이오?"

"경찰 말이지, 물론!" 후작은 이렇게 말하며 그의 머리와 얼굴의 나머지 반쪽을 뜯어내 버렸다.

드러난 머리는 영국 경찰관 사이에서 흔히 볼 수 있는 단정하게 빗은 금발에 얼굴은 끔찍하리만큼 창백했다.

"난 래트클리프 경감이오." 그는 거의 거칠다 싶을 정도로 조급한 목소리로 말했다. "경찰 사이에 내 이름은 잘 알려졌소. 내가 보기에 여러분 역시 경찰이군. 그래도 내 정체를 의심한다면, 여기 내 카드가 있소."

그가 주머니에서 파란 카드를 꺼내려 하자, 교수는 지쳤다는 듯 팔을 저어 그의 행동을 만류했다.

"아, 아, 그럴 필요 없어요. 그런 카드라면 토끼 사냥 놀이[3]를 해도 될 만큼 넘쳐난단 말이오."

불이라는 이름의 체구가 작은 사내는 활기차고 소탈한 사람이 대부분 그렇듯 이런 상황에서 순간적으로 재치를 발휘하여 행동하는 법을 잘 알고 있었다. 그는 여기서도 상황을 잘 정리했다. 후작의 변신으로 모두가 얼떨떨한 상태에 있는 사이에 그는 입회인다운 위엄을 유지하며 앞으로 걸어 나와, 후작의 두 입회인에게 말했다.

"여러분, 진심으로 사죄드려야 할 줄로 압니다. 하지만 여러분은 혹시라도 그렇게 생각하실지 모르는 저속한 협잡이나, 명예를 존중하는 남자로서 불명예로 간주할 만한 사건에 휘말린 것이 아닙니다. 여러분은 귀중한 시간을 낭비하지 않았습니다.

---

3. 한 사람이 종이 쪽지들을 흘리며 도망가면 다른 사람들이 그것을 보고 추적하는 놀이.

오히려 세상을 구하는 일을 도와주셨지요. 우리는 어릿광대 같은 자들이 아니라, 거대한 음모에 맞서서 필사적으로 싸우는 사람들입니다. 무정부주의자들의 비밀 회합에서는 우리를 마치 토끼를 몰듯 뒤쫓고 있습니다. 그들은 여기저기서 밥을 굶어가며, 혹은 독일 철학을 논하며 폭탄을 던지는 불쌍한 광인들이 아니라, 성대하고 강력하며 광신적인, 인간을 벌레 죽이듯 괴멸시키는 것을 성스럽게 여기는 염세주의자들의 집단입니다. 그들이 얼마나 가혹하게 우리를 박해하는지는, 사과드리는 바입니다만, 우리가 이런 변장을 할 수밖에 없었다는 사실, 그리고 곤혹스러우셨겠지만, 우리가 이런 장난 같은 짓을 했다는 것을 보시면 금세 아실 수 있을 겁니다."

후작의 입회인 중 젊은 편인, 검은 콧수염을 기른 키 작은 남자가 예의 바르게 고개를 숙이고 나서 그에게 말했다.

"좋소. 사과를 받아들이겠소. 하지만 그 대신 내가 당신들의 곤란한 일에 더 이상 개입하지 않고, 당신들에게 유쾌하게 인사하지 않는 것을 용서해주기 바라오. 내 지인이자 저명한 지방 유지가 대낮에 조각조각 떨어지는 모습은 비정상적이고, 무엇보다도 오늘 하루 보는 것으로 충분하단 말이오.

듀크로아 대령, 나는 당신이 무엇을 하든 상관치 않겠소만, 만약 지금 우리 주위에 있는 사람들이 웃기는 친구들이라는 내

의견에 동의한다면, 나는 마을로 돌아갈 테니 따라오시오."

 뒤크로아 대령은 반사적으로 몸을 움직였지만, 갑자기 흰 콧수염을 홱 잡아당기며 말했다.

 "아니오. 성 조지의 이름을 걸고, 나는 그러지 않을 거요. 만약 이 신사분들이 정말 말도 안 되는 저속한 장난이나 치는 사람들이라면 진작 꿰뚫어봤을 거요. 지금까지 나는 프랑스를 위해 싸워왔는데, 만약 내가 인류 문명을 위해 싸우지 못한다면 그거야말로 끔찍한 일일 거요."

 닥터 불은 모자를 벗어 흔들며 마치 공개회의석상에라도 있는 것처럼 환호성을 질렀다.

 "너무 그렇게 소란을 피우지 마시오." 래트클리프 경감이 말했다. "일요일이 당신 소리를 들을 수도 있으니."

 "일요일이라고요!" 불이 외마디소리를 지르며 모자를 떨어뜨렸다.

 "그래. 일요일이 저들 속에 있을 수 있다고." 래트클리프가 대답했다.

 "저들이라니, 누구 말이죠?" 사임이 말했다.

 "기차 밖에 있는 저 사람들 말이야." 래트클리프가 대답했다.

 "글쎄요, 그건 가능성이 희박한 얘기처럼 들리는데요?" 사임이 말했다. "솔직히 말하자면… 잠깐, 하느님 맙소사!" 그는 마치 멀리서 일어난 폭발이라도 본 사람처럼, 느닷없이 외쳤다. "맙소사! 만약 이게 다 사실이라면, 무정부주의자 중앙위원회의 대부분이 반(反)무정부주의자라는 거 아니에요? 회장과 그의 서기를 제외하고는 모두 형사였다는 말인데, 이게 대체 무슨 뜻일까요?"

 "무슨 뜻이냐고!" 새로 정체가 드러난 경찰관이 놀라울 정도로 거친 목소리로 내뱉었다. "우리는 다 죽은 목숨이라는 뜻이야! 당신들은 일요일이 어떤 사람인지 몰라? 그의 농담들은 그전에는 누구도 생각지 못했으리만큼 황당하면서도 단순하다는 걸 모르느냐고? 위험한 적들을 모조리 협의회에 몰아넣고 주의 깊게 감시하고 관리하는 것보다 더 일요일다운 짓이 어디 있겠어? 말하자면 그는 모든 사람의 신뢰를 사고, 모든 전선을 그의 손아귀에 넣고, 모든 철도망을 관리하고 있단 말이야! 특히 저 철길을!" 그러더니 그는 떨리는 손가락으로 길가의 작은 역을 가리켰다.

 "그가 모든 것을 통제하고 있어. 세계의 반이 그를 위해 행동할 준비가 되어 있지. 그러나 그에게 맞설 사람은 아마도, 다섯 명밖에 없단 말이야! 그리고 그 늙은 악마는 그 다섯 명을 협의회에 통째로 몰아넣어 서로 감시하면서 시간을 허비하게 했지. 우리는 바보였고, 그자는 우리의 어리석음을 이용했어! 일요일은 교수가 런던을 가로질러 사임의 뒤를 쫓으리란 걸 알고 있었고, 사임이 프랑스에서 나와 결투하리라는 것도 알고 있었지. 그리고 그는 우리 다섯 바보가 아이들처럼 장님놀이를 하면서 서로 쫓는 동안 요충지에서 중요한 집회를 하고, 우편 수단을 손에 넣고 있었단 말이야."

"그래서요?" 사임이 비교적 침착하게 말했다.

"그래서!" 후작이 갑자기 진지하게 대답했다. "그는 마침내 오늘 이 너무도 목가적이고 아름답고 평온한 풀밭에서 우리가 장님놀이를 하고 있다는 것을 알아챘지. 십중팔구 그는 이미 세계를 그의 손아귀에 넣었을 거야. 이제 이 풀밭 위에 있는 바보들을 손에 넣는 일만 남았지. 그리고 저 기차가 도착했을 때 내가 왜 그토록 당황했는지를 알고 싶어 하니 말하지. 내가 당황했던 이유는 일요일이나 그의 서기가 바로 저 기차에서 나왔을 것이기 때문이야."

사임은 자신도 모르는 사이에 비명을 질렀고, 모두가 멀리 떨어진 역을 향해 눈을 돌렸다. 많은 사람이 무리를 지어 각기 제 갈 길을 찾아 걸어가고 있는 것 같았다. 하지만 그들은 너무 멀어서 누가 누군지 알아볼 수 없었다.

"항상 오페라글라스를 가지고 다니는 것이 고(故) 생퇴스타슈 후작의 습관이었지." 새로 정체를 드러낸 경찰관이 가죽 케이

스를 내밀며 말했다. "회장이나 서기, 둘 중 하나가 인파에 섞여 우리를 뒤쫓고 있어. 우리가 경찰에게 알리지 않겠다는 맹세에 묶여 있는 동안 그들이 우리를 이 평화롭고 조용한 풀밭 속으로 몰아넣었어. 닥터 불, 내 생각에는 자네의 아름다운 안경보다는 이 쌍안경으로 보면 훨씬 더 잘 보일 것 같은데."

그가 의사에게 쌍안경을 건네자, 의사는 즉시 안경을 벗고 쌍안경을 눈으로 가져갔다.

"경감님이 말씀하신 것만큼 상황이 나쁘지 않을지도 모릅니다." 다소 겁먹은 투로 교수가 말했다.

"확실히 사람 수가 많기는 하지만, 저들이 평범한 여행객일 수도 있지 않습니까?"

"평범한 여행객이 얼굴 중간까지 내려오는 검은 가면을 쓰나요?" 불이 쌍안경을 눈에 댄 채 물었다.

사임은 거의 부술 듯한 기세로 안경을 벗고 의사에게서 쌍안경을 낚아채서 기차에서 나온 사람들을 관찰했다. 다가오는 사람 가운데 대부분은 분명히 보통 사람처럼 보였다. 그러나 그들을 앞에서 이끄는 두세 명의 지도자가 거의 입까지 내려오는 검은 가면을 쓴 것도 사실이었다. 이처럼 멀리서 바라보니 그들의 가면은 완벽하게 얼굴을 가리고 있어서 깨끗이 면도한 턱만 보고는 아무것도 알아낼 수 없었다. 단지, 그들은 대화하면서 하나같이 미소를 짓고 있었고, 그중 한 사람은 입술의 한쪽 끝으로만 미소 짓고 있었다.

범죄자들이 경찰을 쫓다

사임은 애써 안도하며 쌍안경을 눈에서 뗐다.

"아무튼 회장은 그들과 함께 있지 않군요." 그는 이렇게 말하며 이마를 쓱 닦았다.

"하지만 대단한 무리군." 눈을 껌벅거리고 있지만, 불의 조급하면서도 예의 바른 설명을 듣고 상황을 반쯤 이해한 대령이 놀라며 말했다.

"당신들이 말하는 회장이 저 사람들 사이에 있는지 어떻게 알 수 있습니까?"

"저들 속에 흰 코끼리 한 마리가 있는지 어떻게 알 수 있느냐고요!" 사임이 다소 신경질적으로 대답했다.

"말씀하신 것처럼, 사람이 많기는 합니다만, 만약 회장이 저들과 함께 걷고 있다면… 땅이 쿵쿵 울릴 겁니다."

잠시 정적이 흐른 후 래트클리프 경감은 우울한 목소리로 잘라 말했다.

"물론, 회장은 저들과 함께 있지 않아. 하지만 차라리 그랬으면 좋겠어. 아마 그는 지금쯤 파리에서 승리의 행진을 하고 있거나, 성 바오로 대성당의 잔해를 깔고 앉아 있을 거야."

"말도 안 됩니다! 우리가 없는 사이에 무슨 일이 일어났을지도 모르지만, 그렇게 빨리 세상을 떡 주무르듯 하지는 못했을 겁니다. 하긴 확실히…" 사임이 미간을 찌푸리고 작은 역 쪽으로 펼쳐진 먼 풀밭을 노려보며 말했다.

"우리 쪽으로 다가오는 무리가 보이기는 합니다. 하지만 저들이 모두 경감님이 생각하듯이 위험한 자들은 아니에요."

"아, 저들 말이야?" 경감이 얕보는 투로 말했다.

"확실히 저들은 그리 위험해 보이지는 않아. 하지만 일요일이 우리를 정확히 어떻게 평가하고 있는지 내가 솔직히 말해주지. 그가 지배하는 세상에서 우리는 티끌 같은 존재야. 그는 이미 전신과 전보를 장악했어. 무정부주의자 최고 협의회를 괴멸시키는 일은 그에게 엽서 한 장 보내는 것처럼 사소한 일이야. 그런 일은 아마 서기에게나 맡길지도 몰라."

그러더니 그는 풀밭에 침을 뱉었다. 그리고 나머지 사람들을 향해 돌아서서 왠지 냉정하게 들리는 말투로 말했다.

"용감한 죽음은 여러모로 칭송받을 만한 일이오. 하지만 혹시 다른 방법을 택하고 싶은 사람이 있다면, 내 뒤를 따라오라고 충고하고 싶소."

그는 말을 마치자 넓은 등짝을 돌려 말없이 숲을 향해 휙휙 걸어갔다. 다른 사람들은 역을 빠져나온 인파가 먹구름처럼 떼를 지어 풀밭을 가로지르며 이상하리만큼 질서 있게 걸어오는 모습을 보았다. 그들은 벌써 육안으로도 앞장선 자들이 쓴 가면을 볼 수 있었다. 그들은 이미 숲으로 들어간 길잡이를 따라 반짝이는 나무 사이로 사라졌다.

풀밭 위로 쏟아지는 햇볕은 메마르고 뜨거웠다. 그래서 숲으로 들어가자 마치 어두운 수영장 물속으로 뛰어든 것처럼, 그늘의 냉기에 모두가 깜짝 놀랐다. 숲 속은 조각난 햇빛과 모호한 그림자들 천지였다. 마치 영사기에서 투사되는 혼란스러운 영상처럼 빛과 어둠이 어지럽게 눈앞에서 펼쳐졌다. 출렁이는 햇빛과 그늘의 무늬 때문에 사임은 심지어 옆에 있는 사람의 형체조차 알아보기 어려웠다. 그는 렘브란트 그림의 인물처럼 몸의 일부는 밝게 보였고 나머지는 어둠 속에 묻힌 채 걷고 있었다. 순간순간 그의 손은 믿기지 않을 정도로 희어졌고, 얼굴은 흑인처럼 검어졌다.

후작이라 불렸던 남자는 낡은 밀짚모자를 눈까지 푹 눌러썼는데, 모자챙이 드리운 검은 그림자가 그의 얼굴을 정확히 둘로 갈라서 그들을 쫓는 자들이 쓴 것과 같은 검은 가면을 쓴 것 같았다. 이 환상은 불신감이 되어 사임을 압도했다. 그는 또다른 가면을 쓴 것은 아닐까? 과연 가면을 쓴 다른 사람이 있는 것은 아닐까? 이들은 실제로 존재하는 사람들인가? 사람들의 얼굴이 번갈아 검어졌다가 희어지며, 형체가 햇빛에 삼켜졌다가 어둠 속으로 스러지는, (숲 밖의 화창한 대낮에 대조되는) 키아로스쿠로[1]로 혼돈을 일으키는 이 마법의 숲은 지금까지 사임이 사흘 동안 헤맨 세계, 사람들이 턱수염과 안경과 코를 벗어 던지고 다른 사람으로 변신하는 세계를 완벽하게 상징하는 것 같았다.

후작을 악마라고 생각했을 때 그가 느꼈던 처연한 자긍심은 이제 후작이 아군이라는 것을 알게 되자 갑자기 사라져버렸다. 이렇게 어리둥절한 사건들을 겪고 난 사임은 대체 누가 아군이고 누가 적인지를 묻고 싶어졌다. 이 세상에는 겉으로 보이는 것과 다른 것들이 실제로 존재할까? 후작은 코를 떼어내고 경감으로 변신했다. 혹시 그는 또다시 머리통을 벗어 던지고 도깨비로 변하는 것은 아닐까? 빛과 어둠이 춤추는 이 수수께끼 같은 숲 속에서는 모든 것이 그런 식으로 존재하는 것은 아닐

---

1. 단색으로 명암을 이용하여 그린 소묘, 혹은 그린 기법.

까? 그에게는 그 모든 것이 스쳐 지나가는 잔상일 뿐이었고, 항상 그 잔상은 예견할 수 없는, 이내 잊히는 것들이었다. 사임은 햇빛이 쏟아지는 숲 한가운데서 사람들이 흔히 어떤 부류의 그림을 보고 '인상주의'라고 부르는 것을 실제로 체험했다.

무시무시한 악몽을 꾼 사람이 비명을 지르며 힘겹게 일어나듯, 사임은 그가 느끼는 공포 중에서 가장 최근의, 가장 두려운 공포를 애써 떨쳐냈다. 그는 황황히 걸어가 후작의 밀짚모자를 쓴 래트클리프라고 이름을 밝혔던 사내를 앞질렀다. 그는 지나치다 싶게 크고 활기찬 목소리로 바닥이 보이지 않는 침묵을 깨며 말문을 열었다.

"대체 우리가 지금 어디로 가는 것인지 물어봐도 될까요?" 그가 말했다.

그간 영혼을 내리누르는 불안감이 너무 심했기에, 대답하는 동료의 태평하고 평범한 목소리를 듣자 그는 마음이 탁 놓였다.

"랑시 마을을 거쳐 바다로 가야 해. 이 나라에서는 그곳이 무정부주의자들에게 가장 비협조적인 곳이거든." 그가 말했다.

"대체 그게 무슨 뜻입니까?" 사임이 외쳤다.

"그들이 정말 세상을 이런 식으로 장악했을 리 없어요. 그렇게 많은 노동자가 무정부주의자일 리 없고, 설령 그렇다고 해도 그저 무뢰배에 지나지 않는 자들이 최신식 무기로 무장한 군대와 경찰을 이길 수는 없단 말입니다."

"그저 무뢰배에 지나지 않는 자들이라고!" 콧방귀를 뀌며 래트클리프가 말했다.

"자네는 마치 무뢰배나 노동자들이 문젯거리라도 되는 것처럼 말하는군. 자네는 무정부주의자가 가난한 사람들일 거라는 전혀 근거 없는 착각을 하고 있어. 그럴 리가 있겠나? 가난한 자들이 폭동을 일으킨 적은 있지만, 무정부주의자였던 적은 한 번도 없어. 그들은 다른 누구보다도 제대로 된 정부가 들어서길 원하지. 가난한 사람들은 진정으로 나라를 생각해. 하지만 부자들은 그렇지 않아. 부자들은 요트를 타고 뉴기니 섬으로 가버리면 그만이거든. 가난한 사람들은 폭정에 저항하지만, 부자들은 통치당한다는 사실 자체에 늘 저항하지. 배런전쟁[2]에서 보듯이 귀족들은 언제나 무정부주의자였어."

"어린이를 위한 영국사 강의로는 아주 훌륭하군요. 하지만 그게 지금 상황과 무슨 상관인지 모르겠습니다." 사임이 말했다.

"무슨 상관이냐면 일요일의 측근은 대부분 남아프리카인과 미국인 백만장자들이기 때문이야. 그래서 그는 모든 통신망을 장악할 수 있었지. 그래서 마지막으로 남은 반무정부주의자 경

---

2. 왕권제한을 규정한 옥스퍼드 조례를 로마 교황이 해제하자, 몽포르를 중심으로 한 귀족(배런)들이 반기를 들고 왕을 포로로 했던 전쟁(1264~1267).

찰 간부 네 명이 마치 토끼 새끼들처럼 숲 속에서 도망치는 중이고." 래트클리프가 말했다.

"백만장자 이야기는 이해가 갑니다." 사임이 생각에 잠겨 말했다.

"그자들은 거의 다 미쳤으니까요. 하지만 건전한 취미를 가진 원로 신사들을 손아귀에 넣는다는 것은 또 별개의 문제죠. 강대한 기독교 국가들을 손에 넣는 것 역시 별개의 문제고요. 일요일이 어디서든 평범하고 건전한 어떤 사람도 전향시키지 못할 거라는 것에 (경감님을 빗대 말하는 것 같아 미안하지만) 제 코라도 걸겠습니다."

"음, 그건 자네가 말하는 사람이 어떤 종류의 인간인가에 달렸지." 래트클리프가 말했다.

"예를 들어 일요일은 절대로 저 농부를 전향시키지 못할 겁니다." 사임은 이렇게 말하더니 손가락으로 앞을 가리켰다.

햇빛이 환히 비치는 탁 트인 곳으로 나오니 사임은 마침내 제정신으로 돌아온 것 같았다. 숲이 끝나고 드러난 땅의 한복판에 거의 기분 나쁠 정도로 현실적이고 일반적인 사람의 형체가 보였다. 햇볕에 그을리고 땀으로 얼룩지고 소소한 일과의 무게에 짓눌린 단단한 체구의 프랑스인 농부는 손도끼로 장작을 패고 있었다. 땔감이 거의 반쯤 채워진 그의 짐마차는 몇 미터 거리에 떨어져 있었다. 풀을 뜯는 말도 주인처럼 용감하고 태평해 보였다.

이 노르망디 혈통의 농부는 일반적인 프랑스인보다 기골이 장대한 사람이었다. 피부가 까무잡잡한 그는 햇빛 속에 서 있었는데, 마치 알레고리화[3]에서 금빛 땅 위에 서 있는 전형적인 농부 같았다.

"사임 씨가 말하기를 적어도 이 사람은 절대로 무정부주의자가 되지 않을 거라는군요." 래트클리프가 프랑스인 육군대령에게 소리쳤다.

"사임 씨의 말이 맞소." 듀크로아 대령이 웃으며 말했다.

"저 사람에게 지켜야 할 소중한 것이 많다면. 하지만 당신네 나라에서는 부자 농부가 극히 드물다는 사실을 잊으셨군요."

"저 농부는 가난해 보이는데요." 닥터 불이 미심쩍은 말투로 말했다.

"정답이오. 그래서 마음이 더 풍요롭지." 대령이 말했다.

"좋은 생각이 떠올랐어요." 닥터 불이 갑자기 큰 소리로 말했다. "얼마를 내면 저 사람이 우리를 자기 짐마차에 태워줄까요? 저 나쁜 놈들은 모두 걸어서 오고 있으니 마차를 타면 금방 따돌릴 수 있을 텐데."

---

3. 상징성을 가진 소품들을 그림에 그려넣어서 여러 가지 의미를 표현하는 화법.

"아, 뭐든지 줍시다! 돈은 얼마든지 있어요." 사임이 간절하게 말했다.

"그렇게는 안 될 거요. 오히려 값을 깎으며 흥정해야지, 그러지 않으면 저 농부는 당신을 얕볼 거요." 대령이 말했다.

"만약 저 사람이 뜬금없이 값을 비싸게 부르면?" 불이 안달하며 말했다.

"만약 그렇다면 그것은 저 농부가 자유의 몸이기 때문일 거요." 대령이 대답했다.

"이해를 못 하시는 모양인데, 저 사람은 관용을 베풀려고 하지 않을 거요. 몇 푼 받고 봉사할 처지가 아니니까."

그들은 프랑스인 대령이 프랑스인 농부에게 마치 장터에서처럼 농담을 주고받고 옥신각신하며 흥정하는 동안, 정체를 알 수 없는 추격자들의 무시무시한 발소리가 들리는 듯한 착각 속에서도 꼼짝없이 서서 발을 동동 굴러야 했다.

그렇게 4분이 지나자, 농부가 지나치게 후한 보수를 받고 알랑거리며 몸을 굽힌 것이 아니라, 합당한 보수를 받고 진솔한 마음에서 그들의 계획에 따라주는 것을 보고, 그들은 대령의 말이 옳았음을 실감했다. 농부는 그들에게 가장 좋은 방법이 랑시를 굽어보는 언덕 위에 있는 작은 여관으로 가는 것이라고 말해주었다. 그러면 말년에 신실한 종교인이 된 군인 출신 여관 주인이 그들의 입장에 공감하고, 심지어 위험을 무릅쓰면서도 그들을 도와줄 거라고 했다. 그래서 그들은 농부의 허술한 짐마차 위로 기어 올라가 땔감 더미 위에 앉은 채 덜컹거리며 가파른 숲길을 내려갔다.

비록 짐을 많이 실은 마차는 덜커덩거렸지만 제법 빠른 속도로 달렸기에 그들은 추격자들을 한꺼번에 따돌렸으리라 생각하며 마음을 놓았다. 그러나 무정부주의자들이 대체 어디서 그렇게 많은 추종자를 얻었는지는 여전히 미스터리로 남아 있었다. 아무튼, 그들 중에 서기가 있다는 사실만으로도 서둘러 피해야 할 이유는 충분했다. 왜냐면 그들은 서기의 일그러진 미소를 보자마자 도망치기 시작했으니까. 사임은 가끔 고개를 돌려 뒤에서 그들을 쫓는 무리를 바라보았다.

숲이 점점 멀어지다가 나중에 손바닥만 하게 작아지자, 볕이 쨍쨍 내리쬐는 산등성이가 멀리 보였다. 그리고 마치 딱정벌레처럼 검은 옷을 입은 악당들이 다가오는 모습이 보였다. 햇살도 화창하고, 망원경에 가까운 좋은 시력을 지닌 사임의 눈은 그들을 쉽사리 관찰할 수 있었다. 그는 무리에 속한 각각의 사람을 볼 수 있었는데, 놀랍게도 그들은 마치 한 사람이 움직이는 것처럼 극도로 질서정연하게 행동했다. 그들은 거리의 평범한 사람들과 다를 바 없이 검은 옷에 평범한 모자를 쓰고 있었다. 하지만 그들은 평범한 군중처럼 공격 대상 앞에서 질서없이 흩어지거나 여러 줄로 나뉘지 않았다. 그들은 마치 기괴하고 무시무시한 자동인형으로 구성된 군대처럼 한 치의 동요도 없이 전진하고 있었다.

사임이 그 모습을 래트클리프에게 전했을 때 그는 이렇게 말했다.

"그래. 그게 바로 규율이란 거야. 그게 일요일이야. 어쩌면 그자는 500마일 떨어진 곳에 있을지도 모르지만, 그가 주는 공포심이 마치 신의 손가락처럼 그들의 마음을 조종하는 거지. 그래. 저들은 질서 있게 행진하고 있어. 그리고 저들이 질서 있게 말하고, 질서 있게 사고한다는 사실에 자네 장화를 걸어도 될 거야. 하지만 우리에게 중요한 사실은 지금 그들이 우리로부터 질서 있게 멀어지고 있다는 점이지."

사임은 고개를 끄덕였다. 농부가 말을 채찍질하자, 그들을 추격하는 검은 무리는 점점 더 멀어졌.

전체적으로는 편평했지만, 화창한 날씨에 멀리 바다 쪽으로 가파른 산비탈이 내려다보이는 경치는 서섹스 구릉지대의 낮은 비탈과 비슷했다. 다른 점이 있다면 서섹스에서는 길이 실개천처럼 띄엄띄엄하고 구불구불한데, 이곳 프랑스의 길은 폭포수 줄기처럼 곧게 뻗어 있다는 것이었다. 내리막길을 똑바로 내려가는 동안 짐마차는 급경사길 위에서 덜커덩거렸고, 몇 분 후 그들은 더욱 가파른 길에서 랑시의 작은 항구에서 둥근 선을 그리는 거대한 푸른 바다를 바라보았다. 먹구름처럼 몰려오던 그들의 적은 지평선에서 완전히 사라지고 없었다.

짐마차가 느릅나무 숲을 끼고 급커브를 도는 와중에 말의 코가 '르 솔레유도르'라는 작은 카페 밖 벤치에 앉아 있던 노인의 얼굴과 부딪칠 뻔했다. 농부는 사과의 말을 늘어놓으며 마차에서 내렸다. 선량한 태도로 보아 그 노인은 이 작은 여인숙의 주인인 것 같았으므로 한 사람씩 마차에서 내려오면서 그에게 인사를 건넸다.

그의 외모는 흰 머리에 사과처럼 붉은 뺨, 졸린 듯한 눈매에 잿빛 콧수염이 인상적이었다. 땅딸막한 체구에 대부분 앉아서 하루를 보내는, 정직하고 자부심이 강한 그런 부류는 프랑스에서 흔히 볼 수 있지만, 독일 구교도 중에서도 드물지 않게 찾아볼 수 있었다. 그의 파이프, 그의 맥주컵, 그가 키우는 벌, 그가 지닌 모든 것이 조상 대대로 평화롭게 지낸 집안의 후손임을 말해주었다. 여관 손님들은 안으로 들어오면서 위를 올려다보면 현관 벽에 걸린 검을 볼 수 있었다.

오랜 친구처럼 여관 주인과 인사를 나눈 대령은 포도주를 주문하고 자리에 앉았다. 이 군인의 결단은 옆자리에 앉은 사임을 궁금하게 했고, 그래서 그는 늙은 여관 주인이 밖으로 나가자 그 틈을 타서 궁금증을 풀고자 했다.

"대령님, 우리가 왜 이곳으로 온 거죠?" 사임은 낮은 목소리로 대령에게 물었다.

듀크로아 대령의 입술은 뻣뻣하고 흰 콧수염 아래서 미소를 머금었다.

"이유는 두 가지요. 가장 중요하지는 않지만, 가장 실용적인 첫 번째 이유는 이곳이 20마일 내에서 유일하게 말을 구할 수 있는 곳이거든."

"말이라고요!" 사임이 대령의 말을 반복했다.

"그렇소. 추격자들을 제대로 따돌리려면 호주머니에 자전거나 자동차가 들어 있지 않은 다음에야 말을 타는 수밖에 없소." 대령이 말했다.

"그런 다음, 어디로 가야 할까요?" 사임이 미심쩍다는 듯이 대령에게 물었다.

"말할 나위도 없이 최대한 빨리 이 마을을 지나 경찰서로 가야 하오. 내가 혼란스러운 상황에서도 늘 믿고 아끼는 친구가 있는데, 내가 보기에도 그는 대형 폭동의 위험을 과장하는 경향이 있긴 해요. 하지만 아무리 과장이 심한 친구라도 당신이 경찰과 함께 있어도 신변이 위험할 거라고 말하지는 않을 것 같소."

사임은 숙연히 고개를 끄덕였다. 그러더니 느닷없이 이렇게 말했다.

"그리고 이곳으로 온 또 다른 이유는 뭐죠?"

"죽음이 머지않은 나이가 되면 선한 사람을 한두 명쯤 만나는 것이 좋기 때문이오." 대령이 엄숙하게 말했다.

사임은 벽을 올려다보다가 서툰 솜씨로 그린 감동적인 종교화를 발견했다. 그는 다시 입을 열었다.

"맞는 말씀입니다." 그러더니 그는 곧 덧붙여 물었다.

"지금 누군가 말들을 준비하고 있나요?"

"그렇소. 내가 들어오자마자 지시하는 것을 봤을 거요. 당신네 적은 서두르는 티를 내지 않고서도 잘 훈련된 군인처럼 매우 신속하게 이동하더군요. 무정부주의자들이 그렇게 규율 있는 자들인 줄은 정말 몰랐소. 그러니 당신들은 한순간도 허비할 수 없소." 대령이 말했다.

그가 이 말을 하는 사이에 푸른 눈과 흰 머리의 늙은 여관 주인이 방 안으로 천천히 걸어와 바깥에 여섯 필의 말에 안장을 얹어 놓았다고 알렸다.

듀크로아의 충고에 따라 나머지 다섯 사람은 음식과 포도주를 챙기고, 무기로 검투용 칼만 지닌 채 말을 타고 가파른 길을 내려갔다. 후작의 짐을 나르던 두 하인은 허락을 받고 흡족해하면서 카페에 남아 술을 마셨다.

오후 해는 이미 서쪽으로 기울고 있었다. 사임은 석양에 머리카락을 적신 채 말없이 서서 떠나는 그들의 뒷모습을 바라보는 늙은 여관 주인을 돌아보았다. 그의 모습은 점점 멀어졌다. 사임은 대령이 우연히 던진 말이 떠올랐다. 어쩌면 저 노인이 그가 지구상에서 볼 수 있는 최후의 선량한 사람일 것이라는 미신적인 상상이 그의 마음을 사로잡았다.

사임은 그가 지나온 내리막길 위에 서 있는 여관 주인의 모습이 점점 멀어져 이윽고 흰 불꽃이 튄 회색 얼룩처럼 보일 때까지 바라보았다. 그 순간 사임은 여관 주인의 등 뒤로 보이는 언덕 위에서 행진하는 검은 옷의 무리를 보았다. 그들은 마치 검은 메뚜기떼 구름처럼 선한 노인과 그의 집을 덮치는 것처럼 보였다. 여관 주인은 사임의 일행을 위해 때맞춰 말에 안장을 채워놓았던 것이다.

무정부주의자들의 세상

그들은 험한 길을 아랑곳하지 않고 말에 박차를 가하며 전속력으로 달려, 도보로 추격하는 자들을 멀찍이 따돌렸다. 그리고 마침내 랑시에 도착했을 때 시내의 높은 건물들은 아예 추격자들을 시야에서 가려버렸다.

벌써 짙은 노을이 깔린 서쪽 하늘은 붉고 뜨겁게 달아오르고 있었다. 대령은 최종적으로 경찰서로 가기 전에 도움을 줄 만한 사람을 대동하는 편이 좋겠다고 말했다.

"이 마을의 다섯 부자 가운데 넷은 사기꾼이오. 아마 이 비율은 전 세계 어디에서나 마찬가지일 거요. 다섯 번째 부자는 내 친구인데 아주 착한 사람이지. 그리고 우리 처지에서 더 중요한 사실은 그에게 자동차가 있다는 거요."

"안타깝지만 그를 불러낼 시간은 없을 것 같은데요." 검은 옷의 무리가 언제 나타날지 모르는 도로를 바라보며 교수가 나름대로 쾌활한 목소리로 말했다.

"르나르 박사 집은 3분 거리에 있어요." 대령이 말했다.

"적은 2분도 안 되는 거리에 있는데요." 닥터 불이 말했다.

"그래요. 저자들은 걸어오고 있으니까, 계속 말을 달리면 따돌릴 수 있을 겁니다." 사임이 말했다.

"그에겐 자동차가 있소." 대령이 말했다.

"하지만 그 차를 빌리지 못할 수도 있잖아요." 불이 말했다.

"빌릴 수 있소, 그는 우리 편이오." 대령이 말했다.

"집에 없을지도 모르죠." 불이 말했다.

"잠깐! 조용히 하세요." 갑자기 사임이 말했다. "저게 무슨 소리지?"

그들은 한순간 기마상처럼 꼼짝도 하지 않고 말 위에 앉아 있었고, 1, 2초 동안 －어쩌면 3, 4초 동안－ 하늘과 땅도 함께 침묵을 지켜주었다. 그때 고통스러우리만큼 신경을 집중한 그들의 귀에 오로지 한 가지 설명만 가능한 이상한 진동과 타격음이 들렸다… 바로 말발굽 소리였다!

대령의 얼굴은 마치 상처를 남기지 않고 번개가 스쳐 지나간 것처럼 순간적으로 변했다.

"아아. 이제 끝장이군." 그는 비꼬는 듯이 짤막하게 군인 말투로 내뱉었다.

"적의 기병 공격에 대비합시다!"

"어디서 저들이 말을 구했을까요?" 말의 고삐를 당기며 사임이 물었다.

대령은 잠시 아무 말도 하지 않다가, 짜낸 듯한 목소리로 말했다.

"솔레유도르가 20마일 내에서 말을 구할 수 있는 유일한 장소라는 나의 말은 아주 정확했소."

"아! 말도 안 돼요. 그분이 그랬을 리가 없습니다. 그렇게 선량하게 생긴 분이!" 사임이 거칠게 말했다.

"협박당했을 수도 있지. 저자들은 적어도 백 명은 되는 흉악한 무리이니 자동차가 있는 내 친구 르나르에게 가야 하오." 대령이 침착하게 말했다.

이렇게 말한 그는 갑자기 말을 몰아 길모퉁이를 돌더니 번개처럼 빠르게 큰길을 달려가기 시작했다. 다른 사람들은 이미 충분히 속력을 내어 말을 몰고 있었지만, 대령의 말을 따라잡느라 애를 먹었다.

르나르 박사는 가파른 길 정상에 있는 안락한 집에서 살고 있었다. 그들은 문 앞에 다다라 말에서 내리면서, 마을의 모든 지봉을 굽어보는 위치에서 녹색 능선을 다시 한 번 돌아보았다. 그리고 추격자들의 모습이 아직 보이지 않자, 안도의 숨을 내쉬며 초인종을 울렸다.

갈색 턱수염을 기른 르나르 박사는 영국보다 프랑스에 훨씬 많이 남아 있는, 말수가 적고 민첩하게 행동하는 전문직종 종사자의 좋은 표본으로, 웃음이 많은 사람이었다. 대령이 자초지종을 설명하자, 그는 일행이 봉착한 두려움을 그리 대수롭지 않게 여기는 것 같았다. 그는 프랑스인다운 회의적인 말투로 무정부주의자들의 대형 폭동이 일어날 리는 없다고 말했다.

"무정부주의라니." 그는 어깨를 으쓱하며 말했다.

"그건 아이들 장난이야!"

"만약 그렇다면…" 대령은 언성을 높이며 손가락으로 뒤를 가리켰다.

"저것도 아이들 장난이겠군?"

그들이 뒤를 돌아보자, 검은 기마병들이 아틸라[1]의 군대와 같은 기세로 언덕의 정상을 넘는 모습이 보였다. 그들은 빠르게 말을 달리면서도 여전히 질서정연한 대열을 유지하고 있었고, 맨 앞줄의 검은 가면들은 제복의 장식줄처럼 일직선을 이루고

---

[1] 406~453. 훈족 최후의 왕이며 유럽 훈족 가운데 가장 강력한 왕이었다. 중세 기독교의 영향으로 아틸라는 잔혹한 야만인 왕으로 기억되고 있다.

있었다. 종전보다 더 빨리 이동하고 있다는 것 외엔 정사각형 대열로 다가오는 모습은 똑같았으나, 언덕의 경사길 위에서는 확연히 달라진 모습이 보였다. 마치 지도를 기울여 놓은 것 같은 대형에서 모든 기마객은 똑같은 속도로 달리고 있었지만, 유독 한 기마객은 그들을 앞서 빠르게 달리면서 손과 발꿈치를 미친 듯이 놀려 말을 재촉하고 있었다. 어찌 보면 그는 추격자가 아니라, 추격을 당하는 사람처럼 보일 정도였다. 그러나 그토록 먼 거리에서도 그의 모습은 너무나 광신적으로 보였기에, 일행은 그가 서기라는 것을 금세 간파할 수 있었다.

"미묘한 이야기를 이렇게 불쑥 말하게 되어 미안하네. 2분 내로 자네 자동차를 빌려줄 수 있겠나?" 대령이 말했다.

"자네 일행은 모두 미친 게 아닌가 싶군." 르나르 박사는 호탕하게 웃으며 말했다.

"그러나 하느님께 맹세코 설령 자네가 미쳤다고 해도 우리 우정은 변함없지. 차고로 가세나."

르나르 박사는 막대한 부를 지녔지만 소탈한 사람이었다. 그의 방들은 마치 클뤼니 박물관[2] 같았고, 그에게는 세 대의 차가 있었다. 그러나 그는 일반적인 프랑스 중산층처럼 드물게 차를

---

2. 파리에 있는 박물관으로, 중세에 만들어진 태피스트리나 호화로운 공예품, 조각품이 많은 것으로 유명하다.

12장 _ 무정부주의자들의 세상

이용하는 것 같았기에 조급해진 대령 일행이 차의 상태를 살펴보고 차가 작동한다는 판단을 하기까지에는 시간이 걸렸다.

그들은 어렵사리 르나르의 집 앞에 난 길까지 차를 몰았다. 어두운 차고를 빠져나오면서 그들은 벌써 황혼이 지고 마치 열대지방처럼 순식간에 주위가 캄캄해진 것을 보고 놀랐다. 아마 그들이 생각했던 것보다 훨씬 오랫동안 르나르의 집에 머물렀거나 혹은 난데없이 먹구름이 마을의 하늘 위로 몰려온 것 같았다. 그들은 멀리 바다에서부터 가파른 큰길을 향해 올라오는 옅은 밤안개를 보았다.

"우물쭈물할 시간이 없어요. 벌써 말들이 달려오는 소리가 들려요." 닥터 불이 말했다.

"아니야. 말들이 아니라, 말 한 필일세." 교수가 그의 말을 바로잡았다.

그들이 귀를 기울이자, 자갈길을 급히 달려 점점 가까워져 오는 소리는 말을 탄 사람들의 무리가 아니라 그들을 훌쩍 따돌린 한 명의 기마객, 서기가 내고 있음이 확실해졌다.

사임의 집에도 자동차가 있었기에 그는 차에 대해 훤히 알고 있었다. 그는 당장 운전석으로 뛰어들어 상기된 얼굴로 그간 사용하지 않아 제대로 작동하지 않는 낡은 기계를 움직이게 하려고 온갖 노력을 기울였다. 한참을 그러다가 급기야 그는 낮은 목소리로 말했다.

"차가 움직이지 않는 것 같습니다."

그가 그렇게 말하는 순간, 누군가가 달리는 말 위에서 몸을 곧추세워 앉은 채 화살처럼 빠르게 길모퉁이를 돌았다. 말 위의 남자가 미소 짓자 턱이 탈골된 것처럼 튀어나왔다. 그는 사임 일행이 안에서 법석을 떠는 차 옆을 휙 지나가더니 앞에 멈춰 섰다. 그는 서기였고, 승리감에 도취한 그의 입술은 근엄하게 일직선을 그리고 있었다.

사임은 운전대에 한껏 몸무게를 실었으나, 다른 추격자들이 마을로 들어오는 소리밖에 들리지 않았다. 그때 갑자기 날카로운 쇳소리가 나면서 차가 앞으로 튀어나갔다. 차는 마치 칼을 칼집에서 뽑아내듯 달려나가 서기를 안장에서 떨어뜨리고 그를 친 다음 20미터쯤 앞으로 나아갔다. 겁을 집어먹은 서기의 말을 지나친 차가 멋진 곡선을 그리며 모퉁이를 도는 사이에 도착한 무정부주의자들은 거리를 가득 메우며 낙마한 서기를 일으켜 세웠다.

"왜 갑자기 날이 어두워졌는지 모르겠군." 마침내 교수가 나지막하게 말했다.

"아마 폭풍이라도 오려나 보죠. 그런데 이 차에는 전조등이 없다는 게 안타깝군요." 닥터 불이 말했다.

"있소."

대령은 그렇게 말하고 바닥에서 표면이 고풍스럽게 조각된 묵직한 철 등롱을 집어들었다. 그 등롱은 골동품처럼 보였고, 한쪽 면에 거친 솜씨로 십자가가 조각된 것으로 보아 원래 뭔가 종교적인 목적으로 사용된 것 같았다.

"대체 어디서 구한 겁니까?" 교수가 물었다.

"차를 구한 곳에서 이것도 구했소." 대령이 껄껄 웃으며 대답했다.

"이것도 내 친구에게서 빌린 것이지. 사임 군이 운전대와 씨름하는 동안 나는 현관 층계참에 올라가서 현관에 서 있던 르나르에게 말했지. '아무래도 램프를 구할 시간이 없을 것 같군.' 그랬더니 그 친구는 고개를 들어 눈을 깜박이며 현관의 아름다운 아치형 천장을 부드러운 눈빛으로 바라보았소. 그 천장에는 그 집의 수많은 보물 가운데 하나인 이 등롱이 정교한 쇠사슬로 천장에 매달려 있었지. 그는 완력으로 등롱을 천장에서 뜯어내면서 벽화가 그려진 널벽을 산산조각내고 그 충격으로 푸른 꽃병도 두 개나 넘어뜨렸소. 그렇게 이 등롱을 내게 건네줬고, 나는 그것을 차에 넣었소. 르나르 박사가 알고 지낼 만한 친구라고 했던 내 말이 옳지 않소?"

"옳습니다."

대령의 말에 진지하게 대답한 사임은 무거운 등롱을 차의 전면에 걸었다. 최신식 자동차와 기이한 낡은 교회 램프의 대조는 그들이 처한 상황을 대변하고 있었다.

지금까지 그들은 마을의 가장 조용한 곳을 지나면서 기껏해야 한두 명의 행인을 만났을 뿐으로, 마을사람들이 그들에게 호의를 품고 있는지, 아니면 적의를 품고 있는지 알 수 없었다. 그러나 이제 집들의 창문에 하나둘씩 불이 켜지자 마을은 인간의 온정이 느껴지는 사람 사는 곳처럼 보였다. 닥터 불은 지금까지 그들을 이끌어온 새로운 경찰에게 몸을 돌리고 그다운 상냥한 미소를 지었다.

"저 불빛을 보니 기분이 훨씬 좋아지는군요."

그의 말에 래트클리프 경감이 미간을 찡그리며 말했다.

"나를 훨씬 기분 좋게 할 불빛은 딱 하나야. 마을 너머 경찰서 불빛이지. 천우신조로 제발 10분 내에 도착했으면 좋겠어."

그러자 불은 갑자기 호방한 성품과 낙천성을 한꺼번에 드러내며 외쳤다.

"아아, 그게 무슨 말씀입니까? 저 평범한 집에 사는 평범한 사람들이 무정부주의자라고 생각하신다면, 경감님이야말로 무정부주의자보다 더 머리가 이상해진 겁니다. 만약 우리가 돌아서서 저놈들과 싸우면 마을 전체가 우리 편이 되어줄 거예요."

"아니야. 마을 전체가 저들 편이 될 거야. 척 보면 알지." 래트클리프가 단순명료하게 말했다.

그들이 이야기하는 동안 교수가 갑자기 놀라며 몸을 앞으로 기울였다.

"저게 무슨 소리요?" 그가 말했다.

"아, 우리를 뒤쫓는 말발굽 소리겠지요." 대령이 말했다.

"내 생각엔 이미 다 따돌린 것 같은데. 우리를 쫓는 말이라니요! 저건 말발굽 소리가 아니고, 우리 뒤에서 들리는 소리도 아닌데요." 교수가 말했다.

그의 말이 끝나기가 무섭게 그들의 앞에 있는 큰길 끝에서 두 개의 번득이는 물체가 부르릉! 소리를 내며 지나갔다. 물체는 거의 섬광처럼 사라졌으나 그들은 그것이 자동차라는 것을 곧 알아차렸고, 교수는 하얗게 질린 얼굴로 그것이 르나르 박사의 차고에 있던 나머지 두 대의 자동차가 분명하다고 말했다.

"분명히 말하지만, 저것은 르나르 씨의 자동차요. 그리고 차에는 가면을 쓴 사람들이 가득 타고 있었소!" 그는 눈을 이글거리며 말했다.

"그게 무슨 소리요! 르나르가 저들에게 차를 내줬을 리 없소." 대령이 화를 내며 말했다.

"협박당했을지도 모르지. 마을 전체가 저들 편이오." 래트클리프가 조용히 말했다.

"아직도 그렇게 생각하시오?" 대령이 믿기지 않는다는 듯이 말했다.

"대령도 곧 믿게 될 겁니다." 래트클리프는 평온하게, 그러나 절망적인 목소리로 말했다.

잠시 미묘한 침묵이 흐르고 나서 대령이 느닷없이 외쳤다.

"아니, 믿을 수 없소. 이건 말도 안 돼요. 평화로운 프랑스 마을의 소박한 사람들이…"

그러나 그 순간, 탕! 소리와 그의 눈앞을 스친 빛줄기가 그의 말을 잘랐다. 차가 흰 연기를 내뿜으며 더욱 속도를 내어 달리는 동안 사임은 귓전을 때리고 지나가는 총소리를 들었다.

"맙소사! 누가 우리에게 총을 쐈소." 대령이 외쳤다.

"그 정도로 우리 대화가 끊어져선 안 되죠. 하시던 말씀이나 계속하시오. 내 기억으로는 대령께서 평화로운 프랑스 마을의 소박한 사람들 운운하셨던 것 같은데…" 래트클리프가 냉소적으로 말했다.

눈이 휘둥그레진 대령은 그의 조롱 섞인 말투에 마음 쓸 겨를이 없었다. 그는 눈을 굴리며 거리의 이곳저곳을 살펴보았다.

"이건 말도 안 돼. 정말 말도 안 돼." 대령이 말했다.

"예민한 사람은 이것이 불쾌한 상황이라고 말할지도 모르겠지만, 이 길 너머에 있는 저 불빛이 경찰서 같습니다. 금세 도착할 거예요." 사임이 말했다.

"아니야. 우리는 절대로 거기에 도착하지 못할 거야." 래트클리프 경감이 말했다.

그는 예리한 눈빛으로 앞을 내다보고 있었다. 그러다가 몸을 뒤로 기대면서 지친 듯한 몸짓으로 기름을 발라 넘긴 머리를 가다듬었다.

"그게 무슨 뜻입니까?" 불이 날카롭게 물었다.

"우리는 절대로 저기에 도착하지 못할 거란 뜻이야. 이 길 너머에 무장한 사람들이 두 줄로 서 있어. 벌써 여기서도 그들이 보여. 내가 말했듯이 이 마을은 무장한 상태야. 내 예측이 정확히 맞았다는 게 유일한 위안이군." 비관적인 래트클리프가 평온하게 말했다.

래트클리프는 편안히 자리에 앉아 담배에 불을 붙였으나, 다른 사람들은 황급히 몸을 일으켜 길 아래쪽을 바라보았다. 사임은 계획이 불투명해지자 차의 속도를 줄이다가, 마침내 바다를 향한 가파른 내리막길로 접어드는 모퉁이에서 완전히 멈춰섰다.

마을에는 땅거미가 졌으나, 해가 아직 완전히 지지는 않았다. 태양과 같은 높이에 있는, 빛이 뚫고 지나갈 수 있는 모든 것이 불타는 황금빛으로 물들어 있었다. 길에는 해가 지기 전에 마지막으로 뿌린 빛이 마치 어두운 극장에서 화면을 비추는 빛줄기처럼 가늘고 길게 퍼지고 있었다. 그 빛은 다섯 명이 탄 차를 비춰서 차는 불타는 전차처럼 보였다. 그러나 길의 나머지 부분, 특히 그 길에서 뻗어나온 두 갈래 길은 황혼빛에 깊이 잠겨 있었기에 그들은 몇 초 동안 아무것도 볼 수 없었다. 그때 가장 시력이 좋은 사임이 씁쓸하게 휘파람을 불며 말했다.

"그 말이 맞습니다. 길 너머에 군중인지 군대인지, 그 비슷한 게 있어요."

"아니, 그렇다고 해도 뭔가 다른 것일지도 모르잖습니까." 불이 조급해 하며 말했다.

"모의 전투훈련이거나 시장의 생일 파티 같은 것일 수도 있죠. 이런 곳에 사는 소박하고 행복한 사람들이 호주머니에 다이너마이트를 넣어 가지고 다닌다고는 믿을 수도 없고, 믿지도 않을 겁니다. 사임 씨, 차를 조금 더 몰아서 우리도 볼 수 있게 해주세요."

차는 약 100미터 정도 느리게 앞으로 나아갔다. 그 순간, 일행은 닥터 불이 갑자기 터뜨린 날카로운 웃음소리에 깜짝 놀랐다.

"에이, 다들 완전 헛짚으셨네! 제가 뭐라고 했습니까? 저들은 소 떼처럼 우직하게 규칙을 지키는 사람들이에요. 어쨌든 저들은 우리 편이라고요." 닥터 불이 말했다.

"그걸 어떻게 아나?" 교수가 그를 바라보며 물었다.

"박쥐처럼 눈이 침침하시군요. 선두에서 저들을 이끄는 사람이 누군지 안 보이세요?" 닥터 불이 큰 소리로 외쳤다.

그들은 다시 뚫어지게 앞을 보았다. 그때 대령이 목이 잠긴 소리로 놀란 듯 말했다.

"아니, 르나르잖아!"

길 너머에는 흐릿한 형체가 줄을 맞춰 달리고 있었는데 선명하게 보이지는 않았다. 그러나 희미한 빛 속에 드러난 사람은 틀림없는 르나르 박사였다. 그는 흰 모자를 쓰고 왼손에 권총을 들고 긴 갈색 수염을 쓰다듬고 있었다.

"나는 지금까지 바보짓을 하고 있었군! 내 오랜 친구가 우리를 도우러 왔어." 대령이 외쳤다.

닥터 불은 손에 든 칼을 정신없이 휘두르며 한껏 웃음을 터뜨렸다. 그는 자동차에서 뛰어나가 달려가며 큰 소리로 외쳤다.

"르나르 씨! 르나르 씨!"

한순간 사임은 자기 눈을 의심했다. 인정 많은 르나르 박사가 불을 향해 권총 두 발을 쏘았던 것이다.

이 난폭한 총격으로 르나르의 총에서는 흰 연기가 피어올랐고, 그와 거의 동시에 냉소적인 래트클리프의 담배에서도 흰 연기가 길게 피어올랐다. 다른 사람들과 마찬가지로 그도 약간 질린 듯했으나, 이내 그는 미소 지었다. 총알이 아슬아슬하게 머리를 스치고 지나간 닥터 불은 두 개의 구멍이 난 모자를 쓴 채 전혀 두려운 기색도 없이 길 한복판에 우두커니 서 있다가 천천히 돌아서서 차를 향해 느릿느릿 걸어왔다.

"그래, 이제 무슨 생각이 드나?" 차 안으로 들어온 닥터 불에게 래트클리프가 물었다.

"저는 지금 피바디 빌딩 217호 침대에 누워 있는데, 잠시 후에 펄쩍 뛰며 잠에서 깰 것 같습니다. 아니면, 핸웰[3]에서 쿠션이 깔린 작은 독방에 앉아 있는데 의사도 제 증세를 잘 이해하지 못하는 것 같군요.

하지만 제가 하지 않는 생각이 무엇인지도 알고 싶다면 말씀드리죠. 저는 경감님과 생각이 달라요. 저는 평범한 소시민들이 더러운 음모꾼이라고 생각하지 않고, 앞으로도 그렇게 생각하지 않을 겁니다. 아니요. 저는 민주주의자이고, 일요일이 평범한 막노동꾼이나 가게 점원을 무정부주의자로 만들 수 있다고 믿지 않아요. 제가 미쳤는지는 모르겠지만, 인류는 미치지 않았어요."

사임은 맑고 푸른 눈에서 나오는 드물고 진지한 눈빛으로 불

---

3. 서쪽 런던에 있는 마을로 정신병자 수용소가 있다.

을 쳐다보았다.

"당신은 정말 선한 사람입니다. 당신은 자신만이 아니라 다른 사람들의 정신도 건전하다고 믿을 자격이 있습니다. 게다가 당신은 우리가 만났던 농부나 늙은 여관 주인의 인간성에 대해서도 옳은 말을 했어요. 하지만 르나르에 대한 당신의 판단은 틀렸습니다. 저는 처음부터 그 사람을 의심했어요. 그는 이성적이고, 설상가상으로 부유한 사람입니다. 만약 언젠가 인간의 의무와 신앙이 실제로 유린당한다면, 그것은 틀림없이 부자들의 짓일 겁니다."

"의무와 신앙은 이미 실제로 유린당했지. 저기 우리를 쫓아오는 악마들의 모습이 안 보이나?" 담배를 입에 문 래트클리프가 호주머니에 두 손을 찔러넣은 채 말했다.

차 안에 있던 사람들은 그의 꿈꾸는 듯한 시선이 향한 쪽을 불안한 심정으로 바라보았다. 그리고 길 끝에 있던 사람들이 모두 그들을 향해 다가오고, 르나르 박사가 산들바람에 턱수염을 휘날리며 앞장서서 뚜벅뚜벅 걸어오는 모습을 보았다.

대령은 못 참겠다는 듯 외치며 차 밖으로 뛰어나갔다.

"여러분. 나는 믿을 수가 없소. 이것은 분명히 실없는 장난일 거요. 만약 여러분이 내가 아는 것만큼 르나르를 알았다면… 이건 마치 빅토리아 여왕을 무정부주의자라고 부르는 것과 같소. 르나르의 성격을 머릿속으로 생각해본다면…"

"적어도 닥터 불은 모자 속에는 넣어봤지요." 사임이 냉소적으로 말했다.

"분명히 말하지만 그럴 리 없소!" 대령이 발을 구르며 외쳤다.

"르나르가 설명해줄 거요. 내게 설명해줄 거요." 그러더니 그는 앞으로 걸어갔다.

"그리 서두르지 마시지요. 대령이 그러시지 않아도 그가 곧 우리에게로 와서 설명해줄 겁니다." 래트클리프가 질질 끄는 목소리로 말했다.

그러나 성질 급한 대령은 이미 그의 말이 들리지 않는 거리에서 적들을 향해 달려가고 있었다. 흥분한 르나르 박사는 다시 권총을 들었지만, 상대를 보더니 움찔했고 대령은 거칠게 호소하는 듯한 몸짓을 하며 그를 향해 다가갔다.

"아무 소용 없는 짓입니다. 저 사악한 늙다리에게서 아무 설명도 듣지 못할걸요? 조금 전 닥터 불의 모자를 뚫고 나간 총알처럼, 이 차로 저들 무리를 돌파해봅시다. 아마 우리는 모두 죽겠지만, 분명히 저들 가운데 몇몇은 죽일 수 있을 겁니다." 사임이 말했다.

"저는 그렇게 하지 않겠어요. 저 사람들이 지금 실수하는 것일 수도 있어요. 대령에게 기회를 줘보자고요." 닥터 불이 자신의 신념을 더욱 굳건히 다지며 말했다.

"그러면 뒤로 갈까?" 교수가 물었다.

"그건 안 돼. 우리 뒤쪽 길도 막혔어. 그리고 사실을 말하자면, 저쪽에 사임의 친구도 보이는군." 래트클리프가 싸늘한 목소리로 말했다.

사임은 몸을 홱 돌려 그들이 지나온 길을 돌아보았다. 어둠 속에서 무리지어 그들을 향해 최고 속도로 달려오는 기마객들의 모습이 보였다. 그는 맨 앞에 있는 말의 안장 위에서 빛나는 은빛 칼을 보았고, 더 가까워지자 노인의 은빛으로 빛나는 머리카락도 보았다. 다음 순간, 사임은 죽기로 작정한 사람처럼 거칠게 차를 돌려 바다로 향하는 가파른 내리막길로 내달렸다.

"대체 이게 무슨 짓이야?" 교수가 그의 팔을 잡아채며 외쳤다.

"별이 떨어졌습니다!" 차가 마치 별똥별처럼 어둠 속으로 내려앉는 동안 사임이 말했다.

다른 사람들은 그의 말을 이해하지 못했으나, 윗길을 올려다보자 적의 기병대가 그들을 쫓으며 모퉁이를 돌아 내리막길로 내려오는 것을 볼 수 있었다. 그리고 기병대의 선두에는 아름답게 불타는 저녁노을로 얼굴이 붉게 물든 여관 주인이 말을 달리고 있었다.

"온 세상이 미쳤군!" 교수가 두 손으로 얼굴을 감싸며 말했다.

"아닙니다. 미친 사람은 접니다." 닥터 불이 말했다.

"이제 어떻게 하지?" 교수가 말했다.

"지금 당장은 가로등을 들이받고 싶군요." 사임이 태연하게 말했다.

다음 순간 차는 세상이 끝나는 듯한 소리를 내며 철제 가로등을 들이받았다. 그리고 네 명의 남자가 고철덩이가 된 차에서 기어나왔고, 해변 산책길 가에 서 있던 크고 낡은 가로등은 쓰러진 나무의 잔가지처럼 부러지고 뒤틀린 채 서 있었다.

"그래도 뭔가 부수긴 했으니 그나마 위안이 되는군." 교수가 희미하게 미소 지으며 말했다.

"선배님도 무정부주의자가 되어가시는군요." 사임이 옷의 먼지를 털어내며 말했다.

"모두가 그렇지." 래트클리프가 말했다.

그들이 말하는 동안, 흰 머리의 기마객과 그의 뒤를 따르는 사람들이 길 위에서부터 우레와 같은 소리를 내며 달려왔고, 거의 동시에 검은 옷을 입은 남자들의 대열이 고함을 지르며 해변 산책길을 따라 달려왔다.

사임은 칼 하나를 이 사이에 물었다. 그리고 다른 두 자루는 각각 겨드랑이에 끼우고, 또 다른 칼은 왼손에 들고 오른손에는 등롱을 든 채 산책길에서 해변으로 뛰어내렸다.

다른 사람들도 그의 결단력 있는 행동을 보고, 가로등의 잔해와 몰려드는 군중을 뒤로하고 해변으로 뛰어내렸다. 사임은 입에 물고 있던 칼을 빼내며 말했다.

"아직 기회가 있습니다. 이 아수라장이 무엇을 뜻하든 간에 경찰은 우리를 도와줄 겁니다. 저들이 길을 막고 있으니 우리가 그리로 갈 수는 없습니다. 하지만 바로 여기 부두나 방파제가 바다를 향해 뻗어 있으니, 호라티우스가 다리를 지켰듯이[4] 여기서 최대한 오랫동안 적을 막아낼 수 있을 겁니다. 경찰이 나타날 때까지 버텨야 합니다. 제 뒤를 따라오십시오."

그들은 해변을 달려가는 사임의 뒤를 따랐고, 얼마 후 그들의 장화는 해변 모래알이 아니라, 넓고 판판한 돌 위에 닿았다. 그들은 어둡고 거친 바다로 뻗어나간 길고 야트막한 방파제 위를 걸어갔고, 방파제 끝에 다다르자 이제 모든 게 끝났다고 느꼈다. 그들은 돌아서서 마을을 바라보았다.

마을은 소란스럽게 들끓고 있었다. 그들이 방금 내려온 높은 산책로에는 그들을 더듬어 찾으며 눈을 이글거리는, 팔을 휘젓고 얼굴을 붉힌, 어둠 속에서 고함을 지르는 인간 군상의 본모습이 늘어서 있었다. 길고 어두운 그 무리 속에 횃불과 등불이

---

4. 에트루리아인 타르퀴니우스의 공격에 맞서 다리를 방어한 로마 경비병 호라티우스의 일화를 말한다.

점점이 보였다. 그 불빛에서도, 그들의 사나운 얼굴이 보이지 않는 거리에서도, 가장 멀리 있는 사람에게서도, 가장 모호한 몸짓에서도, 그들의 증오를 엿볼 수 있었다. 모든 인간 중에서 그들은 저주받은 자들이라는 것이 확연했으나 그 이유는 그들 자신도 몰랐다.

마치 원숭이처럼 작고 검은 두어 명의 남자가 조금 전에 사임 일행이 그랬던 것처럼 길에서 해변으로 뛰어내렸다. 그들은 고래고래 소리를 지르며 모래를 깊이 헤치고 오더니 마구잡이로 바다에 뛰어들어 걷기 시작했다. 다른 사람들도 그들을 따랐고, 검은 남자들의 무리가 검은 당밀처럼 흐르다가 산책로 가장자리에서 뚝뚝 떨어졌다.

사임은 해변에 있는 사람들 맨 앞에 있는 농부를 보았다. 그는 전에 짐마차를 몰았던 바로 그 사람이었다. 그는 짐말을 탄 채 첨벙거리며 파도 속으로 들어오더니, 사임 일행을 향해 도끼를 흔들어 댔다.

"그 농부군!" 사임이 외쳤다.

"중세 이래 농민 봉기는 없었는데. 경찰이 지금 도착한다고 해도 저들을 상대로 손을 쓰지는 못하겠어." 교수가 우울하게 말했다.

"그럴 리가 없어요! 그래도 이 마을에는 아직 사람다운 사람이 얼마간은 남아 있겠죠." 불이 다급하게 말했다.

"아니. 인류는 곧 멸망할 거야. 우리는 마지막 인류가 되겠지." 희망을 버린 래트클리프가 말했다.

"그럴지도 모르죠." 교수가 넋이 나간 듯이 말했다.

그러더니 그는 꿈꾸는 듯한 목소리로 혼잣말을 했다.

"우인열전[5]이 어떻게 끝났더라?"

"공적으로도 사적으로도 불은 타오르지 못한다.
인간의 빛과 신의 시선 모두 남지 못했다.
보라! 그대 공포의 제국, 혼란이 돌아왔노라.
만물을 무(無)로 되돌리는 그대의 말 앞에 빛이 죽어가도다.
위대한 무정부주의자여, 그대의 손이 막을 내린다.
그리고 끝없는 어둠이 모든 것을 덮는다."

"잠깐! 경찰이 출동했습니다." 갑자기 불이 외쳤다.

실제로 경찰서의 흐릿한 불빛이 분주한 사람들 사이로 보였다가 사라지곤 했다. 그리고 어둠 속에서 훈련받은 기병대가 내는 소음이 들렸다.

---

5. 알렉산더 포프의 대표작 가운데 하나로 지식인들의 현학성과 런던의 속물 문화를 신랄하게 비판하고, 도시 전체가 무정부 상태에 빠질 것이라고 예언하며 끝맺는다.

"경찰들이 군중을 향해 돌격하고 있어요!" 불이 놀란 듯, 감동 어린 목소리로 외쳤다.

"아니에요. 그들은 지금 산책길을 따라 대열을 정렬하고 있습니다." 사임이 말했다.

"카빈총을 들고 있군요." 불이 흥분해서 몸을 춤추다시피 움직이며 외쳤다.

"맞아. 그리고 우리를 쏘려고 하는군." 래트클리프가 말했다.

그가 말하는 사이에 긴 총성이 들렸고, 총알이 그들 앞에 있는 돌에서 우박처럼 튀었다.

"경찰도 저들에게 넘어갔어!" 교수가 이마를 치며 외쳤다.

"나는 지금 정신병원에 있는 거야." 불이 침착하게 말했다.

긴 침묵이 흐르고 난 뒤, 온통 잿빛에 가까운 보라색을 띤 채 차오르는 바다에 눈길을 던지며 래트클리프가 말했다.

"누가 미쳤고 누가 제정신인지가 무슨 소용이란 말이오? 이제 우리는 곧 죽을 텐데."

사임은 그를 향해 돌아서서 말했다.

"그러면 경감님은 완전히 절망한 거군요?"

래트클리프는 돌처럼 굳게 침묵을 지켰다. 그러다 마침내 그는 조용히 말했다.

"아니. 이상하게도 나는 아직 완전히 희망을 버리지 않았어.

아직 내 마음속에서 버릴 수 없는, 불가능해 보이는 작은 희망이 있어. 지구의 모든 힘이 우리에게 맞서고 있는데도, 이 바보 같은 조그만 희망이 전혀 가망 없는 것인지 궁금해지는군."

"누구, 혹은 무엇이 경감님의 희망입니까?" 사임이 궁금해 하며 물었다.

"내가 본 적도 없는 남자." 래트클리프가 납빛 바다를 바라보며 말했다.

"무슨 말씀인지 알겠습니다. 어두운 방에 있던 그 남자 말씀이군요. 하지만 지금쯤 이미 일요일이 그를 죽였을 겁니다." 사임이 낮은 목소리로 말했다.

"그럴 수도 있지. 그렇더라도, 그는 일요일이 힘들게 죽인 유일한 사람일 거야." 래트클리프가 동요 없이 말했다.

"경감님 말처럼 나도 두 눈으로 목격하지 않아도 확실히 믿는 것은 있죠." 등을 돌린 채 교수가 말했다.

자기 생각에 골몰해 아무것도 보이지 않는 듯하던 사임은 갑자기 돌아서서 잠에서 깨어난 사람처럼 외쳤다.

"대령님이 어디 계시지? 우리와 계속 함께 계신 줄 알았는데!"

"대령님이! 그렇지, 대체 어디 가셨죠?" 불이 말했다.

"르나르와 이야기하러 가셨네." 교수가 말했다.

"저 폭도들 속에 그분을 남겨둘 수는 없습니다. 차라리 신사답게 죽읍시다!" 사임이 말했다.

"대령 걱정은 하지 말게. 그분은 지금 아주 편안하게 잘 계시니까." 래트클리프가 창백한 얼굴로 코웃음 치며 말했다.

"아냐! 아냐! 아냐! 대령님마저 그럴 리 없어! 믿을 수 없어!" 사임은 거의 광란 상태가 되어 외쳤다.

"보면 믿겠나?" 래트클리프는 말과 함께 해변 쪽을 가리켰다.

추격자 가운데 많은 사람이 주먹을 흔들며 물속으로 첨벙첨벙 걸어왔지만, 파도가 드센 탓에 방파제까지 오지는 못했다. 하지만 두어 명은 포석이 깔린 보도 끝에 서서, 조심스레 걸어 내려가는 모습이 보였다. 우연히 등롱 불빛이 앞에 서 있는 두 명의 얼굴을 비췄다. 한 사람은 얼굴에 검은색 가면을 쓰고 있었는데, 가면 밑 입술은 심하게 일그러져서 검은 턱수염이 마치 살아 움직이는 것처럼 쉴 새 없이 꿈틀대고 있었다. 또 다른 얼굴은 흰 콧수염이 난 듀크로아 대령의 붉은 얼굴이었다. 그들은 무언가 진지하게 이야기를 나누고 있었다.

"그래, 그도 저들에게 넘어갔군. 모두 떠나버렸어. 나는 이제 끝났어! 심지어 내 몸조차 못 믿겠군. 마치 내 손이 갑자기 올라와 나를 칠 것만 같아." 교수는 그렇게 말하며 돌에 걸터앉았다.

"만약 제 손이 올라온다면, 그것은 다른 사람을 치기 위해서일 겁니다." 사임은 교수의 말에 응답하듯 그렇게 말하고 나서

한 손에는 칼, 한 손에는 등롱을 든 채 대령을 향해 방파제를 따라 걸었다.

마지막 희망이나 의혹마저 깨부수려는 듯, 대령은 그가 다가오는 것을 보자, 권총을 겨누고 방아쇠를 당겼다. 총알은 사임을 맞히지 못했지만, 대신 그의 칼에 맞아 손잡이 부분이 부러져 두 동강이 났다. 사임은 머리 위로 등롱을 흔들며 뛰어갔다.

"헤롯 왕 앞의 유다로구나!" 그는 소리치며 등롱으로 대령을 가격하여 돌 위에 쓰러뜨렸다. 그리고 그는 겁에 질려 입에 거품을 문 서기에게로 돌아서서, 당당하고 압도적인 몸짓으로 등롱을 높이 들어 올렸다. 서기는 그 자리에 얼어붙어 꼼짝없이 그의 말을 들을 수밖에 없었다.

"이 등롱이 보이나?" 사임이 무시무시한 목소리로 말했다.

"이 등롱에 새겨진 십자가와 등롱 안의 불빛이 보이나? 너는 해내지 못했어. 너는 이 등롱을 밝히지 못했어. 너보다 나은 사람들, 믿고 섬길 줄 아는 사람들이 이 등롱을 장식하고 성스러운 불씨를 지켰어. 네가 걷는 어느 길도, 네가 입은 옷의 실 한 올도, 이 등롱이 만들어진 것처럼, 흙먼지와 시궁쥐로 이루어진 네 철학을 부정하며 만들어지지 않은 것이 없어.

너희는 아무것도 만들 수 없어. 너희는 다만 파괴할 뿐이야. 너희는 인류를 파괴할 거야. 너희는 이 세계를 파괴하겠지. 그게 너희의 전부야. 하지만 너희는 이 낡은 교회 등롱은 파괴하지 못할 거야. 이것은 너희가 세운 원숭이 왕국이 아무리 머리를 써도 찾아내지 못할 곳으로 보내질 거야."

그는 등롱으로 서기를 세차게 때렸다. 가격당한 서기는 비틀거렸다. 사임은 등롱을 머리 위에서 두 번 빙빙 돌리더니 멀리 바다로 던져버렸다. 등롱은 날아가면서 활활 타오르는 봉화처럼 불빛을 너울거리더니 바다로 떨어졌다.

"모두 칼을 뽑으세요!" 사임은 달아오른 얼굴로 뒤에 서 있던 세 사람에게 외쳤다.

"죽을 때가 왔으니 이 악당들과 싸웁시다."

그의 세 동료가 칼을 빼들고 그를 따라왔다. 사임의 칼은 부러졌으나, 그는 칼자루를 쥐고 곤봉처럼 휘둘렀다. 그들은 당장이라도 군중을 향해 몸을 던지고 절명할 것 같았으나, 그때 누군가가 그들을 가로막았다. 사임의 열변을 듣고부터 서기는 마치 정신이 멍해진 듯 머리에 손을 댄 채 서 있었다. 그러더니 그는 별안간 검은 가면을 벗어버렸다.

등불 빛에 드러난 흰 얼굴에는 분노라기보다는 놀라움이 서려 있었다. 그는 서둘러 위엄 있는 몸짓으로 손을 들고 사임에게 말했다.

"뭔가 착오가 있군요. 사임 씨, 아무래도 당신은 자신의 처지를 잘 모르는 것 같습니다. 당신을 법의 이름으로 체포합니다."

"법의 이름?" 사임이 칼을 떨어뜨리며 말했다.

"물론입니다! 나는 스코틀랜드 경찰본부에서 파견된 형사입니다." 그러더니 서기는 주머니에서 파란 카드를 꺼냈다.

"그러면 당신은 우리가 대체 뭐라고 생각하는 거지?" 교수가 팔을 늘어뜨리며 물었다.

"분명히 알고 있습니다. 당신들은 무정부주의자 중앙위원회의 회원들입니다. 저는 당신들 가운데 하나인 척하며…"

닥터 불은 바닷속으로 칼을 던져버렸다.

"무정부주의자 중앙위원회라는 것은 애초에 존재하지 않았어요. 우리는 서로 멀뚱히 바라보는 바보 같은 경찰들일 뿐이에요. 그리고 우리에게 총질을 해댄 저 선량한 사람들은 우리가 정부 전복을 꾀하는 줄로만 알고 있었고요. 제가 저 사람들에 대해 잘못 생각하지 않았다는 것을 알고 있었어요."

불은 말을 마치고 저 멀리서 양쪽으로 길게 늘어선 엄청난 규모의 군중을 향해 미소 지었다.

"소박한 사람들은 절대로 미치지 않아요. 저 자신이 소박한 인간이기에 잘 압니다. 해변으로 걸어가서 여기 온 모든 사람에게 술이라도 사주고 싶군요."

회장을 쫓다

그간 일어난 일로 너무 놀라 얼이 빠졌지만, 명랑한 분위기를 되찾은 다섯 사람은 다음 날 아침 도버로 가는 배에 탔다. 존재하지도 않는 편에 서서 싸워야 했던, 그리고 철제 등롱으로 얻어맞기까지 한 불쌍한 늙은 대령은 앙심을 품을 만도 했다. 그러나 그는 도량이 큰 신사였고, 어느 쪽도 무정부주의와 관계가 없다는 사실에 안심했으므로, 부두까지 나와 그들을 따듯하게 배웅했다.

오해가 풀린 다섯 형사는 서로 들려줄 이야기가 많았다. 서기는 사임에게 무정부주의자들이라고 생각했던 대상을 추적하느라고 가면을 써야 했을 때의 이야기를 들려주고 싶어 했다. 사임은 어떻게 그들이 평화로운 시골마을에서 그토록 빨리 도주할 수 있었는지를 설명해주고 싶어 했다. 하지만 그들이 시시

콸콸 설명할 수 있는 것들 위에, 그들이 설명할 수 없는 거대한 문제가 큰 산처럼 버티고 있었다. 이 모든 사건이 대체 무엇을 의미하는 것일까? 그들이 모두 선량한 경찰이라면, 일요일은 대체 누구일까? 만약 그가 세계를 장악한 게 아니라면, 그는 무엇을 하려는 걸까? 래트클리프 경감은 아직도 이 문제에 대해 비관적이었다.

"나는 그 노회한 일요일이 무슨 흉계를 꾸미고 있는지, 당신들만큼이나 그 꿍꿍이속을 모르겠소. 하지만 일요일이 누구든 간에, 절대로 선량한 시민은 아니지. 이런 젠장! 그의 얼굴이 기억나오?"

"저는 절대로 그자의 얼굴을 잊을 수 없습니다." 사임이 말했다.

"음, 다음 협의회 모임이 내일이니 그자의 의도를 곧 알아낼 수 있을 것 같습니다. 여러분, 제가 서기로서의 소임을 잘 알고 있다고 해서 노여워하지는 마십시오." 서기는 예의 그 소름 끼치는 미소를 지으며 말했다.

"그렇군." 교수가 생각에 잠겨 말했다. "하지만 솔직히 말해서 일요일의 정체를 알아내는 일에는 두려움이 앞서는데?"

"왜요? 그가 폭탄 테러라도 저지를까 봐 그러십니까?" 서기가 물었다.

"아닐세. 그가 무슨 말을 할지, 나는 그것이 두렵다는 걸세."

교수가 말했다.

"술이나 한잔 하죠." 침묵이 흐른 후 닥터 불이 말했다.

배와 기차를 타고 이동하는 여정 내내 그들은 들떠 있었지만, 본능적으로 함께 붙어다녔다. 늘 낙천적인 닥터 불은 나머지 네 사람에게 빅토리아에서부터는 2인승 2륜 마차를 타고 가자고 열심히 설득했다. 하지만 그의 제안은 받아들여지지 않고, 결국 그들은 4륜 마차를 탔다. 닥터 불은 마부석에 앉아 노래를 불렀다.

그들은 다음 날 아침 레스터 광장에서 이른 아침을 먹을 수 있도록 피카딜리 광장에 있는 호텔에서 여장을 풀었다. 그러나 이들 모험가의 하루는 아직 완전히 끝난 것이 아니었다. 닥터 불은 일찍 잠자리에 들라는 일행의 권고를 무시하고 아름다운 런던의 야경을 구경하려고 11시쯤 호텔 밖으로 어슬렁거리며 나왔다. 그러나 20분 후에 돌아온 그는 호텔 라운지에서 요란한 소동을 일으켰다. 처음에 사임은 그를 진정시키려고 애썼지만, 결국 그의 이야기를 주의 깊게 들어줄 수밖에 없었다.

"그를 봤어요!" 닥터 불이 강한 어조로 말했다.

"누구를 봤다는 겁니까? 설마 회장을 본 것은 아니겠죠?" 사임이 서둘러 물었다.

"그런 끔찍한 일은 없었어요. 하지만 제가 그 사람을 여기 데려왔죠." 과장된 너털웃음을 터뜨리며 닥터 불이 말했다.

"누구를 데리고 왔다고요?" 사임이 안달하며 물었다.

"털북숭이 말입니다. 아니, 털북숭이였던 사람… 고골 말입니다. 그가 여기 있다고요." 불이 또박또박 말했다.

그러더니 그는 가느다란 붉은 머리카락에 창백한 얼굴을 드러낸 채 5일 전에 협의회에서 나갔던, 최초로 정체가 드러난 가짜 무정부주의자를 팔꿈치로 툭 쳐서 앞으로 나오게 했다.

"왜 내 일에 신경 쓰는 겁니까? 당신들은 나를 첩자라고 내쫓지 않았습니까?" 그가 외쳤다.

"우리 모두 첩자요!" 사임이 속삭였다.

"우리 모두 첩자란 말이오!" 닥터 불이 큰 소리로 외쳤다.

"자, 이리 와서 술이나 마십시다."

다음 날 아침 다시 모인 여섯 명의 형사는 담담하게 레스터 광장에 있는 호텔을 향해 걸어갔다.

"신 나는군요. 우리 여섯 명이 한 명에게 그가 누구인지 물으러 가니까요." 닥터 불이 말했다.

"그보다 더 미묘한 문제라고 봅니다. 제 생각에는 여섯 명이 한 명에게 그 여섯 명이 누구인지 물으러 가는 것 같습니다." 사임이 말했다.

말없이 광장으로 들어선 그들은 호텔 반대 쪽 모퉁이에 있는 작은 발코니에서 눈에 띄게 거대한 체구를 드러낸 회장을 한눈에 알아보았다. 그는 혼자 앉아 고개를 숙이고 골똘히 신문을 읽고 있었다. 그러나 그를 몰아내러 가는 협의회원들은 마치 하늘에서 백 개의 눈이 그들을 지켜보는 듯이 긴장감을 느끼며 광장을 가로질렀다.

그들은 이미 정체가 드러난 고골을 남겨두고 가서 외교적으로 대화를 시작할 것인지, 아니면 그도 함께 가서 당장 총을 쏠 것인지 오랫동안 상의했다. 사임과 불은 후자를 원했으나, 서기는 유보적인 태도를 보이며 왜 그토록 성급하게 일요일을 공격하려 하느냐고 물었다.

"이유는 아주 간단합니다. 그가 무섭기에 순식간에 공격하려는 겁니다." 사임이 말했다.

그들은 아무 말 없이 사임을 따라 어두운 계단을 올라간 다음, 밝은 아침햇살과 그 햇살만큼 밝은 일요일의 미소를 동시에 맞이하게 되었다.

"기쁘군! 자네들을 모두 여기서 만나게 되니 정말 기뻐. 아주 좋은 날이야. 그래, 차르는 죽었나?" 일요일이 말했다.

공교롭게도 맨 앞에 서 있던 서기는 간신히 용기를 내어 따지듯 말했다.

"아닙니다. 암살 사건은 벌어지지 않았습니다. 그런 구역질 나는 구경거리 소식을 들려드리려고 온 것이 아닙니다."

"구역질나는 구경거리라고? 닥터 불의 안경[1] 이야긴가?" 회장은 영문을 모르겠다는 듯이 순진한 미소를 지으며 그의 말을 되풀이했다.

서기가 잠시 목이 메어 말을 못하는 동안, 회장이 부드럽게 말을 이었다.

"사람은 저마다 의견이 다르고 취향도 다르지만, 당사자 앞에서 그의 안경이 구역질난다고 말하는 것은…"

닥터 불은 갑자기 안경을 벗어 탁자 위로 집어던지며 말했다.

"그래요. 내 안경은 불한당의 안경 같아 보입니다. 하지만 나는 불한당이 아니라고요. 내 얼굴을 보십시오."

"내 생각이 맞는다면, 그 얼굴은 보면 볼수록 점점 더 맘에 드는 타입이군. 실제로 그 얼굴은 자네에게 점점 더 잘 어울릴 걸세. 생명의 나무에서 점점 더 크게 자라는 생명의 열매를 보고 내가 감히 뭐라고 할 수 있겠나? 그 열매가 내게서도 자랐으면 좋겠군." 회장이 말했다.

"지금, 그따위 말장난이나 할 때가 아닙니다." 서기가 거칠게 그의 말을 잘랐다.

---

1. '구경거리'를 뜻하는 spectacles는 '안경'을 뜻하기도 한다.

"우리는 상황을 정확하게 파악하러 왔소. 당신은 누구요? 당신의 정체는 무엇이오? 우리를 왜 이곳까지 오게 했소? 당신은 우리가 누구인지, 우리 정체가 무엇인지 압니까? 당신은 음모꾼 행세를 하는 바보요? 아니면 바보를 연기하는 똑똑한 사람이오? 어서 대답하시오."

"규칙을 따르자면, 회장 후보는 설문지에 적힌 열일곱 가지 질문 가운데 여덟 가지만 제대로 대답하면 되는데, 자네들은 내가 누군지, 자네들의 정체가 뭔지, 이 탁자가 뭔지, 이 협의회가 뭔지, 내가 아는 이 세계가 무엇인지 시시콜콜 설명해주기를 원하는군.

좋아. 비밀을 가린 한 장의 베일을 벗겨 버리는 정도만 대답하지. 만약 자네들이 자신의 정체가 무엇인지 알고 싶다면, 나는 이렇게 말하겠네. 자네들은 매우 고결한 의도를 지닌 풋내기 멍청이들이야." 일요일이 웅얼거리는 목소리로 대답했다.

"그렇다면, 당신은, 당신은 뭐요?" 사임이 몸을 앞으로 기울이며 물었다.

"나? 내가 뭐냐고?" 고함을 지른 회장은 마치 완만한 곡선을 그리며 밀려 올라가는 거대한 파도처럼, 믿을 수 없이 큰 체구를 드러내며 천천히 자리에서 일어났다.

"내 정체가 알고 싶다는 건가? 불, 자네는 과학자야. 저기 있는 나무의 뿌리를 캐어 숨겨진 진실을 찾도록 하게. 사임, 자네는 시인이지. 저기 아침 하늘에 떠 있는 구름을 바라보게. 하지만 말해두겠어. 자네들이 마지막 나무, 가장 높이 뜬 구름의 진실을 파헤쳐도 나에 대한 진실은 절대로 알 수 없을 거야. 자네들은 바다를 완전히 이해하게 될지도 모르지, 하지만 나는 여전히 수수께끼로 남을 걸세. 자네들은 별의 정체를 완전히 파악하고도, 내가 무엇인지는 모를 거야.

세계가 태어난 날부터 모든 인류가 마치 늑대를 쫓듯이 나를 쫓았지… 왕과 현자들, 시인과 법학자들, 모든 종교인과 모든 철학자가 나를 쫓았어. 하지만 나는 한 번도 포착된 적이 없었지. 그들은 하늘이 무너질 때에나 나를 궁지에 몰 수 있을 거야. 나는 지금껏 그들에게 헛수고만 시켰지. 그리고 이번에도 그렇게 할 걸세."

일행 가운데 아무도 미처 움직이지 못한 사이에 그 괴물 같은 인간은 거대한 오랑우탄처럼 자리에서 뛰어올라 순식간에 발코니 난간을 넘었다. 그러나 그는 땅에 몸이 닿기 전에 평행봉을 하듯 발코니 난간에 의지하여 거대한 턱을 걸치고 엄숙하게 말했다.

"하지만 내 정체에 대해 한 가지는 말해주겠네. 나는 자네들이 모두 경찰이 되게 한 그 어두운 방의 주인공일세."

그 말과 함께 그는 발코니에서 뛰어내려 도로의 포석 위를 마치 거대한 고무공처럼 통통 튀면서 멀어져 갔다. 그리고 알함브라 뮤직홀까지 달려가 2인승 이륜마차 안으로 뛰어들어갔다. 그 사이에 여섯 명의 형사는 벼락이라도 맞은 듯이 우두커니 서 있었다. 하지만 그가 마차 안으로 사라지자, 사임은 갑자기 정신을 차리고 다리가 부러질 위험도 잊은 채 발코니 아래로 뛰어내려 다른 승합마차를 잡았다.

그와 불이 같은 승합마차에 탔고, 교수와 경감은 다른 마차에 탔으며, 서기와 고골이 세 번째 마차 안으로 뛰어들어갔다. 일요일은 북서쪽으로 맹렬히 도주하고 있었고, 그의 마부는 분명히 보수를 두둑이 받은 듯, 무서운 속력으로 말을 몰았다. 사임은 마차에서 벌떡 일어나, 사람들이 그의 마차를 피해 길 양옆으로 달려가고, 경찰들이 멈춰서 마차를 제지할 때까지 '서라, 도둑아!'라고 큰 소리로 외쳤다.

이런 상황에 놓이자 회장의 마부는 머뭇거리며 말의 속도를 늦췄다. 그는 고객에게 온당한 보수를 제안하려고 들창문을 열면서 긴 채찍을 마차 앞으로 늘어뜨렸다. 그 순간, 일요일은 앞으로 몸을 기울여 채찍을 거칠게 잡아챘다. 그리고 마차의 앞쪽으로 나아가 말들을 채찍질하며 미친 듯이 소리를 질렀다. 그의 고함에 놀란 말들은 폭풍처럼 거리를 휩쓸며 달렸다.

무시무시한 속도로 질주하는 마차는 승객이 말들을 재우치고 마부가 필사적으로 멈춰 세우려고 하는 가운데, 큰길을 지나 또 다른 큰길로, 광장을 지나 또 다른 광장으로 미친 듯이 달렸다. 그리고 세 대의 승합마차가 마치 숨을 헐떡이는 개처럼 (마차를 두고 이렇게 표현해도 좋다면) 그 뒤를 쫓았다. 거리의 상점들이 쉭쉭 소리를 내는 화살처럼 스쳐 지나갔다.

회장은 갑자기 마차의 흙받기 위에 올라서서 그의 거대한 얼굴로 뒤를 돌아보았다. 그리고 바람에 흰 머리를 휘날리면서 추격자들을 향해 도깨비 같은 끔찍한 표정을 지어 보였다. 그러더니 그는 오른손을 들어 뒤쫓아 오는 사임을 향해 공 모양으로 뭉친 종이를 집어던졌고, 그의 마차는 더욱 속력을 내며 멀어졌다. 사임은 본능적으로 몸을 피하면서 날아온 공을 반사적으로 낚아챘다. 그가 서둘러 종이 공을 펼치자 두 장의 쪽지가 나왔다. 하나는 그에게 보낸 것이었고, 다른 하나는 닥터 불에게 보낸 것이었다. 닥터 불에게 쓴 글은 매우 길었지만, 엉뚱하게도 그의 이름 뒤에 적은 주소가 전부였고 본문은 단 한 줄뿐이었다.

"이제 마틴 터퍼[2]를 읽는 게 어때?"

---

2. 1810~1889. 영국의 작가. 《속담 철학》을 저술했으며 도덕시를 많이 썼다.

"대체 저 미친 늙은이가 뭐라는 거야?" 불이 그 문장을 노려보며 말했다.

"당신 쪽지엔 뭐라고 썼어요, 사임?"

사임의 쪽지에는 그보다 긴 글이 쓰여 있었다.

"부주교가 개입한 그 사건을 나보다 더 가슴 아프게 생각하는 사람은 없다. 일이 그렇게만 흘러가지는 않으리라 믿는다. 하지만 마지막으로 묻거니와 그대의 고무 덧신은 어디로 갔는가? 그대 삼촌이 그 말을 하고 나서 그 사건이 벌어지다니, 너무도 가슴이 아프다."

회장의 마차는 마부가 다시 말을 몰기 시작했는지, 에드퀘어 거리로 들어서면서 추격자들의 마차와의 사이가 약간 좁혀졌다. 그러나 그 순간, 추격자들로서는 신이 훼방을 놓았다고밖에 생각할 수 없는 일이 벌어졌다. 갑자기 뒤에서 소방차가 달려오면서 우렁차게 경적을 울렸고, 모든 차가 도로의 가장자리로 피하거나 그 자리에 멈춰 섰다. 소방차는 순식간에 추격자들을 제치고 번개처럼 빠르게 지나갔다. 소방차가 회장이 탄 마차를 지나치는 찰나, 그는 마차에서 펄쩍 뛰어 소방차에 매달렸다. 그는 당황한 소방수에게 손짓으로 뭔가를 설명했고, 그를 태운 소방차는 멀리 사라졌다.

"저자를 쫓아갑시다! 소방차는 한 대뿐이니 놓칠 리 없어요."
사임이 악을 썼다.

잠시 우두망찰했던 세 마부는 말을 채찍질하여 달리기 시작했고 쫓는 자와 쫓기는 자 사이의 거리는 약간 좁혀졌다. 소방차 뒤쪽으로 와서 좁혀진 거리를 확인한 회장은 추격자들에게 거듭 고개를 숙여 경의를 표하고 손에 키스한 다음, 여러 번 접은 쪽지를 래트클리프의 가슴팍으로 날려 보냈다. 그가 서둘러 쪽지를 펴자, 이런 글이 쓰여 있었다.

"당장 도망가게. 자네의 바지 주름 펴는 기계에 대한 비밀이 탄로 났다네. —친구로부터"

소방차는 어딘지 모를 곳을 향해 남쪽으로 달리고 있었다. 변덕 때문인지, 소방수들의 항의 때문인지는 모르겠지만, 소방차가 가로수 그림자가 드리운 높은 난간 옆을 달리는 동안 회장은 소방차에서 뛰어내렸다. 이 광경을 목격한 여섯 명의 추격자는 놀라면서도 한편으로는 마음을 놓았다. 그러나 세 대의 마차가 미처 그 지점에 도달하기도 전에, 그는 거대한 회색 고양이처럼 높은 난간을 타고 넘어가 잎이 무성한 그늘 속으로 사라졌다.

사임은 다급하게 손짓하여 마차를 세우고 밖으로 달려가서 난간을 뛰어넘었다. 그는 다리 하나를 울타리에 걸친 채 뒤따라오는 동료를 향해 그늘 속에서 새하얗게 빛나는 얼굴을 돌렸다.

"대체 여기가 어딜까요? 여기가 저 늙은 악마의 집일까요? 저는 런던 북쪽에 그자의 집에 있다고 들었는데." 사임이 말했다.

"어쨌든 잘됐지요. 집에서 그를 찾아낼 수 있을 테니까." 서기가 발판 위에 발을 올려놓으며 침울하게 말했다.

"아뇨, 그게 아닙니다. 마치 악마들이 웃고 재채기하고 코를 풀어 대는 듯한 무시무시한 소리가 들리잖아요!" 사임이 미간을 찌푸리며 말했다.

"물론, 그의 개가 짖는 소리겠죠." 서기가 말했다.

"차라리 그의 바퀴벌레가 짖는다고 하시죠! 달팽이가 짖는다고! 제라늄 꽃이 짖는다고! 개가 저렇게 짖는 걸 들어보신 적 있습니까?" 사임이 화를 내며 말했다.

그가 손을 들자, 덤불 속에서 온몸이 얼어붙게 하는 으르렁거리는 소리가 마치 살을 파고들 것처럼 들려왔다. 그것은 그들을 둘러싼 대기마저 진동하게 하는, 낮고 소름 끼치는 소리였다.

"일요일이 키우는 개는 보통 개가 아닌가 봅니다." 고골은 이렇게 말하며 진저리를 쳤다.

사임은 울타리 안쪽으로 들어와서도 여전히 조바심하며 귀를 기울인 채 서 있다가 서기에게 물었다.

"저 소리 좀 들어보세요. 저게 개인가요… 정말 개가 맞나요?"

마치 갑작스러운 고통으로 발악하며 소란을 피우는 듯한 단말마의 비명이 들려왔다. 그러더니 길게 나팔을 부는 듯한 소리가 아련한 메아리처럼 울렸다.

"그의 집은 지옥 같은 곳인가 보군요! 그래도 나는 안으로 들어가겠소!" 서기는 그렇게 말하고 순식간에 높은 난간을 뛰어넘었다.

다른 사람들도 그의 뒤를 따랐다. 그들은 화초와 관목 더미를 뚫고 열린 길로 나왔다. 아무것도 보이지 않았으나, 그때 갑자기 닥터 불이 딱! 하고 손뼉을 쳤다.

"이런 바보 같으니! 여기는 동물원이잖아요!" 불이 외쳤다.

그들이 법석을 떨며 회장의 자취를 찾고 있는데, 제복을 입은 관리인이 평복 차림의 남자와 함께 달려왔다.

"그놈이 이리로 왔나요?" 관리인이 숨을 몰아쉬며 말했다.

"누가 말입니까?" 사임이 물었다.

"코끼리 말입니다! 코끼리가 미쳐서 도망쳤어요." 관리인이 외쳤다.

"그놈이 노신사 한 분을 데리고 달아났어요. 불쌍하게도, 어느 백발의 노신사가 코끼리에게 납치되었단 말입니다!" 관리인과 함께 쫓아온 다른 사람이 숨을 헐떡이며 말했다.

"어떻게 생긴 노신사죠?" 사임이 궁금해 하며 물었다.

"옅은 회색 옷을 입고 몸집이 아주 거대한 분입니다." 관리인이 열심히 설명했다.

"그 노신사가 회색 옷을 입고 몸집이 아주 거대한 사람이라면, 제 말을 믿어도 좋을 것 같습니다. 코끼리가 그를 데리고 도망친 게 아닙니다. 그가 코끼리를 데리고 도망친 거예요. 그를 억지로 데리고 도망칠 수 있는 코끼리는 이 세상에 없습니다. 그리고… 이런 젠장, 저기 있군요!"

이번에는 분명했다. 풀밭 너머 200미터쯤 떨어진 곳에서 사람들이 소리를 지르며 황황히 도망치는 가운데 거대한 회색 코끼리가 마치 배의 제1사장[3]처럼 단단한 코를 늘어뜨린 채 뛰어 아다니고 있었다. 소리를 지르는 이 동물의 등에는 일요일이 마치 술탄처럼 평온하게 앉아서 손에 든 뾰족한 물건으로 코끼리의 등을 쿡쿡 찔러가며 원하는 방향으로 몰아가고 있었다.

"코끼리를 막아요! 동물원 밖으로 나갈 거예요!" 사람들이 소리를 질렀다.

"진정하세요! 이미 밖으로 나갔어요!" 관리인이 외쳤다.

그가 그렇게 말하는 사이에도 밖에서 들리는 부서지는 소리와 공포에 질린 비명으로 그 거대한 회색 코끼리가 알바니 거리

---

3. 뱃머리에서 앞으로 비스듬히 튀어나온 돛대 모양의 둥근 나무.

를 질주하고 있음을 분명히 알 수 있었다.

"하느님 맙소사!" 불이 외쳤다.

"코끼리가 저렇게 빨리 달릴 수 있다는 걸 오늘 처음 알았네요. 아무튼, 저자를 따라잡으려면 또 승합마차를 타야겠군요."

코끼리가 사라진 문으로 달려가면서도 사임은 우리에 갇혀 있는 온갖 신기한 동물을 눈여겨보았다. 훗날 생각해도, 그는 긴박한 상황에서도 그 동물들이 그토록 선명하게 눈에 들어왔던 것이 참으로 희한했다. 특히, 펠리컨의 해괴하게 늘어진 목이 기억났다. 그는 펠리컨을 좋아하려면 많은 자비심이 필요하다는 사실 외에는 왜 사람들이 펠리컨을 자비심의 상징이라고 말하는지 이해할 수 없었다. 그는 또 작은 몸집에 비해 기형적으로 큰 노란 부리가 달린 코뿔새도 기억했다. 그 모든 광경은 그에게 자연이 늘 신비로운 유머를 자아낸다는 신선한 깨달음을 주었다. 전에 일요일은 그들이 별의 정체를 완전히 파악하고도, 그가 무엇인지는 모를 거라고 말했다. 그는 대천사들도 코뿔새를 이해할 수 없으리라는 생각이 들었다.

여섯 명의 형사는 마차를 잡아타고 코끼리가 길에 뿌리고 다니는 공포를 목격하면서 뒤를 쫓았다. 이번에 일요일은 뒤를 돌아보지 않았지만, 그의 넓고 단단하고 뻔뻔한 등을 돌리고 있었기에 조금 전에 했던 장난질보다도 더욱 그들을 화나게 했다. 하지만 그들이 베이커 거리에 도착하기 직전 그는 공중으로 공을 던졌다 받는 놀이를 하는 아이처럼, 뭔가를 하늘 높이 던져 올렸다. 코끼리가 달리는 속도 때문에 그것은 고골이 탄 마차 바로 옆에 떨어졌다. 무슨 단서라도 있을지 모른다는 희망으로, 혹은 설명할 수 없는 충동에 떠밀려 고골은 마차를 멈추게 하고 그것을 주워 들었다. 그것은 고골에게 보낸 종이 뭉치로 부피가 꽤 컸다. 그가 펼쳐보니 서른세 장의 백지를 겹겹이 싸서 뭉쳐 놓았고, 마지막 종이를 벗겨 내자 이런 문장이 쓰인 작은 종잇조각만 남았다.

"내가 좋아하는 단어는 '분홍색'이다."

한때 고골이라고 불렸던 남자는 아무 말도 하지 않았으나, 달리는 말을 다그치듯 손과 발을 격렬하게 움직였다.

날아가듯이 달리는 신비한 코끼리는 도로와 도로, 구역과 구역을 휩쓸며 구경꾼들을 창문으로 불러냈고, 길 위에 있던 모든 차를 가장자리로 밀어냈다. 이 광란 속에서도 세 대의 마차는 코끼리의 뒤를 따르는 행렬처럼, 때로는 서커스 광고단 취급을 받으면서 추격을 계속했다. 멀리 있던 것들이 믿기지 않을 만큼 빠른 속도로 스쳐 지나갔고, 사임은 패딩턴에 있나 했는데,

어느새 켄싱턴과 알버트 홀이 시야에 들어왔다. 코끼리가 달리는 속도는 켄싱턴 남부의 인적 드문 길에서 더욱 빨라졌다. 마침내 코끼리는 얼스코트의 거대한 대관람차가 하늘 높이 세워져 있는 곳까지 왔다. 다가갈수록 대관람차는 점점 크게 보여서, 마치 반짝이는 별들이 매달린 거대한 수레바퀴처럼 하늘 전체를 가렸다.

결국, 그들은 코끼리를 놓쳐버렸다. 길모퉁이를 여러 차례 돌며 코끼리를 찾아 헤매던 그들은 얼스코트 전시장에 이르러서야 막다른 길에 들어섰음을 깨달았다. 그들 앞에는 엄청난 수의 군중이 모여 있었고, 한가운데에는 엄청나게 큰 코끼리가 신음하며 떨고 있었다. 그러나 회장은 이미 사라지고 없었다.

"이자가 어디로 갔지?" 사임이 땅으로 내려서며 말했다.

"신사분은 전시장 안으로 들어가셨습니다!" 직원 하나가 얼떨떨한 태도로 말했다.

그러더니 그는 기분이 상한 목소리로 덧붙였다.

"그런데 좀 이상한 분이셨어요. 제게 이것을 맡아 달라고 부탁하셨습니다."

그는 못마땅한 듯이 접힌 종잇조각을 건네주었는데 겉에 이렇게 쓰여 있었다.

"무정부주의자 중앙위원회 서기에게"

서기가 화를 내며 그 종이를 찢듯이 펼쳐서 들여다보자 이런 문장이 눈에 들어왔다.

"청어가 1마일을 달릴 때에는
서기가 웃도록 놓아 두리.
청어가 하늘을 날려고 할 때에는
서기가 죽음을 맞으리.
― 시골 속담"

"이런 정신 나간 작자 같으니! 그런데 그자를 왜 안으로 들여보냈단 말이오? 아무나 미친 코끼리를 타고 전시장에 찾아옵니까? 이런…" 서기가 화난 목소리로 말했다.
"보세요! 저길 좀 보세요!" 사임이 갑자기 외쳤다.
"뭘 보란 말이오?" 서기가 거칠게 물었다.
"저기, 하늘에 애드벌룬을 좀 보세요!" 사임이 펄쩍펄쩍 뛰며 손가락으로 가리켰다.
"내가 왜 애드벌룬을 봐야 합니까?" 서기가 따지듯 물었다.
"거기 대체 뭐가 있다고?"

"아무것도 없지요." 사임이 말했다. "애드벌룬이 묶여 있지 않다는 것 외엔!"

그들은 모두 고개를 들어 전시장 위에 둥실둥실 떠 있는 애드벌룬을 쳐다보았다. 그러나 잠시 후 차바퀴에 깔린 끈이 끊어지자 애드벌룬은 마치 비눗방울처럼 허공을 둥둥 떠다녔다.

"이런 빌어먹을! 그자가 저 애드벌룬을 타고 있어!" 서기가 외치며 허공에 대고 주먹을 흔들었다.

불어온 바람을 타고 애드벌룬은 그들 머리 바로 위로 날아왔고, 회장의 거대한 흰 머리가 시야에 들어왔다 회장은 기웃거리며 땅 위를 살펴보다가 그들을 알아보자 자애롭게 그들을 굽어보았다.

"오, 하느님. 긍휼히 여기소서! 제 모자 위에 뭔가를 떨어뜨리신 것 같은 착각마저 듭니다!" 교수가 예의 그 노인 같은 말투로 말했다.

그가 떨리는 손을 모자 위로 가져가자, 꼬아 놓은 종잇조각이 손에 잡혔다. 그가 종이를 펴자 안에는 사랑을 상징하는 매듭이 그려져 있었고 이런 문장이 쓰여 있었다.

"그대의 아름다움에 내 마음 설레네. - 작은 아네모네 요정으로부터"

잠시 침묵이 흐르고 사임은 수염을 잘근잘근 씹으며 말했다.
"아직 끝나지 않았습니다. 우리는 지지 않았어요. 저 빌어먹을 풍선은 어딘가로 내려올 겁니다. 풍선을 따라갑시다!"

여섯 명의 철학자

여섯 명의 지친 형사는 런던에서 약 5마일쯤 떨어진 곳에서 풀밭과 꽃으로 덮인 산울타리를 헤치며 힘들게 돌아다녔다. 처음에 낙천적인 불은 승합마차를 타고 잉글랜드 남부를 누비며 풍선을 쫓아가자고 했다. 하지만 풍선이 계속 길에서 벗어나고 그때마다 마부들이 풍선 쫓아가기를 꺼리자, 할 수 없이 생각을 바꿨다. 경찰들은 화가 나긴 했지만, 씩씩하게 검은 덤불 속으로 들어가서 도저히 평범한 여행자로는 보이지 않을 너저분한 모습이 될 때까지 부스스한 풀밭을 헤치고 다녔다.

서리 주의 푸른 언덕들은 사임이 새프론 파크에서 출발했을 때 입었던 산뜻한 옅은 회색 양복의 비극적인 종말을 목격하게 되었다. 그의 실크해트는 흔들리는 나뭇가지에 맞아 코 위까지 납작하게 내려앉았고, 웃옷의 뒷자락은 가시에 걸려 어깨까지 찢어졌으며, 진흙이 그의 목깃까지 튀었다. 하지만 그는 묵묵히 타오르는 결의에 차서 노란 콧수염을 꼿꼿이 세우고 있었고, 그의 시선은 붉은 노을에 물든 채 둥둥 떠다니는 풍선에 고정되어 있었다.

"어쨌든, 경치는 정말 아름답군!" 그가 말했다.

"전에 본 적이 없는 아름다운 풍경이야! 그런데 저놈의 가스 풍선은 제발 터져버렸으면 좋겠어!" 교수가 말했다.

"안 돼요. 저는 안 터졌으면 좋겠어요. 우리가 쫓는 늙은이가 다칠 수도 있잖아요." 닥터 불이 말했다.

"다칠 수도 있다고! 차라리 그 편이 나을 걸? 저자가 내 손에 잡히면 정말 큰코다칠 테니까! 작은 아네모네라고? 염병할!" 기분이 상한 교수가 말했다.

"그래도 다치지 않았으면 좋겠어요." 닥터 불이 말했다.

"뭐라고요? 그자가 어두운 방에 있던 우리 편 사람이라는 말을 믿는 겁니까? 그자는 아무 말이나 둘러댄 겁니다." 서기가 거칠게 말했다.

"내가 그 말을 믿는지 안 믿는지는 잘 모르겠어요. 하지만 내 말은 그런 뜻이 아니에요. 일요일이 탄 풍선이 터지지 않았으면 좋겠다는 것은…" 닥터 불이 말을 끝내기도 전에 사임이 닦달하듯 물었다.

"네, 왜 그런데요?"

"왜냐면 그자는 진짜 풍선 그 자체 같거든요." 닥터 불이 애처롭게 대답했다.

"그가 우리 각자에게 파란 카드를 준 바로 그 사람이라는 말을 이해할 수 없어요. 그 말이 모든 걸 엉망진창으로 뒤엉키게 하는 것 같거든요. 하지만 그건 상관없고, 저는 늘 일요일이 얼마나 사악하든 간에 동정을 느꼈어요. 마치 그가 엄청나게 몸집이 큰 아기라도 되는 것처럼 말입니다. 제가 느낀 그 묘한 동정심을 어떻게 설명하면 좋을까요? 그렇다고 해서 그 감정이 제가 그와 맞서는 데 방해가 되지는 않았어요! 그가 너무 퉁퉁해서 제가 그를 좋아했다고 하면 이해하시겠어요?"

"아니, 나는 이해 못 합니다." 서기가 대답했다.

"아, 이제 알겠어요." 불이 외쳤다.

"그의 몸집이 그렇게 퉁퉁한데도 말할 수 없이 가볍기 때문이에요. 마치 풍선처럼 말예요. 우리는 뚱뚱한 사람이 무거울 거라고 생각하지만 그는 공기의 요정과 함께 춤이라도 출 수 있을 것 같았어요. 이제 제가 무슨 말을 하는지 알것 같습니다. 평범한 힘은 폭력으로 드러나지만, 우월한 힘은 경쾌함으로 나타나거든요. 옛말 그대로였어요… 만약 코끼리가 메뚜기처럼 하늘로 튀어 오를 수 있다면, 과연 어떤 일이 벌어질까요?"

"우리가 본 코끼리는 메뚜기처럼 하늘 위로 튀어 오르더군요." 사임이 하늘을 올려다보며 말했다.

"그리고 그것이, 제가 어쩔 수 없이 그 노인을 좋아하게 된 이유입니다. 그것은 힘을 동경한다든가 하는 바보짓이 아니에요. 그에겐 뭔가 유쾌함이 넘쳤어요, 꼭 좋은 소식을 전해주고 싶어 안달이 난 것처럼 말예요. 봄날에 그런 기분을 느껴보신 적 없으세요? 자연은 항상 우리에게 장난을 치지만, 시간이 지나면 그게 기분 좋은 장난이라는 걸 알게 되잖아요. 저는 성경을 읽어본 적은 없지만, 사람들이 성경을 읽고 웃는 대목, '너희 높은 산들아 어찌하여 뛰느냐?'[1]라는 대목에는 문장 그대로의 진실이 들어 있어요. 산들은 정말 뛰어요… 적어도 뛰려고 하죠… 왜 제가 일요일을 좋아할까요? 어떻게 말하면 될까요? 왜 좋아하느냐면 그는 천상 둥둥 떠다니는 사람이니까요."

긴 침묵이 흐르고 나서 서기가 이상할 정도로 긴장된 목소리로 말했다.

"당신은 일요일을 전혀 모르는군요. 어쩌면 그것은 당신이 나보다 선량해서 지옥이 뭔지를 모르기 때문인지도 모르겠습니다. 나는 막된 놈이고, 애당초 별거 아닌 악당이었습니다. 어둠

---

1. 시편 68장 16절 "너희 높은 산들아 어찌하여 하나님이 계시려 하는 산을 시기하여 보느냐. 진실로 야훼께서 이 산에 영원히 계시리로다"의 일부. 원문('Why leap ye, ye high hills?')을 직역하면 '너희 높은 산들아 어찌하여 뛰느냐?'가 된다.

속에 앉아 우리를 선발한 그는 내 인상이 음모꾼처럼 험악하다고 해서 나를 뽑았습니다… 내 미소가 일그러졌기 때문에, 심지어 웃을 때조차 내 눈매가 우울했기 때문에 나를 뽑았다는 겁니다. 하지만, 나의 내면 어딘가에 무정부주의자들의 심정에 호응하는 뭔가가 있었던 게 분명합니다.

내가 일요일을 처음 봤을 때 그는 당신이 말하는 그 들뜬 활기가 아니라, 뭔가 무겁고 슬픈 모습을 보여줬습니다. 나는 그가 갈색 블라인드 사이로 황혼빛이 새어 들어오는 방에서 하느님이 계신 곳에 깔렸을 편안한 어둠과는 달리 아주 암울한 어둠 속에서 혼자 담배를 피우고 있는 모습을 보았습니다. 그 커다란 물체 같은 인간은 의자 위에 놓인 시커멓고 이상한 덩어리 같은 모양으로 앉아 있었죠. 그는 아무 말도 하지 않고, 심지어 움직이지도 않고 내 말을 모두 들었습니다. 나는 열정적으로 간청하기도 하고, 심금을 울리는 질문을 하기도 했죠.

오랜 침묵이 흐르고 나서 그는 마치 알 수 없는 병으로 발작이라도 일으키듯 떨기 시작했어요. 마치 살아 있는 젤리, 물컹거리는 역겨운 덩어리처럼 떨더군요. 하등 생물, 원초적 생명체의 모습이 떠올랐어요… 심해를 떠다니는 원형질 같은 것. 그것은 형체를 알 수 없는 물질의 최종 형태 같은 것이었지요. 그가 떠는 모습을 보고 나는 저런 괴물도 비참해질 수 있을까

하는 생각이 들었습니다.

그러다가 갑자기, 저 산만 한 악마가 사실은 몸을 떨어대며 웃고 있다는 것, 그리고 그 웃음이 바로 나를 향한 비웃음이라는 사실을 깨달았습니다…. 내가 그런 자를 용서하기를 원하십니까? 나보다 더 비열하면서도 더 강한 자가 나를 비웃었다는 것은 결코 간단한 일이 아니에요."

"정말, 다들 터무니없이 과장하시는군." 래트클리프 경감의 또렷한 목소리가 그의 말을 잘랐다.

"확실히 그자는 끔찍한 인간이기는 하지만, 당신이 말하는 것처럼 바넘 박물관[2]에서 볼 수 있는 기형 인간은 아니야. 그는 대낮에 회색 체크무늬 코트를 입고 평범한 방에서 날 맞았지. 내게 평범하게 말을 걸더군. 그러나 일요일의 어떤 면이 정말 소름 끼치는지 내가 말해주겠어. 그의 방은 깔끔하고, 그의 옷은 단정하고, 모든 것이 제자리에 있는 것 같지. 그러나 그는 정신이 나간 자야. 가끔 그의 크고 맑은 눈은 완전히 멀어버리기도 하지. 몇 시간 동안 사람이 앞에 있다는 것을 까먹기도 해. 악당이 얼이 빠진다는 건 너무도 비참한 일이야.

우리는 사악한 자가 빈틈없고 기민하다고 생각하지. 그래서

---

[2] P. 바넘이 뉴욕에 세운 박물관으로 키가 25인치인 난쟁이나 수염이 자라는 여자아이 등을 구경거리로 삼기도 했다.

사악한 자가 진실하게 꿈꾸듯 멍하니 있는 모습을 상상하지 못하는 거야. 왜냐면 사악한 자가 자신을 성찰하듯이 혼자 생각에 잠긴 모습은 상상하기 어려우니까. 선량한 사람이나 정신이 멍한 상태로 있을 수 있다고 믿으니까. 그런 사람은 남에게 미안하다는 말도 할 수 있는 사람이란 걸 뜻하지. 그런데 정신이 멍한 사람이 당신을 죽이려 든다면 그걸 납득할 수 있겠어? 얼이 빠진 채 잔인한 짓을 한다는 것, 이게 내 신경을 거슬리는 점이야. 사람들은 야생의 숲을 지나면서 거기 사는 동물들이 천진하면서도 무자비하다는 사실을 확인할 때 그런 감정을 느끼지. 동물은 상대를 그냥 지나치거나, 죽이지. 방 안에서 넋이 빠진 호랑이와 죽음 같은 열 시간을 보낼 때 기분이 어떻겠어?"

"당신은 일요일을 어떻게 생각합니까, 고골?" 사임이 물었다.

"나는 일요일을 도덕적 관점에서 판단하지 않습니다. 정오에 해를 바라볼 때만큼이나 아무 생각 없어요." 고골이 간단명료하게 대답했다.

"그것도 하나의 관점이죠… 선배님은 어때요?" 잠시 생각에 잠겼던 사임이 이번에는 교수에게 물었다.

교수는 고개를 숙이고 지팡이를 질질 끌며 걸어가고 있었고, 아무 대답도 하지 않았다.

"정신 차려요, 선배님! 일요일에 대해 어떻게 생각하는지 말

쏨해주세요." 사임이 부드럽게 말했다.

교수는 마침내 아주 느리게 말했다.

"나는 내가 분명히 말할 수 없는 것을 생각하고 있네. 아니, 내가 분명히 생각하지도 못하는 것을 생각하고 있네. 하지만 말로 하자면 대충 이런 거야. 젊은 시절에 나는 자네도 알다시피 너무 허황하고 느슨한 세월을 보냈네. 내가 일요일의 얼굴을 처음 봤을 때, 너무 크다고 생각했지… 모두 그렇게 생각했겠지만, 내게는 그것이 너무 느슨해 보였어. 얼굴이 너무 큰 나머지 아무도 시선을 집중하지 않거나, 얼굴로 여기지 않을 정도였네. 눈이 코에서 너무 멀리 떨어져 있어서 눈처럼 보이지 않았지. 입도 너무 떨어져 있어서 얼굴에 붙어 있는 것처럼 여겨지지 않았어. 정말이지, 말로 설명하기가 참 어렵군."

그는 여전히 지팡이를 끌며 잠시 뜸을 들이더니, 다시 입을 열었다.

"하지만 이렇게 말해보겠네. 어느 날 밤길을 걷다가, 등불과 불 켜진 창문과 구름이 한데 모여 정말 감쪽같이 사람의 얼굴처럼 보인 적이 있었네. 만약 하늘에 그런 얼굴을 가진 사람이 있다면 알아볼 수 있을 정도였어. 하지만 조금 더 멀리 걷자, 그 얼굴이란 게 실재하지 않았다는 것, 창문은 10미터 떨어져 있고, 등불은 100미터쯤 떨어져 있고, 구름은 지구 밖에 떠 있다는 걸 깨달았다네.

 일요일의 얼굴은 내 시야에서 사라졌네. 마치 우연히 생긴 얼굴 형상이 해체되듯이 그냥 흩어져버렸어. 그래서 그의 얼굴 때문에 나는 세상에 정말 얼굴이란 게 존재하는지 의심하게 되었지. 불, 자네의 얼굴이 진짜 얼굴인지 아니면 우연히 조합되어 만들어졌는지, 나는 모르겠네. 어쩌면 자네의 그 소름 끼치는 검은 안경의 한쪽 알은 아주 가까이 있는데 또 한쪽 알은 50마일 떨어진 곳에 있는 것인지도 모르지. 유물론자의 의혹은 쓰레기만큼의 가치도 없네. 일요일은 내게 최후의, 그리고 최악의 의혹인 유심론자의 의혹을 심어주었네. 그런 점에서 나는 불교도인지도 몰라. 불교는 교의가 아니라, 다만 의혹일 뿐일세. 불, 나는 자네에게 진짜 얼굴이 있다고 생각하지 않네. 나는 유물론을 믿기엔 너무 의심이 많아."

 사임의 눈길은 노을에 붉게 물들어 더 붉고 더 순결한 세계처럼 보이는 사물, 엉뚱한 곳에서 둥둥 떠다니는 동그란 구(球)에 고정되어 있었다.

 "여러분의 설명에서 뭔가 이상한 점을 발견하지 못하셨나요? 저마다 다르게 일요일을 설명하셨지만, 여러분 모두 그를 단 한 가지와 비교하시는군요… 우주 말입니다.

 닥터 불은 그가 마치 봄을 맞은 세상 같다고 했고, 고골 씨는 정오의 해와 같다고 했죠. 서기께서는 형체 없는 원형질을, 경감님은 야생의 숲을 떠올리셨어요. 선배님은 일요일의 얼굴이 계속 변하는 풍경 같다고 하셨죠.

이 모든 것이 참 이상한 일입니다만, 그보다 더 이상한 것은 저 역시 회장에 대해 희한한 생각을 해본 적이 있고, 저 역시 온 세상을 생각하듯 일요일을 생각한다는 겁니다."

"말을 계속하세요, 사임. 이제 풍선에는 신경 쓰지 마시고." 불이 말했다.

"제가 일요일을 처음 만났을 때, 저는 그의 등밖에 보지 못했습니다. 그의 등을 보자, 저는 그가 세상에서 가장 사악한 인간이라는 것을 깨달았어요. 그의 목과 어깨는 마치 원숭이의 신처럼 사나워 보였어요. 그의 목은 황소의 목처럼 구부러져 있더군요. 사실, 저는 그 순간, 그가 인간이 아니라, 인간의 겉모습을 한 짐승이라는 구역질 나는 상상을 하고 말았습니다." 사임이 천천히 말했다.

"계속해요." 닥터 불이 말했다.

"그런데 그때 이상한 일이 생겼습니다. 저는 거리에서, 발코니에 앉아 있는 그의 뒷모습을 보았죠. 그러다가 호텔에 들어가서 이전과 반대 방향으로 가던 저는 햇빛을 쬐는 그의 얼굴을 보게 되었습니다. 누구나 그렇듯이 그의 얼굴은 제게 공포를 심어주었어요. 그러나 그것은 그 얼굴이 험상궂거나 사악해서가 아니었어요. 그와는 정반대로 그 얼굴이 너무 아름답고, 너무 선해서 겁이 났던 겁니다."

"사임, 어디 아픕니까?" 서기가 외쳤다.

"그것은 마치 영웅적인 전쟁이 끝나고 공정하게 전쟁을 심판하는 대천사의 얼굴 같았죠. 눈에는 웃음이, 입에는 명예와 슬픔이 깃들어 있었습니다. 제 앞에는 제가 그의 등 뒤에서 봤던 것과 똑같은 흰 머리, 똑같은 거대한, 회색 옷을 걸친 어깨가 있었어요. 하지만 제가 그의 등 뒤를 보았을 때 저는 그가 짐승이라고 확신했는데, 앞에서 보자 그가 신이라는 것을 깨닫게 된 거예요."

"판³은 신이자 짐승이었지." 교수가 꿈꾸듯 말했다.

"그리고 늘 저에게는 그런 점이 일요일의 불가사의이자, 세계의 불가사의였어요. 그의 끔찍한 등을 보면, 그 고상한 얼굴이 가면일 뿐이라고 확신하지요. 하지만 한순간이라도 그 얼굴을 보면, 등은 그저 우스개일 뿐이라는 것을 알게 됩니다. 나쁜 쪽은 너무 나빠서, 그것의 선한 점이 우연일 뿐이라고 생각할 수

---

3. 그리스 신화에 나오는 목신(牧神). 허리 위쪽은 사람의 모습이고 염소의 다리와 뿔이 있는 반인반수의 형상을 하고 있다. 춤과 음악을 좋아하는 명랑한 성격의 소유자인 동시에, 악몽을 불어넣기도 하고, 나그네에게 갑자기 공포를 주기도 한다고 믿어져, '당황'과 '공황(恐慌)'을 의미하는 패닉(panic)이라는 말은 이 신에게서 유래했다.

밖에 없습니다. 선한 쪽은 너무 선해서, 그것의 악한 점마저 설명될 수 있다고 확신하게 되고요. 하지만 마차를 타고 일요일을 쫓으며 줄곧 그의 바로 뒤에 붙어 있는 동안, 이 모든 게 지나간 추억이 되어버렸습니다."

"그런 걸 생각할 틈이 있었나?" 래트클리프가 물었다.

"딱 한 가지, 터무니없는 생각을 할 시간이 있었죠." 사임이 대답했다.

"느닷없이 저는 그의 뒤통수가 사실은 그의 얼굴이라는 생각에 사로잡히고 말았습니다… 끔찍하게 생긴, 눈도 없는 얼굴이 저를 바라보고 있다고! 그리고 저는 제 앞에서 도망치는 저것이 사실은 뒤로 도망치고 있다는, 그리고 도망치며 춤추고 있는 모습을 상상했어요."

"끔찍하군요!" 닥터 불이 진저리치며 말했다.

"'끔찍하다'는 말은 올바른 표현이 아니에요." 사임이 말했다.

"그것은 정말 제 생애 최악의 순간이었습니다. 그리고 10분 후 그가 마차 밖으로 머리를 내밀고 마치 가고일[4]처럼 일부러 찡그린 얼굴을 보여주자, 저는 그가 그저 자식들과 숨바꼭질 놀이를 하는 아버지 같다고 느꼈지요."

"긴 놀이였지." 서기가 망가진 장화를 보며 얼굴을 찌푸렸다.

---

4. 교회 등의 건물에서 홈통 주둥이로 쓰는 괴물 석상.

"제 말을 들어보십시오." 사임이 힘을 주어 외쳤다.

"제가 이 세상의 비밀을 가르쳐 드릴까요? 우리는 지금껏 세상의 등밖에 알지 못했다는 것입니다. 우리는 모든 것의 뒷면을 보고 흥측하다고 생각하죠. 저건 나무가 아니라, 나무의 뒷면입니다. 저건 구름이 아니라, 구름의 뒷면이에요. 만물이 고개를 숙이고 얼굴을 숨기는 게 보이지 않으세요? 만약 우리가 그 앞을 볼 수만 있다면…"

"아! 저기 보세요!" 불이 법석을 떨며 외쳤다.

"애드벌룬이 내려오고 있어요!"

지금까지 애드벌룬에서 눈을 떼지 않았던 사임에게는 소리쳐서 알려줄 필요도 없었다. 빛나는 거대한 공은 갑자기 하늘에서 멈칫하다가 똑바로 서더니, 마치 지는 해처럼 나무 뒤로 천천히 떨어졌다.

힘든 모험 내내 거의 아무 말도 하지 않던 고골이 갑자기 미친 사람처럼 손을 번쩍 들어 올렸다.

"그가 죽은 거야! 그리고 이제야 나는 그가 우리 편이라는 것을… 어둠 속에 숨어 있던 우리 편이라는 걸 깨달았어!" 고골이 외쳤다.

"죽었다고! 그자는 그렇게 쉽사리 죽지 않습니다. 그자는 차에 치여도 망아지가 풀밭에서 뒹굴듯이 데굴데굴 굴러가며 재미로 발버둥칠 자예요." 서기가 코웃음 쳤다.

"그렇지. 발굽을 부딪치며 그러겠지. 망아지들도 그러고, 판도 마찬가지지." 교수가 말했다.

"또 판 이야기로군요! 교수님은 판이 전부라고 생각하나 보군요." 닥터 불이 신경질을 내며 말했다.

"그래. 그리스어로 판은 전부를 뜻해.[5]" 교수가 말했다.

"판이 공포를 뜻한다[6]는 것도 잊으면 안 되지요." 서기가 내려다보며 말했다.

사임은 그들이 외치는 말을 한 마디도 듣지 않고 서 있었다.

"저쪽에 떨어졌습니다. 어서 따라갑시다!" 그가 짧게 말했다.

그러더니 그는 뭔지 알 수 없는 몸짓을 하며 덧붙였다.

"아, 만약 그가 죽음으로써 우리 모두를 속인다면! 만약 그런다면 그가 지금까지 우리에게 했던 희롱과 다름없을 겁니다!"

다시 활기를 찾은 그는 걸레처럼 찢긴 옷을 바람에 휘날리며 멀리 있는 나무들을 향해 휘적휘적 걸었다. 다른 사람들은 발이 아픈 듯, 불안한 듯한 자세로 그를 따랐다. 그리고 거의 동시에 여섯 사람 모두가 그 작은 공터에 자신들만 있는 게 아니라는 사실을 깨달았다.

---

5. pan은 '전(全), 범(汎), 총(總)'을 뜻하는 결합사이다.
6. 공포를 뜻하는 'panic'은 'pan'에서 비롯된 말이다.

키 큰 남자가 왕홀처럼 생긴 이상하고 긴 막대기를 들고 잔디밭을 가로질러 그들을 향해 걸어오고 있었다. 그는 고급스럽기는 하지만, 낡은 양복에 무릎까지 오는 반바지를 입고 있었다. 옷의 색깔은 그늘진 숲에서 어쩌다 볼 수 있는 파란색, 보라색 그리고 회색 사이의 미묘한 색조를 띠고 있었다. 그의 머리카락은 흰색에 가까운 회색이었고, 얼핏 보기에는 머리에 머리 가루를 뿌린 것 같았다.[7] 그는 조용히 다가왔다. 그의 머리에 뿌려진 은빛 서리로 보아 그는 어쩌면 숲의 그림자 가운데 하나인지도 모른다는 생각이 들었다.

"신사 여러분." 그가 말했다.

"제 주인님께서 바로 옆 길에 여러분께서 타실 마차를 준비해 두셨습니다."

"당신의 주인이 누구요?" 사임이 꿈쩍도 않고 서서 물었다.

"그분의 이름을 알고 계신다고 들었습니다." 그가 예의 바르게 말했다.

잠시 침묵이 흐르고 나자 서기가 말했다.

"그 마차는 어디 있소?"

"몇 분 전부터 기다리고 있었습니다. 주인님께서는 방금 집에 돌아오셨거든요." 낯선 남자가 말했다.

---

7. 무릎까지 오는 반바지와 머리카락에 가루를 뿌려 색을 연출하는 방식으로, 모두 오래된 유행.

사임은 좌우 풀밭을 두리번거렸다. 산울타리는 보통 산울타리였고, 나무도 보통 나무로 보였다. 그런데도 그는 자신이 요정의 나라에 갇힌 사람처럼 느껴졌다.

그는 이 불가사의한 전령을 위아래로 훑어보았으나, 그의 코트가 보랏빛이 도는 그림자와 똑같은 색이라는 것, 그리고 그 남자의 얼굴이 붉은색과 갈색, 금색으로 빛나는 하늘과 똑같은 색이라는 것 외에는 다른 아무것도 발견할 수 없었다.

"안내하시오."

사임이 짧게 말하자, 보라색 코트를 입은 남자는 말 없이 등을 돌려 산울타리 틈에서 희게 빛나는 작은 길로 걸어갔다.

걸어가던 여섯 모험가는 하얀 길과, 그 길을 가로막은 채 길게 늘어선 마차들을 보았다. 마차들은 파크 거리에 들어선 집들과 거의 맞닿을 듯이 가깝게 늘어서 있었다. 각각의 마차 옆에는 청회색 제복을 차려입은 잘생긴 시종이 서 있었는데, 그들은 왕의 관리나 대사의 시종에나 어울리는 당당함과 여유를 보이고 있었다. 여섯 대의 마차는 처량하게 해진 옷을 입은 일행을 한 사람씩 태우고 가기로 되어 있었다. 시종은 모두 (마치 궁중 대례복을 입은 사람처럼) 칼을 차고 있었는데, 일행이 한 사람씩 힘겹게 마차에 오를 때마다 그들은 칼을 뽑아 빠르고 절도 있게 경례를 보냈다.

"이게 다 무슨 뜻일까요? 일요일의 새로운 장난일까요?" 헤어지면서 불이 사임에게 물었다.

"모르겠군요. 설령 그렇더라도, 이것은 당신이 말한 장난 가운데 하나입니다. 기분 좋은 장난이죠." 지친 몸을 마차 안 쿠션에 기대며 사임이 말했다.

여섯 모험가는 지금껏 많은 모험을 했지만, 이 안락한 마지막 모험보다 그들을 더 혼란스럽게 한 것은 없었다. 그들은 일이 잘 풀리지 않는 상황에 이미 익숙해져 있었다. 그런데 갑자기 모든 것이 매끄럽게 진행되자 어리둥절해졌다. 그들은 이 마차의 정체를 짐작조차 하지 못했다. 이것이 마차이고, 안에 쿠션이 들어 있다는 사실이 그들이 아는 전부였다. 그들은 자신을 데려오게 한 노인이 누구인지도 상상할 수 없었다. 그 노인이 그들을 마차로 데려오게 했다는 사실만으로 충분했다.

사임은 완전히 정신을 놓았다. 그를 태운 마차는 어두운 나무 사이를 지나쳤다. 뭔가 손쓸 구석이 있다면 수염 난 턱을 거칠게 앞으로 내밀며 달려들겠지만, 모든 일이 그의 손에서 벗어나면 그저 쿠션에 등을 기댄 채 흐름에 몸을 맡기는 것이 그다운 반응이었다.

그는 서서히 그리고 희미하게나마 그를 어떤 길로 데려가는지 알게 되었다. 마차는 돌로 된 공원 입구를 지나는 것 같았고,

양쪽에 나무가 늘어섰지만, 숲이라고 하기엔 너무 정돈된 느낌이 드는 언덕을 올라갔다.

사임은 단잠에서 깨어나는 사람처럼, 그 모든 것에서 점차 기쁨을 느꼈다. 산울타리는 산 울타리, 즉 살아 있는 벽답다는 생각이 들었다. 나무들은 마치 잘 훈련된 병사들 같았지만, 그보다는 더 생기 있어 보였다. 그는 산울타리 뒤에 있는 키 큰 느릅나무를 보고, 저 나무를 타는 아이들은 얼마나 행복할까 하고 생각했다. 그가 탄 마차가 모퉁이를 돌았을 때 그는 갑자기, 그러나 평온하게 낮고 길게 깔린 구름 같은 집이 부드러운 노을빛을 받아 찬란히 빛나는 것을 보았다. 훗날 여섯 동료는 서로 편지를 교환하며 여러 가지 논쟁을 하기도 했다. 그러나 왠지 설명할 수는 없지만, 그곳이 각자의 어린 시절을 떠올리게 했다는 사실에는 모두 동의했다. 커다란 느릅나무 때문인지, 아니면 구불구불한 길 때문인지, 아니면 그 자그마한 과수원 때문인지, 아니면 창문의 모양 때문인지는 알 수 없었다. 하지만 모두 어머니에 대한 추억보다 이곳에 대한 추억이 더 깊이 남아 있다고 말했다.

마침내 마차가 마치 동굴의 입구와 같은 크고 낮은 대문으로 접어들자, 제복의 모양은 같지만 회색 코트의 가슴팍에 은색 별 장식을 단 남자가 나와 그들을 마중했다. 이 인상적으로 생긴 남자가 다소 놀란 기색의 사임에게 이렇게 말했다.

"방에 다과가 준비되어 있습니다."

놀라움 때문에 아직도 정신이 멍한 채 사임은 예의 바른 시종을 따라 커다란 오크나무 계단을 걸어 올라갔다. 그는 특별히 그를 위해 꾸민 듯한 화려한 방으로 들어섰다. 그는 그가 속한 계층 사람들이 본능적으로 그러듯이, 넥타이 매듭을 바르게 고치고, 머리를 가다듬으려고 긴 거울 쪽으로 걸어갔다. 그러자 그는 거기서 끔찍한 자신의 모습을 보았다. 나뭇가지에 찢긴 상처에서는 피가 흐르고 있었고, 머리카락은 누렇게 시든 풀밭의 풀처럼 삐죽삐죽 서 있었으며, 옷은 너덜거리는 긴 넝마조각이 되어 있었다.

단숨에 모든 의문이 어떻게 여기까지 오게 되었는지, 어떻게 여기서 빠져나갈 것인지와 같은 단순한 궁금증의 형태로 고개를 내밀었다. 바로 그 순간 그의 시종으로 배정된 파란 제복의 남자가 엄숙하게 말했다.

"밖에 옷을 준비해놓았습니다."

"옷이라고! 나는 이 옷 외엔 아무것도 없는데." 사임이 빈정대듯 말했다.

그는 프록코트 자락 두 쪽을 장식끈인 양 들어 올리더니 마치 발레리노처럼 한 바퀴 빙그르르 돌았다.

"주인님께서 오늘 밤 가장무도회가 있다는 것을 전하라고 하셨습니다. 그리고 밖에 준비해놓은 옷으로 갈아입으셨으면 좋겠다고 하십니다.

그런데 나리, 부르고뉴 포도주 한 병과 차가운 꿩 요리를 준비했는데, 주인님께서는 저녁 시간까지 시간이 남으니 부디 사양하지 마시라고 말씀하셨습니다."

"꿩고기는 좋은 음식이지." 사임이 생각에 잠겨 말했다.

"그리고 부르고뉴 포도주는 그보다 더 좋지. 하지만 내게는 이것이 어떻게 된 상황인지, 그리고 밖에 준비해 두었다는 옷이 어떤 것인지를 아는 것이 더 급해요. 옷이 어디 있소?"

시종은 오토만 천[8]으로 만든 도미노[9]처럼 생긴 옷을 가지고 들어와 사임에게 보여주었다. 옷의 앞판에는 커다란 황금색 태양이 그려져 있고, 여기저기 반짝이는 별과 초승달의 수를 놓았으며, 전체적으로 길고 주름 잡힌 형태에 색깔은 푸른빛이 도는 초록색이었다.

"목요일의 옷을 입게 되십니다." 시종이 사근사근하게 말했다.

"목요일의 옷을 입는다고!" 시종의 말을 듣고 갑자기 깊은 생각에 잠긴 사임이 말했다.

---

8. 실크 또는 실크와 솜으로 골이 지게 짠 고급 직물.
9. 후드가 붙은 겉옷으로, 가장무도회 등에서 입는다.

"따뜻한 옷은 아닌 것 같군."

"아닙니다. 목요일의 의상은 아주 따뜻합니다, 나리. 턱밑까지 단추가 달린 옷입니다." 시종이 열심히 설명했다.

"음, 뭐가 뭔지 모르겠어." 사임이 한숨을 쉬며 말했다. "불편한 모험에 너무 오래 익숙해져 있어서 편안한 모험이 오히려 내 정신을 빼놓는군. 아무튼, 해와 달을 여기저기 수놓은 초록색 옷을 입는다고 해서 내가 왜 목요일처럼 보인다는 것인지 모르겠어. 내 생각에는 별과 달은 다른 날에도 하늘에 뜰 텐데. 어느 화요일에 달이 뜬 것을 본 기억이 나는군."

"말씀 중에 죄송합니다, 나리. 성경도 준비해놓았습니다." 시종이 말했다.

그러더니 그는 예의 바르게 〈창세기〉 첫 장을 손가락으로 가리켰다. 사임은 호기심을 느끼며 그 대목을 읽었다. 성경에는 일주일의 넷째 날 해와 달이 창조되었다고 쓰여 있었다. 하지만 이것은 기독교인들의 일요일을 기준으로 한 것이었다[10].

"점점 이상해지는군. 차가운 꿩 요리와 부르고뉴 포도주, 초록색 옷과 성경을 내주는 사람은 대체 누구일까? 그 사람은 무엇이든 내줍니까?" 사임은 의자에 앉으며 말했다.

"네, 무엇이든지. 옷 입는 것을 도와드릴까요?" 시종이 엄숙하

---

10. 유대교와 기독교에서 제1일은 일요일이고 제7일은 토요일이므로 제4일은 수요일이다.

게 말했다.

"그래, 어서 입혀주시오!" 사임이 짜증을 내며 말했다.

비록 이 요란한 가장무도회 의상을 경멸하는 척했지만, 그는 청록색의 옷을 입자 왠지 모르게 거동이 자유롭고 자연스럽게 느껴졌다. 그리고 검도 차야 한다는 것을 알게 되자 그의 어린애 같은 환상이 눈을 떴다. 그는 과장된 몸짓으로 어깨의 주름 장식을 쓸어보고, 검을 비스듬히 찬 채, 광대처럼 우쭐거리는 걸음으로 방에서 걸어나왔다. 이런 모습은 그를 가장하기보다는 오히려 본연의 그를 드러냈다.

고발자

복도를 걷던 사임은 높은 계단 꼭대기에 서 있는 서기를 보았다. 그가 이렇게 고상해 보인 적은 없었다. 그는 별다른 장식이 없는 검고 긴 예복을 입고 있었는데, 옷 한가운데에 달린 순백색 띠와 같은 넓은 줄 장식이 마치 한 줄기 빛처럼 보였다.

전체적으로 그의 옷은 엄숙한 제의(祭衣) 같았다. 천지창조의 첫날, 어둠 속에서 빛이 창조되었다는 것을 알리고 기억이나 성경을 뒤질 필요는 없었다. 서기가 입은 옷은 그 상징을 드러내기에 충분했다. 그런데 사임은 이 순백색과 검은색의 조합이 창백하고 냉혹한 서기의 냉혹한 정직성과 그의 차가운 정열이 담긴 영혼을 완벽하게 재현한 것 같다는 생각이 들었다. 서기는 자기 판단에 따라 거침없이 무정부주의자에게 맞서고, 무정부주의자로 가장할 수 있는 사람이었다. 이처럼 느긋하고 아늑한 새로운 환경에서도 그의 눈매가 여전히 단호하다는 것은 별로 놀라운 일이 아니었다. 맥주나 과수원의 향기도 서기의 이성적인 질문을 막지는 못할 것이다.

만약 사임이 자신을 볼 수 있었다면, 그 역시 처음으로 그 누구도 아닌 자기 본연의 모습대로 보이고 있다는 것을 알 수 있었을 것이다. 만약 서기가 태초의 형태 없는 빛을 기리는 철학자를 대표한다면, 사임은 빛을 특별한 모양으로 만들고, 태양과 별들로 분리해내는 시인을 대표했다. 철학자는 가끔 무한을 사랑하지만, 시인은 늘 유한을 사랑한다. 그에게 위대한 순간은 빛이 창조된 순간이 아니라, 해와 달이 창조된 순간이었다.

폭이 넓은 계단을 함께 내려오면서 그들은 어지럽게 나무들을 그려놓은 사냥꾼 차림의 밝은 녹색 옷을 입은 래트클리프를 만났다. 그는 땅과 식물이 창조된 셋째 날을 의미했고, 친근한 냉소가 밴 그의 단정하고 섬세한 얼굴은 그의 옷과 잘 어울렸다.

그들은 오래된 영국식 정원으로 이어지는 넓고 낮은 대문을 지나갔다. 정원 곳곳에 횃불과 모닥불이 빛을 발하고 있었고, 띄엄띄엄 배치된 불빛을 받으며 엄청나게 많은 사람이 알록달록한 옷을 입고 춤을 추고 있었다. 엄청나게 큰 날개를 단 풍차로 가장한 사람도 있었고, 코끼리 옷을 입은 사람도 있었고, 풍선으로 가장한 사람도 있었다. 코끼리와 풍차로 가장한 사람들은 그들의 어릿광대 장난 같은 모험의 실마리를 쥐고 있는 것 같았다. 사임은 야릇한 전율을 느끼며, 자기 몸의 두 배나 되는 큰 부리가 달린 코뿔새로 가장한 사람도 보았다. 코뿔새는 그가 동물원 길을 달릴 때 마치 살아 있는 물음표처럼 그의 상상 속에 들어와 박힌 신기한 새였다. 그러나 그 외에도 수많은 형상이 있었다. 춤추는 가로등, 춤추는 사과나무, 춤추는 배도 보였다. 그것은 어떤 미친 예술가가 연주한 이상야릇한 선율이 들판과 거리에서 볼 수 있는 흔하디흔한 물건들을 영원히 춤추게 했다고 믿게 할 만한 풍경이었다. 그리고 먼 훗날 장년이 되어 세상에서 물러난 사임은 가로등, 사과나무, 혹은 풍차 같은 것들을 볼 때마다 그것들을 떠들썩한 가장무도회장에서 빠져나온 손님들이라고밖에는 생각할 수 없게 되었다.

춤추는 사람들로 떠들썩한 풀밭 한편에는 이런 오래된 정원에서 흔히 볼 수 있는 잔디 테라스가 있었다. 초승달 모양으로 생긴 토대 위에는 일곱 개의 커다란 의자가 놓여 있었다. 그것은 일주일의 일곱 날을 상징하는 옥좌였다.

고골과 닥터 불은 이미 자기 자리에 앉아 있었다. 교수는 막 자리에 앉으려는 참이었다. 화요일인 고골은 물이 갈라지는 모양을 그린 옷을 입고 있었다. 발치까지 내려오는 그 옷에는 드넓게 쏟아지는 비를 회색과 은색으로 그려 놓았다. 덜 정교한 생명체인 새와 물고기가 창조된 날을 대표하는 교수는 짙은 보라색 옷을 입고 있었다. 그의 옷에는 동그란 눈의 물고기들과 이상하게 생긴 열대 새들이 여기저기 그려져 있었다. 교수의 옷은 보는 이에게 깊이를 알 수 없는 환상과 의혹을 품게 했다.

창조의 마지막 날인 닥터 불은 붉은빛과 금빛의 동물들이 그려진 문장으로 뒤덮인 겉옷을 입고 있었는데, 옷의 맨 위에는 두 발로 선 사람의 모습이 그려져 있었다. 그는 마음을 푹 놓은 낙천주의자처럼, 밝은 미소를 띤 채 의자의 등걸이에 기대어 앉아 있었다.

그들은 토대 위로 올라가 각자에게 지정된 이상한 의자에 걸터앉았다. 한 사람씩 자리에 앉을 때마다 군중이 왕에게 환호하듯 연회장에서는 환호성이 울려 퍼졌다. 잔들이 서로 부딪치고 횃불들이 흔들리며 깃털 꽂힌 모자가 하늘 높이 던져졌다. 그 옥좌에 앉은 사람들은 군중의 찬탄을 한 몸에 받았다. 하지만 가운데 자리는 여전히 비어 있었다.

사임은 빈자리 왼쪽에 앉았고 서기는 오른쪽에 앉아 있었다. 빈자리 너머 사임을 바라보면서 서기는 입술을 움직이지 않고 조심스럽게 말했다.

"우리는 아직 그가 정말로 죽지 않았는지 모르고 있죠."

사임이 그 말을 듣는 순간, 그는 마치 머리 뒤에서 하늘이 열리기라도 한 듯, 앞에 있는 사람들의 얼굴이 두려움과 환희로 물드는 것을 보았다. 일요일은 그림자처럼 소리 없이 그들 앞으로 걸어와 가운데 자리에 앉았다. 그는 순수하고도 소름 끼치도록 희고 소박한 긴 옷을 입고 있었고, 그의 머리카락은 마치 그의 이마에서 피어오른 은빛 불꽃 같았다.

오랜 시간 —몇 시간처럼 여겨졌다— 다양한 모습으로 가장한 수많은 사람이 신 나는 행진곡에 맞춰 그들 앞에서 발을 구르며 춤을 추었다. 춤추는 모든 쌍이 각각 별개의 로맨스 같았다. 그 로맨스는 우체통과 춤추는 요정일 수도 있고, 달과 춤추는 처녀 농군일 수도 있었다. 그러나 어떤 경우든 그것은 이상한 나라의 앨리스처럼 야릇하고, 사랑 이야기처럼 장중하면서도 달콤했다.

그러나 연회장을 가득 메웠던 사람들이 점점 줄어들기 시작했다. 둘씩 짝을 지어 정원 산책로를 거닐거나, 건물 끝으로 걸어가기 시작했는데, 그곳에는 생선 냄비처럼 생긴 커다란 냄비에서 풍기는 오래 묵은 맥주나 포도주의 훈향이 감돌고 있었다. 지붕의 까만 서까래 위에서는 어마어마하게 큰 화톳불이 쇠로 만든 단지 속에서 화르르 타오르며 집터를 널리 밝혔다. 그 불빛은 회색과 갈색의 넓은 숲에 따스한 분위기를 만들어주었고, 높은 밤하늘의 공허함마저 온기로 채워주는 것 같았다.

그러나 시간이 지나면서 그 불빛조차도 희미해졌다. 어둠 속에서 사람들은 웃고 떠들며 거대한 냄비 주위로 모여들거나, 그곳을 지나쳐서 유서깊은 저택 안으로 들어갔다. 곧 정원에는 열 명 정도의 사람밖에 남지 않았다. 곧 네 명이 남았다. 마침내 어슬렁거리며 연회를 즐기던 마지막 사람이 요란스럽게 친구들을 부르며 집 안으로 뛰어 들어갔다. 불빛은 스러지고 뒤늦게 나타났지만 끈기 있는 별들이 모습을 드러냈다. 그리고 일곱 명의 남자는 돌 의자 위에 조각된 일곱 개의 석상처럼 홀로 남았다. 그들 가운데 누구도 입을 열지 않았다.

그들은 전혀 급할 것이 없다는 듯 풀벌레 울음소리와 어렴풋한 새의 노래를 조용히 듣고 있었다. 그때 일요일이 대화를 시작하는 것이 아니라, 이미 시작된 대화를 이어가는 것처럼 꿈꾸는 듯한 말투로 말했다.

"먹고 마시는 것은 나중에 하지. 우리는 그동안 너무나 고달프게, 그리고 너무나 오랫동안 싸웠으니 잠시만 더 앉아 있자고. 나는 자네들이 항상 영웅이었던 그 영웅적인 투쟁의 시간 밖에 떠올릴 것이 없군… 서사시에 대한 서사시, 〈일리아드〉에 대한 〈일리아드〉라고나 할까? 그리고 자네들은 언제나 전우였지. 그것이 최근의 일이었는지, (사실, 시간이란 것은 별로 문제 되지 않으니까) 아니면 처음부터 그랬는지는 모르겠지만, 나는 자네들을 전장에 보냈네. 나는 아무 창조물도 존재하지 않는 어둠 속에 앉아 있었고, 자네들에게 나는 그저 용맹과 초인적인 미덕을 명하는 목소리일 뿐이었어. 자네들은 어둠 속에서 그 목소리를 듣고, 그 이후로 다시는 듣지 못했지. 하늘에 뜬 태양도 그 목소리를 부정했고, 땅과 하늘도 그것을 부정했고, 모든 인간의 지혜도 그것을 부정했어. 그리고 낮에 내가 자네들을 만났을 때 나 자신도 그것을 부정했지."

사임은 자리에 앉은 채 신경질적으로 몸을 뒤척였으나, 그 외에는 모든 것이 잠잠했고, 이해할 수 없는 일요일의 말이 계속 이어졌다.

"하지만 자네들은 남자다웠지. 삼라만상이 고통의 수레바퀴를 돌리며 자네들에게 주어진 비밀스러운 명예를 뺏으려고 했지만, 자네들은 그 명예를 저버리지 않았어. 나는 자네들이 지옥 언저리에까지 갔었다는 것을 알아. 목요일은 사탄의 왕과 칼을 맞댔고, 수요일은 희망 없는 시간에 나를 고발했지."

별빛이 빛나는 정원에서는 아무 소리도 들리지 않았고, 냉정한 검은 눈썹의 서기는 의자에 앉은 채 일요일을 향해 몸을 돌리더니 냉혹한 목소리로 말했다.

"당신은 누구이며 당신의 정체는 무엇입니까?"

"나는 안식일이다." 일요일이 미동도 하지 않고 대답했다.

"나는 하느님의 평화다."

서기는 벌떡 일어나서 그의 비싼 옷을 손으로 짓구겼다.

"나는 당신이 뭘 의도하는지 압니다." 그가 외쳤다.

"그리고 바로 그것 때문에 나는 당신을 용서할 수 없습니다. 나는 당신이 만족, 낙천, 그리고 사람들이 궁극적인 화해라고 부르는 것임을 잘 압니다. 그런데 나는 당신과 화해하지 못했어요. 만약 당신이 그 어두운 방에 있던 남자라면, 왜 태양을 모욕하는 '일(日)요일'이란 이름을 사용합니까? 애초에 당신이 우리의 아버지이며 우리의 친구라면, 왜 당신은 우리에게 최악의 적이기도 한 거죠? 우리는 울부짖었고, 두려움에 질려 도망쳤습니다. 차가운 칼날이 우리의 영혼을 후벼 팠습니다… 그런데도 당신이 하느님의 평화라니! 아, 하느님의 분노는 온 세상을 파괴했지만, 나는 하느님의 분노를 용서할 수 있습니다. 하지만 나는 하느님의 평화는 용서할 수 없습니다."

일요일은 아무 말도 하지 않았으나, 마치 뭔가를 묻듯이 그 바위 같은 얼굴을 사임에게 돌렸다.

"아닙니다." 사임이 대답했다.

"저는 그런 험악한 감정을 느끼지 않아요. 저는 당신이 여기서 준 포도주와 호의뿐만 아니라, 그간 벌어졌던 호쾌한 추격과 자유로운 격투에 대해서도 감사합니다. 그러나 알고 싶군요.

제 영혼과 심장은 이 오래된 정원만큼이나 기쁘고 고요하지만, 제 이성은 여전히 울부짖고 있어요. 저는 알고 싶습니다."

일요일은 래트클리프를 바라보았고, 그는 분명한 목소리로 말했다.

"당신이 양쪽 편에 서서 자신과 싸워야 했다는 것이 너무도 어리석소."

"나는 아무것도 이해하지 못하지만, 그래도 행복해요. 사실은 잠들려는 참이에요." 불이 말했다.

"나는 행복하지 않아." 교수가 손으로 머리를 감싼 채 말했다. "왜냐면 나는 이해가 안 되거든. 당신은 나를 지옥 가까운 곳에서 너무 오랫동안 헤매게 했어."

"나는 왜 내가 이렇게 아픈지 알았으면 좋겠어요." 고골은 아이처럼 아주 단순하게 말했다.

일요일은 내내 아무 말 없이, 강인한 턱을 손으로 괴고 먼 곳을 바라보며 앉아 있었다. 그러더니 마침내 그가 말했다.

"순서대로 자네들의 호소를 들었네. 그런데 내 생각에는 또 뭔가를 호소할 사람이 오는 것 같으니 그의 말도 들어보겠네."

거대한 등롱 속에서 꺼져가는 불빛이 마지막으로, 마치 불타오르는 황금 막대기처럼 생긴 긴 빛줄기를 어두운 풀밭을 향해 토해냈다. 어둠 속에서 빛나는 이 빛의 띠 속에서 검은 옷을 입고 다가오는 사람의 다리 윤곽이 드러났다. 그는 이 집의 시종들이 입는 것과 같은 산뜻하고 단정한 양복에 반바지를 입고 있었으나, 그의 옷은 파란색이 아니라 완전한 검은색이었다. 그는 이 집 시종들과 마찬가지로, 옆구리에 칼을 차고 있었다. 그가 초승달 모양으로 둘러앉은 여섯 명에게 가까이 다가와 그들을 보려고 고개를 들었을 때, 사임은 번갯불이 내리친 듯 명확하게, 그 사람의 얼굴이 그의 오랜 친구 그레고리의 기름진 빨간 머리에 무례한 미소를 띤 넓적하고 원숭이 같은 얼굴이라는 것을 발견했다.

"그레고리 씨! 당신이야말로 진짜 무정부주의자로군요!" 사임이 의자에서 거의 몸을 일으키며 숨 가쁘게 외쳤다.

"그래. 나는 진짜 무정부주의자야." 그레고리가 위협적이고 억눌린 목소리로 말했다.

"하루는 하나님의 아들들이 와서 여호와 앞에 섰고 사탄도 그들 가운데에 온지라."[1] 정말 잠들어 있었던 듯한 불이 속으로 중얼거렸다.

"자네 말이 맞아. 나는 파괴자다. 할 수만 있다면 이 세계를 파괴할 거야." 그레고리가 주위를 둘러보며 말했다.

그 순간, 사임의 마음 깊은 곳에 오랫동안 묻혀 있던 연민이

---

1. 구약성서 욥기 1장 6절.

깨어났고, 그는 불쑥 말을 꺼냈다.

"아, 세상에서 가장 불행한 사람 같으니. 행복해지려고 노력해봐요! 당신도 당신 여동생과 똑같이 빨간 머리잖아요." 그가 외쳤다.

"내 빨간 머리는 빨간 불꽃처럼 온 세계를 태워버릴 거야. 나는 내가 모든 평범한 사람이 무엇인가를 증오할 수 있는 것 이상으로 모든 것을 증오한다고 믿었지. 하지만 이제 나는 내가 어떤 것도 자네를 증오하는 것만큼 증오하지 않는다는 것을 알았어!" 그레고리가 말했다.

"저는 한 번도 당신을 증오한 적이 없어요." 사임이 아주 슬프게 말했다.

그러자 이 어리석은 피조물은 벼락처럼 최후의 분노를 터뜨렸다.

"너!" 그가 외쳤다.

"너는 한 번도 제대로 살아본 적이 없기 때문에 증오한 적도 없는 거야. 나는 너희가 어떤 놈들인지, 머리부터 발끝까지 알아… 너희는 권력을 가진 사람이지! 너희는 경찰이야… 파란 제복 단추를 잠그고 실실 웃는 뚱뚱한 놈들 말이야! 너희는 법이고, 한 번도 짓밟혀본 적이 없지. 하지만 지금까지 너희 놈들이 짓밟힌 적이 없다고 해서, 세상에 너희를 짓밟고 싶어 하지 않는 자유로운 영혼이 단 하나라도 있을까? 우리는 정부가 저지른 온갖 자질구레한 죄에 대해 구역질을 하며 온갖 헛소리를 하곤 하지. 그건 모두 바보짓이야! 정부의 유일한 죄는 통치한다는 거야. 지고한 힘은 지고하기 때문에 용서할 수 없는 죄악이고. 나는 너희가 잔인하다는 이유로 너희를 저주하지 않는다. 나는 너희가 선량하다는 이유로 (너희를 저주하고 싶어질지도 모르겠지만) 너희를 저주하지 않아. 나는 안전한 곳에 있는 너희를 저주해! 너희는 옥좌에 앉아서 절대로 거기서 내려오지 않았지. 너희는 하늘에 사는 일곱 천사이고, 어떤 곤경에도 처하지 않았어. 아, 만약 내가 겪었던 진정한 괴로움을 너희가 한 시간만이라도 겪었다면, 난 너희가 모든 인류 위에 군림하는 것도, 너희가 저지른 모든 짓도 용서할 수 있을…"

사임은 머리에서 발끝까지 부들부들 떨며 일어났다.

"이제야 알겠습니다." 그가 외쳤다. "왜 지구상에 존재하는 모든 것이 다른 모든 것에 맞서야 할까요? 왜 세상에 존재하는 작은 것들이 세상 그 자체에 맞서야 하는 걸까요? 왜 파리는 우주 전체에 맞서야 하죠? 왜 민들레 한 송이가 우주 전체를 대적해야 할까요? 같은 이유로 저도 이 두려운 일주일의 협의회에서 홀로 맞서야 했습니다. 법을 지키는 모든 사람이 무정부주의자들과 진배없이 명예롭고 고고하게 살 수 있게 하기 위해서요.

그리고 질서를 위해 싸우는 모든 사람이 무정부주의자만큼이나 용감하고 선량하게 살 수 있게 하기 위해서요. 사탄의 거짓말이 사탄에게로 되돌아가게 하기 위해서, 눈물과 괴로움으로 사탄에게 '이 거짓말쟁이야!'라고 말할 자격을 얻기 위해서요. 우리를 비난하는 당신 같은 사람에게 '우리도 역시 괴로워했답니다'라고 말할 자격을 얻으려면 어떤 괴로움도 비싸다고 할 수 없을 겁니다.

우리가 짓밟힌 적이 없다는 말은 사실이 아닙니다. 우리는 수레바퀴 아래 짓밟혔어요. 우리가 이 옥좌에서 내려온 적이 없다는 말은 사실이 아닙니다. 우리는 지옥으로 떨어졌었어요. 당신 같은 사람이 우리의 행복을 질타하러 오만하게 걸어오고 있을 때에도, 우리는 기억에서 지울 수 없는 고통을 호소하고 있었습니다. 저는 그 비난을 단호히 거부합니다. 우리는 행복하지 않았어요. 지금까지 비난받아온 위대한 법의 준수가 모두를 대신하여 변호해줄 겁니다. 적어도…"

사임은 갑자기 눈을 돌려 야릇한 미소를 띤 일요일의 거대한 얼굴을 쳐다보았다.

"당신은…" 그는 두려움에 질린 목소리로 외쳤다.

"당신은 괴로워해본 적이 있습니까?"

그가 바라보는 사이에 그 거대한 얼굴은 엄청나게 커지더니,

멤논[2]의 거대한 가면보다 더 커져서 사임은 아이처럼 비명을 질렀다. 그 얼굴은 점점 더 커지고 또 커져서 하늘을 가렸다. 그러더니 모든 것이 까맣게 변해버렸다. 암흑이 그의 뇌를 완전히 잠재우기 전에 그는 어둠 속에서 그가 어디선가 들었던 익숙한 구절을 말하는 아련한 목소리를 들은 듯싶었다.

"너희가 나의 마시는 잔을 마실 수 있겠느냐?"[3]

ㅋㅋㅋㅋㅋㅋㅋ

책에 등장하는 인물들이 잠에서 깨어날 때, 그들은 흔히 잠들었던 바로 그 자리에서 일어난다. 그들은 의자에서 기지개를 켜거나, 전장에서 상처 입은 팔다리를 돌본다. 보편적인 시각으로 보기에 사임이 그때까지 겪은 일들에 비현실적인 구석이 있다면, 이번에 겪은 일은 그보다 훨씬 이상야릇한 경험이었다. 후일에도 그는 일요일 앞에서 기절했던 일은 기억했지만, 자신

---

2. 사임이 어릴 적에 대영박물관에 있는 멤논의 가면이 너무 크고 무서워서 똑바로 바라볼 수 없었던 일화가 앞에 언급되었다.
3. "예수께서 가라사대 너희 구하는 것을 너희가 알지 못하는도다. 너희가 나의 마시는 잔을 마시며 나의 받는 세례를 받을 수 있느냐(마가복음 10장 38절)"의 일부분. 예수의 제자 가운데 야고보와 요한이 한 사람은 예수의 오른쪽에, 또 한 사람은 왼쪽에 앉게 해달라고 하자 예수가 들려준 대답.

이 어떻게 여기까지 왔는지는 전혀 기억하지 못했다.

그는 느긋하고 말 잘하는 친구와 줄곧 시골길을 걷고 있었다는 것을 조금씩, 자연스럽게 깨닫게 되었을 뿐이라는 것밖에는 아무것도 기억나지 않았다. 그 친구는 최근에 일어난 그의 극적인 모험 한 부분을 차지하는 사람이었다. 그는 바로 빨간 머리의 시인 그레고리였다. 그들은 오랜 친구처럼 함께 거닐고 있었고, 뭔가 소소한 것에 대해 한참 이야기하던 중이었다. 그러나 사임은 이상할 정도로 투명해진 그의 육체와 유리알처럼 명료해진 그의 정신밖에 느낄 수 없었다. 그것들은 지금껏 그가 말하거나 행동으로 옮겼던 모든 것보다 더 중요한 것 같았다. 그는 그럴 리 없다고 느낄 정도로 좋은 소식에 마음을 사로잡혔다. 그 소식은 다른 모든 것을 소소한 것으로, 그러나 소소하고도 아름다운 것으로 느끼게 했다.

세상 모든 것을 물들이면서 해맑고 수줍게 동이 트고 있었다. 마치 자연이 처음으로 노란색으로 변하려고 했다가, 또다시 처음으로 장밋빛으로 변하기를 시도한 것 같았다. 산들바람이 너무나 상쾌하고 달콤해서, 하늘이 아니라 하늘에 난 구멍을 통해 불어오는 것 같았다. 사임은 그의 주위에, 그리고 길 양쪽에 새프론 파크의 빨갛고 비뚤배뚤한 집들이 늘어선 것을 보고 놀랐다. 그는 자신이 이렇게 런던 가까운 곳을 걷는 줄을 모르고 있었던 것이다. 그는 마음 가는 대로 새들이 뛰며 노래하는 하얀 길을 걸어가다가, 울타리가 쳐진 정원을 발견했다. 그 정원에서 그는 황금빛으로 빛나는 붉은 머리를 가진 그레고리의 여동생이 타고난 소녀다운 정숙함이 밴 고결한 몸짓으로 아침식사 전에 라일락 가지 치는 모습을 한동안 바라보았다.

작품 해설

마틴 가드너

마틴 가드너(Martin Gardner)
1914년 미국 오클라호마 툴사에서 태어났다. 수학, 과학에 대한 글을 썼으며 마술과 유사과학, 철학, 과학적 회의주의와 종교에 관심을 보였다. 1956년부터 1981년까지 미국 과학 잡지에 수학적 게임에 관한 글을 연재했고 그와 관련된 70여 편의 저술을 남겼다.

《목요일의 남자》

-체스터튼의 명작에 대한 재조명-

G. K. 체스터튼의 걸작 《목요일의 남자》는 신학적 논쟁의 가장 심오한 두 가지 주제, 즉 인간의 자유의지와 거대하고 사악한 악마의 존재를 주제로 삼은 소설이다. 이 둘은 서로 밀접하게 연관되어 있다.

체스터튼이 '악몽'이라는 부제를 붙인 이 익살스러운 환상소설에서, 무정부주의는 자유의지를 상징한다. 성 아우구스티누스[1]와 여러 교파의 수많은 신학자가 말했듯이 인간이 자유의지로 저지르는 온갖 악행은 바로 그 자유의지를 위해 치르는 대가이다. 만약 우리가 전적으로 유전자와 주위 환경이 조종하는 뇌의 지시에 따라 행동한다면, 우리는 진공청소기처럼 자유의지도 없고 자아를 인식하지도 못하는—결국 둘 다 같은 말이지만— 자동인형과 같은 존재일 것이다.

그러나 우리는 자동인형이 아니다. 우리는 선과 악이 무엇인지를 알며, 일정한 제한 안에서 그 둘 사이에서 하나를 자유롭게 선택한다. 이

---

1. 354~430. 서방 교회의 4대 교부 중 한 사람으로 초대 캔터베리 대주교였다. 《고백록》을 썼다.

상하게도 우리의 행동은 완전히 계획된 것도, 또 우리 머릿속에서 던져지는 작은 주사위가 결정하듯 완전히 무작위적인 것도 아니다. 그것은 의지와 의식의 신비스럽고도 불가사의한 패러독스다.

"모든 것이 보입니다." 가브리엘 사임은 이 책의 마지막 장에서 이렇게 외친다.

"왜 지구상에 존재하는 모든 것이 다른 모든 것에 맞서야 할까요? (…) 법을 따르는 모든 사람이 무정부주의자들과 진배없이 명예롭고 고고하게 살 수 있게 하기 위해서요."

체스터튼 시대의 무정부주의 운동과 광신적인 폭탄 테러리스트들은 다행히도 사라졌지만, 무정부주의자 개개인은 아직도 우리 사이에 존재한다. 티모시 맥베이[2]는 연방정부에 환멸을 느끼고 오클라호마 연방건물을 폭파했다. 테드 카잔스키[3]는 현대기술에 환멸을 느껴 폭파사건을 일으켰다. 이스라엘과 미국을 증오하는 이슬람 극단주의자들은 건물과 비행기를 폭파한다. 아일랜드의 가톨릭 신자와 신교 신자들은 서로 증오하여 폭탄을 던진다. 이런 일들은 우리가 자유의지라는 불가사의한 선물의 대가로 치르는 끔찍한 사건 가운데 일부이다.

---

2. 1995년 168명의 목숨을 앗아간 오클라호마 연방건물 폭파의 주범. 죽기 직전 그는 '내가 내 운명을 결정하고 내가 스스로 내 영혼을 지배한다'라는 내용의 윌리엄 헨리의 시 '인빅터스'(정복되지 않은 자)를 자필로 써 제출한 것으로도 유명하다.
3. 버클리 대학에서 수학교수로 재직하다가, 기술의 진보가 인간을 망치는 주범이라고 판단하고 그에 맞서 싸우려는 시도로 17여 년간 사업가, 과학자 등 다양한 사람들에게 편지 폭탄을 보낸 인물.

랄프 바턴 페리의 《윌리엄 제임스의 생각과 성격》 1권(1935, 158p)에 인용된 편지에서, 윌리엄 제임스[4]의 아버지 헨리는 이렇게 말했다.

"창백하고, 특징 없고, 비참할 정도로 무미건조하고, 생기 없는 어떤 영적인 존재를 상상해보게. 감상적인 신, 지성은 너무도 편협하고 연약하며 손놀림은 둔한 신이 자기 일을 스스로 처리하고 제대로 자기 앞가림을 할 수 있는 신 같은 인간을 만들 수 없어서, 그저 삼키고, 소화하고, 남을 따라 하는 것밖에 모르는, 동물 같은 영적인 존재를 만드는 데 만족했다고 상상해보게. (…) 이런 생명체에는 삶이란 것이 있을 수 없지. 대부분 그들은 존재하는 것조차 버거울 거야. 삶이란 개성이나 특성을 뜻하네. 그리고 개성이나 특성이란 것은 결코 남에게 줄 수 없고, 또 서로 전할 수도 없으며, 다만 끊임없이 인간의 행동 범위 안으로 끼어들어 가려는 악마의 사악한 작용에 의해서만 내면에서 밖으로 표출되는 것일세. 만약 신이 그저 영혼이 담긴 주머니를 만들고 그 안에 자신의 숨결을 불어넣어 영원토록 가게 했다면, 물론 악마는 그 주머니의 삶에 개입하지 못하겠지. 그러나 신은 주머니를 싫어하시고, 당신의 가슴과 머리, 손을 본떠 창조하신 인간만을 사랑하시는 걸세."

---

4. 1842~1910. 미국의 심리학자이자 철학자. '의식의 흐름(Stream of Consciousness)'이라는 용어를 처음 사용하였다.

맥베이가 던진 폭탄에 살해당한 168명은 마치 지진이 건물을 뒤엎듯 이유 없이 살해당했다. 이것은 체스터튼의 《목요일의 남자》에서 다루는 또 하나의 심오한 논쟁거리인, 불가사의하리만큼 악마적인 자연의 모습을 부각한다. 물론, 이 주제는 무신론자에게는 전혀 불가사의할 것이 없다. 그저 세상이 돌아가는 이치일 뿐이다. 그러나 이 주제는 어떤 종교이든 신을 믿는 사람에게는 가장 소름 끼치는 불가사의이다. 어떻게 전능하고 자비로운 신께서 이런 이유 없는 고통 앞에서 침묵하시는 것일까? 마치 고골이, 어머니에게 묻는 어린아이처럼 일요일에게 이렇게 물었듯 말이다. "왜 내가 이렇게 아픈지 알았으면 좋겠어요."

이렇게 많은 고통이 세상에 존재한다는 사실은 무신론자들의 주장에 가장 큰 힘을 실어주었다. 지층의 압력에 의해 생기는 지진은 수천 명의 인명을 앗아간다. 어린이들도 암으로 죽는다. 수백만 명이 14세기 흑사병 같은 전염병에 걸려 목숨을 잃을 수도 있다.

신을 믿는 사람이 무신론자의 예봉―신이 악의적이거나 혹은 신은 없다는 주장―을 피할 유일한 방법은 자연을 현실의 '등'이라고 생각하는 것이다. 던세이니 경[5]이 "우리가 아는 들판"이라고 즐겨 부르던 곳 너머에는 더 넓고, 지금껏 우리가 한 번도 본 적이 없는 세계가 펼쳐진다. 논리적으로는 그것의 존재를 입증할 수 없고, 과학 역시 그 세계를 꿰뚫

---

5. 1878~1957. 18대 던세이니 남작이며 '던세이니 경'이라는 필명으로 초기 환상소설을 여러 편 쓴 것으로 유명하다.

어보지 못하지만, 신앙의 힘을 통해 인간은 신이 역사하는, 도저히 인간의 지혜로서는 알 수 없는 무덤 너머에 펼쳐진 삶을 내다봄으로써 절망에서 벗어날 수 있다. 이것이 신학의 심장부에서 반짝이는 위대한 희망이며, 체스터튼의 멜로드라마 같은 이 소설의 핵심이다.

지난 수십 년간 많은 독자가 '일요일'이 누구인가를 이해하지 못했다. F. 스콧 피츠제럴드의 《천국의 이편(This side of paradise)》의 첫 장을 보면 주인공이 《목요일의 남자》를 이해하지 못하면서도 좋아했다는 이야기가 나온다. 애버딘 프리 출판사에 서평을 보낸(1908년 3월 12일) 익명의 서평자는 G. K. 체스터튼의 "멋진 글솜씨" 덕에 즐겁게 책을 읽었지만, 대체 이 소설이 무엇을 뜻하는지 "도무지 감을 못 잡고" 책을 내려놓았다는 말로 서평을 마무리했다.

그렇다면, 일요일은 대체 누구일까? 체스터튼은 그의 소설에서만이 아니라 다른 언급을 통해서도 일요일이 누구인지를 명쾌하게 풀이해 놓았다. '일요일'은 신의 존재를 떼어놓고 본 자연, 혹은 우주이다. 유대교, 기독교, 이슬람교의 신에는 신학자들이 흔히 '초월'과 '내재'라고 부르는 양면성이 있다. 신은 우주 저 너머에 있으며 우리가 이해할 수 없는 존재지만, 그와 동시에 성경에 쓰여 있듯 우리의 숨결보다 더 가까우며, 코란에 쓰여 있듯 우리 목의 동맥보다도 더 가까운 존재다. '일요일'은 신의 내재성을 표현하는 존재다. 그는 자연이고, 우주이며, 우리들의 안녕에는 완벽하게 무관심한, 신에 의해 정해지고 유지되는 자연계의 법칙에 따르는 자이다.

자연과 마찬가지로, '일요일' 역시 전면과 이면이 있다. 그의 이면은 체스터튼이 자신의 저서 《다양성의 용도(The Uses of Diversity)》 9장에서 언급했던, "초자연적인 괴물"과 같은 것이다. 그의 전면은 천사처럼 보인다. 자연은 우리에게 무수히 많은 은혜를 베풀어, 우리로 하여금 살아 있어서 기쁘고 감사하다고 생각하게 하지만, 동시에 자연은 무작위로 지진을 일으켜서 순식간에 도시 전체를 파괴할 수도 있다. 자연은 홍수를 일으켜 우리를 익사시킬 수 있고, 돌풍과 전염병으로 우리를 전멸시킬 수도 있다. 결국, 자연은 우리를 죽음으로 몰고 갈 것이다.

무신론자든 신앙인이든, 자연은 우리가 살든 죽든 심지어 전 인류의 생존과 파멸에 대해서도 전혀 상관하지 않는다는 사실을 직시해야 한다. 언젠가 거대한 혜성이나 소행성이 지구와 충돌해서 지구의 모든 생명이 사라지지 않으리라는 보장은 없다. 어쩌면 인간은 핵전쟁을 일으켜 자멸할지도 모른다. 인류가 공룡처럼 멸종하지 않으리라는 보장은 없다.

체스터튼의 《목요일의 남자》에는 '일요일'이 무신론적인 자연이라는 암시가 여기저기서 발견된다. 그는 어마어마하게 거대하고 형체가 없다. 그가 일어설 때면 그의 몸이 하늘을 온통 가리다시피 한다. 그의 방과 옷은 깔끔하지만, 그는 정신이 나간 자고, 그의 큰 눈은 갑자기 멀어 버리기도 한다. G. K. 체스터튼이 그에게 파란 눈동자를 부여한 이유는 그것이 하늘의 색깔이기 때문일까? '일요일'의 백발은 그가 나이를 많이 먹었음을 뜻한다. 소설에서 그는 절대 잠을 자지 않는 것으로 묘사된다. 신의 편재(遍在)처럼, 그는 동시에 여섯 곳에 나타날 수 있다. 그는 사람을 "파리 죽이듯" 없앨 수도 있다. 그는 인간처럼 생겼지만, 사실은 "인간이 아니다". 그는 마치 판처럼, 반은 인간이고 반은 동물이다.

래트클리프는 이렇게 말한다.

"일요일이 지배하는 세상에서 우리는 티끌 같은 존재야."

'일요일'을 아는 사람은 마치 "신의 손가락"을 두려워하듯 그를 두려워한다. 누가 우주 ─수십억 개의 은하와 그 은하 하나하나마다 빛나는 수십억 개의 별들─ 를 바라보며 놀라움과 공포에 사로잡히지 않을 수 있을까? 월요일에서 토요일까지의 여섯 명이 '일요일'에 대해 보이는 반응도 바로 이와 같다. '일요일'은 루돌프 오토가 《성스러움에 대한 사고(The Idea of the Holy)》에서 '소름 끼치는 신비(mysterium tremendum)'라고 표현한, 경외심과 공포가 섞인 기묘한 감정을 불러일으킨다.

체스터튼은 신에게 유머감각이 있다고 상상했다. '일요일'은 "구역질나는 살아 있는 젤리"처럼 몸을 떨며 웃는 "물체"로 묘사된다. 자연 역시 익살스러운 면모가 있다. 자연은 우리가 보기 전까지는 결코 상상할 수 없었을 "너무나 황당하면서도 단순한" "기분 좋은 장난"을 좋아한다. 펠리컨이나 코뿔새, 코끼리 같은 장난들 말이다.

한때 아인슈타인은 신(여기서 그가 뜻하는 신은 '자연'이나, 스피노자가 말하는 '신'이다)이 '교묘하지만, 악의는 없는 존재'라고 말했는데, 이 말은 자주 인용된다. 그러나 그 후에 양자역학이 발전한 이후에 아인슈타인이 편지에서 어쩌면 자신이 잘못 생각한 것인지도 모르고, 어쩌면 신은 정말 악의적인 존재일지도 모른다고 했던 것은 잘 알려지지 않았다.

아인슈타인은 지진이나 역병 같은 악의적인 신의 역사 —스피노자가 말한 신은 이런 일에 무관심하다— 가 아니라, 양자이론의 여러 가지 난해한 패러독스를 염두에 두고 있었다. 아인슈타인과 두 동료 이름의 첫 글자를 딴 그 악명 높은 EPR 패러독스를 떠올려보라. 한 쌍의 입자는 그 입자를 반대 방향으로 쏘아 보내는 반응에 의해 생성된다. 그들이 생성되려면 정반대의 스핀이 있어야 한다. 양자이론에서 스핀은 측정되기 전까지는 방향이 없다. 그러나 입자들이 얼마나 멀리 떨어져 있건, 어쩌면 몇 광년 정도 떨어져 있다 하더라도, 만약 한 입자의 스핀이 측정된다면 그들은 서로 "얽혀" 있으며, 두 입자 간의 파동함수는 "붕괴"되며, 그 즉시 두 번째 입자에는 스핀이 측정된 입자의 스핀과는 반대방향의 스핀이 생긴다.[6]

아인슈타인은 이것을 "저 멀리서 벌어지는 으스스한 작용"이라고 불렀다. 이 패러독스는 입자들이 항상 한 입자의 스핀이 측정되면 붕괴하는 파동함수를 가진 동일한 양자계에 속해 있다는 설명으로는 풀이되지 않는다. 불가사의한 점은 상대성의 원리에 의해 정보가 빛보다 더 빨리 이동하는 것이 불가능한데 어떻게 입자들이 서로 얽혀 있는지, 또는 "연관되어 있는지"이다. 말년의 아인슈타인에게 EPR 패러독스는 "노회한 신"의 악의적인 장난 가운데 하나였다.

자연에는 아직도 설명되지 않은 기분 좋은 장난들이 수없이 넘쳐난다. 그것들에 대해 탐구하던 과학자들은 종종 엉터리 같은 해답을 얻는다. 지금 천문학자들은 우주가 몇몇 별보다 더 젊다는 사실을 암시하는 자료를 보고 할 말을 잃고 있다. 체스터튼이 특히 좋아했던 구약의 〈욥기〉에서 욥은 신에게 왜 자신처럼 선량한 사람이 이런 고통을 당해야 하는지 대답을 들으려고 안간힘을 쓴다. 신은 다른 질문을 던짐으로써 욥의 질문에 간접적으로 대답한다[7]. 대체 네가 무엇이라고 네 창조주의 지혜와 의도를 의심하느냐고 신은 묻는다. 내가 우주를 창조할 때 너는 어디 있었느냐고 신은 묻는다. G. K. 체스터튼은 자신의 수필에서 이렇

---

6. 전자나 양전자와 같은 입자는 자신의 축을 중심으로 자전한다. 스핀은 특정한 축을 중심으로 우측으로 돌거나 좌측으로 돈다. 특정한 전자에 어떤 스핀이 있는지는 측정하기 전까지는 알 수 없다. 측정하기 전에는 스핀 업과 스핀 다운이 중첩된 상태에 있으며, 정해지지 않은 스핀의 무한한 가능성을 파동함수라고 한다. 그러나 측정하면 두 가지 스핀 중의 하나로 확정된다. 이것을 '파동함수의 붕괴'라고 한다. 그런데 두 입자는 항상 스핀이 반대여야 하므로, 둘 중 하나의 스핀을 측정해서 스핀 값을 확정하면 다른 입자의 스핀 값은 반대 방향으로 정해져야 한다. 이렇게 하나의 입자가 어떤 물리량을 가지느냐에 따라 다른 입자가 가져야 하는 물리량이 정해지는 두 입자를 '얽힘 상태'에 있다고 말한다.

7. 욥기 38~39장. 욥의 질문에 여호와는 '내가 땅의 기초를 놓을 때에 네가 어디 있었느냐', '바닷물이 넘쳐 흐를 때 그것을 막은 자가 누구냐', '광명의 처소는 어느 길로 가며 흑암의 처소는 어디냐' 등 수수께끼 같은 질문을 던진다.

게 썼다.(《The Defendant》, 1907) "일리아드는 모든 삶이 전쟁이기에 위대하며, 오디세이는 모든 삶이 여행이기에 위대하며, 욥기는 모든 삶이 수수께끼이기에 위대하다."

《목요일의 남자》가 출간되기 1년 전인 1907년, 체스터튼은 〈욥기〉의 해설을 썼다. 개리 윌스[8]는 《목요일의 남자》에 붙인 자신의 서문에서, 이 해설문을 체스터튼의 "가장 중요한 글로서, 평생 그에게 가장 큰 영향을 미쳤던 글에 대한 해설"이라고 표현했다. 윌스는 그 해설이 "거의 소설의 서평이라고 해도 될 정도"라고 썼다.

책의 마지막 장면에 나오는 무정부주의자 중앙위원회와 고발자는 욥기를 그대로 본뜬 것이다. 코로 나팔소리를 내는 코끼리와 신기한 동물들에 둘러싸여 벌어졌던 탈주극은 여호와가 욥에게 해주었던 온갖 동물 이야기를 약간 본뜬 것이다. 욥이 베헤모스[9]를 통해 답을 얻었듯이, 사임은 코끼리를 보고 깨닫는다. 불이 다음의 성경 구절을 인용함으로써 독자들은 소설과 욥기 사이의 관계를 확실히 알게 된다. "하루는 하나님의 아들들이 와서 야훼 앞에 섰고 사탄도 그들 가운데에 온지라"[10]

---

8. 1934~ . 미국의 저명한 역사학자이자 정치학자. 22살 때 〈내셔널 리뷰〉지에 〈타임〉지를 비꼬는 글을 기고하면서 집필 활동을 시작했으며, 이후 조지 워싱턴부터 에이브러험 링컨, 리처드 닉슨, 케네디 가, 로널드 레이건에 이르기까지 미국의 정치, 문화, 종교 등에 대한 30여 권의 책을 출간했다.
9. 욥기 40장에 나오는 괴물의 이름. 여호와는 욥기 40장에서 '베헤모스'라는 어마어마한 괴물을 언급하며, 여호와가 창조한 이 괴물조차 대적할 수 없는 욥이 어떻게 여호와에게 대답을 요구하며 여호와를 책망하느냐고 되묻는다.

'일요일'이 런던에서 추격자들에게 던진 허튼소리가 적힌 쪽지들은 신이 욥의 질문에 대해 회피하듯 주었던 뜬금없는 대답들을 패러디한 것이다. 자연은 항상 과학자들이 헤아릴 수 없는 현상을 일으킨다. 아무도 일요일을 잡을 수 없다. 아무도 왜 우주가 존재하는지, 혹은 왜 우주가 이런 방식으로 만들어졌는지를 궁극적으로 알아내지 못할 것이다.

"내가 무엇이냐고?" 일요일은 13장에서 이렇게 고함친다. (그는 '누구'라고 하지 않고 '무엇'이라고 말했다.) 그는 절대로 과학이 모든 것을 밝혀내진 못할 것이라고 덧붙인다. "자네들은 바다를 완전히 이해하게 될지도 모르지, 하지만 나는 여전히 수수께끼로 남을 걸세. 자네들은 별의 정체를 완전히 파악하고도, 내가 무엇인지는 모를 거야. 세계가 태어난 날부터 모든 인류가 나를 쫓았지. (…) 하지만 나는 한 번도 포착된 적이 없었지. 그들은 하늘이 무너질 때에나 나를 궁지에 몰 수 있을 거야."

이것은 욥이 회오리바람 속에서 들었던 목소리와 똑같다. 울새가 세상에 대해 아는 것들보다 우리가 훨씬 더 많이 알고 있지만, 역시 우리들의 연약한 지성으로는 이해할 수 없는 진실이 있다. 오늘날이라면 일요일은 이렇게 고함쳤을 것이다. "자네들은 물질이 입자로 만들어졌고 입자는 초끈으로 만들어졌다는 걸 알 수 있겠지만, 왜 초끈이란 게 있는지는 알지 못할 거야. 물리학을 단 하나의 공식으로, 혹은 몇 안 되는 공식으로 축약할 수는 있겠지만, 그 공식들이 존재하는 이유는 여전히 모

---

10. 구약성서 욥기 1장 6절.

를 거야. 자네들은 왜 무(無) 대신 유(有)가 존재하는지, 혹은 스티븐 호킹이 말했듯, 왜 우주가 '일껏 존재하는지' 결코 설명할 수 없을 거야."

"제 말을 들어보십시오." 14장에서 사임은 외친다. "제가 온 세상의 비밀을 가르쳐드릴까요?" 그의 말들은 플라톤 철학의 핵심과 체스터튼의 '목요일의 남자'의 핵심을 완벽하게 요약한다.

"우리는 지금껏 세상의 등밖에 알지 못했다는 것입니다. 우리는 모든 것의 뒷면을 보고 흉측하다고 생각하죠. 저건 나무가 아니라, 나무의 뒷면입니다. 저건 구름이 아니라, 구름의 뒷면이에요. 만물이 고개를 숙이고 얼굴을 숨기는 게 보이지 않으세요?"

자연에는 앞쪽과 뒤쪽, 이렇게 양면이 있으며, 자연은 모두 신의 뒷모습이다. 플라톤의 유명한 비유에 따르면, 우리는 세상이라는 이름의 동굴의 벽에 비친 그림자밖에 보지 못한다. 우리가 아는 범위 너머에 있는 끝없는 세계에는 궁극적인 절망과 죽음에서 벗어나고 싶어 하는 우리 최후의 희망이 남아 있다. 일요일이 신의 모습과 겹쳐지는 결말 부분에서, 일요일은 자신을 신이 휴식을 취하는, 신이 마지막으로 누리는 평화인 안식일이라고 칭한다.

출애굽기 33장 20~23절에서, 신은 모세에게 이렇게 말한다.

'네가 내 얼굴을 보지 못하리니 나를 보고 살 자가 없음이니라. 야훼께서 또 이르시기를 보라 내 곁에 한 장소가 있으니 너는 그 반석 위에 서라. 내 영광이 지나갈 때에 내가 너를 반석 틈에 두고 내가 지나도록

내 손으로 너를 덮었다가 손을 거두리니 네가 내 등을 볼 것이요 얼굴은 보지 못하리라'

우리는 체스터튼이 이 구절을 알고 있었다는 것을 알 수 있다. 웰스는 자신이 쓴 《목요일의 남자》 서문에서, 체스터튼의 책 《G. F. 왓츠(G. F. Watts)》(1904)의 한 단락을 언급하는데, 그 단락에는 왓츠가 사람의 뒷모습을 그리는 것을 유난히도 좋아했다는 이야기가 있다. 다음은 그 책 62~63쪽의 내용이다.

"지금까지 서술했던 왓츠의 성격 가운데 두 번째 성격 얘기를 끝내기 전에, 왓츠라는 화가의 그림 도안과 데생을 이루는 모든 것에서 가장 흥미로우면서도 가장 개인적인 소재를 언급하고 넘어가는 게 좋겠다. 물론, 그가 놀랍게도 사람의 뒷모습이 얼마나 예술적인가를 깨닫는 대목 말이다. 뒷모습은 우주에서 가장 무시무시하고도 신비스러운 것이다. 그것을 제대로 설명하기는 불가능하다. 뒷모습이란 당사자가 결코 알 수 없는 부분이다. 마치 황제가 까맣게 잊어버린 변방의 시골 같은 것이다. 우리 등 뒤에서는 무슨 일이든 일어날 수 있다는 말이 있다. 예로부터 전해져오던 이 말에는 무서운 진실이 담겨 있다. 에덴동산이나 요정의 나라가 우리 등 뒤에 있을지도 모른다. 그러나 사람의 뒷모습에 관한 이 미스터리에도 또 뒷모습이 있고 그 뒷모습은 야릇한 느낌을 자아낸다. 누군가의 뒤를 밟는 일이란 정말이지 가장 무딘 신경조차도 곤두서게 하는 일이다. 왓츠는 세상이 생긴 이래 예술이나 글을 업으로 했던 사람 가운데 누구도 깨닫지 못했던 방식으로 이런 사실을 깨달았다. 그래서 그가 위대해진 것이다. 그는 이 멋지고도 매혹적인 주제를 독점했으나, 한 번의 예외가 있었다. 이천여 년 전 유목민들이 기록한 희미한 성서에 그들의 예언자가 만물의 위대한 창조주를 보았으나, 단지 뒷모습밖에 보지 못하였다고 기록되어 있었다. 왓츠라고 해도 그 모습을 그릴 엄두가 날지 모르겠다. 하지만 성서의 그 대목은 마치 그의 그림 가운데 가장 놀라운, 그가 몰래 숨겨둔 그림처럼 느껴졌다."

"일요일은 체스터튼이 그 광경을 그리려고 노력한 결과 창조된 인물이다"라고 윌스는 덧붙였다. 한편, 사임은 이렇게 말한다.

"그리고 늘 저에게는 그런 점이 일요일의 불가사의이자, 세계의 불가사의였어요. 그의 끔찍한 등을 보면, 저는 그 고상한 얼굴은 가면일 뿐이라고 확신하지요. 하지만 한순간이라도 그 얼굴을 보면, 등은 그저 우스개일 뿐이라는 것을 알게 됩니다. 나쁜 쪽은 너무 나빠서, 그것의 선한 점이 우연일 뿐이라고 생각할 수밖에 없습니다. 선한 쪽은 너무 선해서, 그것의 악한 점마저 설명될 수 있다고 확신하게 되고요."

만약 체스터튼이 자신의 소설을 자연이 신의 뒷모습이었다고 사임이 토로하는 부분에서 끝냈다면, 그의 소설은 어떤 종교적 교리와도 동떨어진, 철학적 신학론의 흉내만 겨우 낸 소설에 머물렀을 것이다. 하지만 그는 거기서 멈추지 않았다. 이 책은 연속된 꿈, 즉 꿈속의 꿈인 여섯 명의 경찰관이 창세기의 첫 일주일을 본뜬 옷을 입은 채 으리으리한 가장무도회에 등장하는 내용과 함께 결말을 맺는다. 진짜 무정부주의자인 그레고리는 최후의 파괴자인 사탄을 상징한다. 사임은 그와 논쟁하고 나서 인간이 고통받은 적이 없었다는 그레고리의 비난을 부정한다. 기묘한 미소를 띤 일요일을 향해 돌아선 그는 이렇게 묻는다.

"당신은 괴로워해본 적이 있습니까?"

일요일의 얼굴은 점점 더 커지고 또 커져서 하늘을 가린다. 그러더니 모든 것이 까맣게 변해버린다. 신의 뒷모습인 자연은 점점 희미해지더니 사라진다. 지금까지 봐왔던 신의 얼굴은 이제 보이지 않는다. 오직 이렇게 묻는 그의 목소리만이 들릴 뿐이다.

"너희가 나의 마시는 잔을 마실 수 있겠느냐?"

이 글은 이 소설에서 유일하게 《신약성서》를 인용한 문장이다. 체스터튼의 소설은 신의 강림을 암시하며 끝맺는다. 사임은 이를 "그럴 리 없다고 느낄 정도로 좋은 소식"이라고, '다른 모든 것을 소소한 것으로, 그러나 소소하고도 아름다운 것으로 느끼게" 하는 복음이라고 부른다.

이 책에서 체스터튼이 말하려는 것은 이런 것이다. 신을 믿는 자는 '복음'의 놀라운 의미를 깨달아야만 미겔 데 우나무노가 '생의 비극적 의미'라고 불렸던 것에서 벗어날 수 있다는 것이다. 그래서 자연의 무시무시한 뒷모습조차도 신의 빛나는 평화에 묻힌다는 것을 알아야 한다는 것이다. 이 책의 후반부에서 수수께끼처럼 등장하는 가로등, 사과나무, 풍차, 풍선, 배, 코뿔새, 코끼리, 달과 같은 것들은 바로 체스터튼이 바라보는 이 세계의 의미를 드러내는 장치들이다. 이 소소한 것들에 지금껏 누구도 주목하지 않았던 유쾌함이 깃들어 있음을 깨달은 체스터튼은 나중에 '어마어마한 소소함(Tremendous Trifles)'이라는 제목의 수필집까지 출간했다.

그는 자신의 저서 《이교도들(Heretics)》(1905)에서 이렇게 말한다.

"온 우주에 은밀하면서도 긴장감마저 느껴지는 축제 분위기가 감돈다. 마치 가이포크스데이[11]의 불꽃놀이를 준비하는 듯한 분위기다. 사실, 이 영원함은 앞으로 일어날 무엇인가의 전조인 셈이다."

이 소설을 읽고 난 다음에는 이 세상의 어떤 사소한 것도 일상에 묻히지 않을 것이다. 우리는 모든 것을 경이와 감사의 시선으로 다시 바라보게 될 것이다. 그러나 정작 체스터튼이 가톨릭교회가 복음을, 문자 그대로 '좋은 소식'을 이 세상에서 실현하려 했고, 그런 의도가 계속 유지되어 왔다고 믿게 되기까지에는 오랜 세월이 필요했다. 그는 1922년 기독교에 귀의했다. 그의 아내는 4년 뒤에 그의 뒤를 따랐다.

---

11. Guy Fawkes Day: 영국의 제임스 1세에게 모반하려던 가이 포크스가 처형당한 날로 11월 첫째 금요일이며 남녀 노소 가리지 않고 불꽃놀이 축제를 즐기는 날이다.

목요일의 남자 The man who was Thursday | **1판 1쇄 발행일** 2011년 4월 1일 | **지은이** G. K. 체스터튼 | **옮긴이** 유슬기 | **펴낸이** 임왕준 | **편집인** 김문영 | **편집** 박세진 | **교정** 양은희 | **디자인** 디자인 이숲 | **펴낸곳** 이숲 | **등록** 2008년 3월 28일 제301-2008-086호 | **주소** 서울시 중구 장충동1가 38-70 | **전화** 2235-5580 | **팩스** 6442-5581 | **홈페이지** http://www.esoope.com | **e-mail** esoope@korea.com
ISBN 978-89-94228-07-5 03840 ⓒ 이숲, 2011, printed in Korea.

- 이숲에 올빼미는 이숲의 소설 브랜드입니다.
- 이 책은 환경보호를 위해 재생종이를 사용하여 제작하였으며 한국간행물윤리위원회가 인증하는 녹색출판 마크를 사용하였습니다.
- 이 도서의 국립중앙도서관 출판시도서목록(CIP)은 e-cip 홈페이지(http://www.nl.go.kr/ecip)에서 이용하실 수 있습니다.
  (CIP 제어번호: CIP2010002803)